读客科幻文库

跟着读客读科幻，经典科幻全看遍。

17 Dec 2021

I am overjoyed to hear that there will be special editions of This TRIGGER WARNING for my chinese Readers. It's still amazing to me how much my short stories are loved in China. The story "A case of Death and Honey" was inspired by my travels in China between 2007 and 2011, and my love of Sherlock Holmes. I hope my chinese readers will enjoy it and be kind to it.

With love and respect,

—— NEIL GAIMAN ——

听说我的中国读者能得到特别版的《高能预警》，我欣喜若狂。我还是很惊讶，原来我的短篇小说在中国如此受欢迎。本书中《死与蜜奇案》的灵感源自我2007年至2011年间的几趟中国之旅，以及我对福尔摩斯的热爱。希望我的中国读者会喜欢它，对它好一点。

爱与敬意。

二〇二一年十二月十七日

尼尔·盖曼

* 此版本为作者印签版

高能预警

[英] 尼尔·盖曼 著

王爽 译

江苏凤凰文艺出版社
JIANGSU PHOENIX LITERATURE AND
ART PUBLISHING

图书在版编目（CIP）数据

高能预警 / (英) 尼尔·盖曼 (Neil Gaiman) 著；
王爽译. —— 南京：江苏凤凰文艺出版社, 2022.1（2022.2重印）
书名原文: Trigger Warning
ISBN 978-7-5594-6050-9

Ⅰ.①高… Ⅱ.①尼… ②王… Ⅲ.①短篇小说 - 小
说集 - 英国 - 现代 Ⅳ.①I561.45

中国版本图书馆CIP数据核字(2021)第135539号

高能预警

[英] 尼尔·盖曼 著　　　王爽 译

责任编辑	丁小卉
特约编辑	顾珍奇　　徐陈健
装帧设计	Dagmara Matuszak　　李子琪
责任印制	刘　巍
出版发行	江苏凤凰文艺出版社
	南京市中央路165号，邮编：210009
网　　址	http://www.jswenyi.com
印　　刷	河北鹏润印刷有限公司
开　　本	890 毫米 × 1270 毫米　1/32
印　　张	10.5
字　　数	233 千字
版　　次	2022 年 1 月第 1 版
印　　次	2022 年 2 月第 2 次印刷
书　　号	ISBN 978-7-5594-6050-9
定　　价	48.00 元

江苏凤凰文艺版图书凡印刷、装订错误，可向出版社调换，联系电话：010-87681002。

NEIL GAIMAN

Trigger
Warning

Short Fictions and Disturbances

我也不知道自己怎么认识了这么一位可敬的好莱坞经纪人，他读书全然是为了取乐，而我们相识十八年了。他一直都是我的经纪人，一直都很可敬，一直最喜欢短篇小说。这本书的故事献给乔恩·莱文。

前　言

I. 一点点高能

有些东西令我们不安。不过我们在这里说的不是那些普通的东西。我想的那些画面、词语、情景更像是我们脚下的活板门，把我们从安全、理性的世界扔出去，进入更加黑暗、更不友好的世界。我们的心脏在胸腔里怦怦地狂跳不已，我们气喘吁吁。血从我们的脸颊和手指上流下来，我们惊恐、苍白、吓得倒吸一口冷气。

在那种时候，在那种千钧一发的时刻，我们会忽然从自己身上明白一件事：过去不会消失。过去的事物在我们生命的黑暗走廊里耐心地等待我们。我们以为自己已经放下了，已经忘记它们了，将它们尘封起来、任它们枯萎、把它们扔掉，但是我们错了。它们仍在黑暗中等待，它们算计着，计划着要使出最恶毒的招数，要用尖锐强硬、不顾一切的重击捣碎我们的五脏，它们就这样消磨时间，等着我们回来。

我们衣柜里的怪物、脑海中的怪物都这样藏在黑暗深处，仿佛地板和墙纸底下的霉菌。而世界上的黑暗是如此之多，简直是黑暗无限量供应。宇宙更是无穷无尽的黑暗。

我们需要什么预警呢？我们每个人恐惧的东西都不一样。

我第一次看到"高能预警"这个词是在网上，主要是用来提醒观众接下来有一些可能会引起恐惧、焦虑或其他不适的图片或内容，这样相关的图片或内容就能被不想看的人过滤掉，而想看的人也能提前做好心理准备。而且高能预警甚至跨越了网络世界和现实世界的鸿沟，知道这一点时，我觉得非常有意思。据说一些大学打算在文学、美术、电影作品中也加上高能预警，提醒学生对接下来的内容做好心理准备。这个想法我觉得很暖心（你当然应该提醒人们接下来有可能出现令他们不适的内容），但与此同时，我也对此深深感到困扰：我创作《睡魔》漫画的时候是以月刊形式连载的，每一期上都有警告，提醒各位该漫画面向成年读者，我觉得这是很明智的做法。它提醒潜在读者《睡魔》不是儿童漫画，可能包括令人不安的画面和情节，同时它也表示如果你成年了（不管成年是个什么意思），那你就自己管好自己吧。不管他们接下来看到什么令人困扰、令人害怕或者之前想都没想过的内容，他们都只能靠自己了。我们是成年人，我们自己决定看什么、不看什么。

我们读书也该像成年人一样读书，我认为不应该有警告或提醒，或许可以写一句：风险自负。我们有必要搞清楚小说写了什么，想明白对我们来说它有何意义，并由此获得独一无二的阅读体验，这份体验必然和其他人的有所不同。

我们在自己的头脑中构思故事。我们选择词语，为这些词语赋予力量，我们透过别人的眼睛去看、去体验，看到别人所见的情景。我在想，小说是安全的世界吗？然后我又问自己，小说应该是安全的世界吗？我小的时候读过一些小说，当时读过之后我真希望自己从没见到过这些故事，因为我还没有准备好去读它们，它们令我害怕。这些故事中包含着深深的无助，人物十分窘迫，有的还有残疾，成年人轻易就受到攻击，而父母则处处无能为力。那些故事让我十分不安，它们在我的噩梦中出没，在我的白日梦中纠缠不休，让我发自心底地感到焦虑恐惧，但是它们也教会我一些事：如果我要读小说，有时候就只能通过离开舒适区的方式才能明白自己的舒适区在哪里，现在我作为成年人，就算可以消除记忆，也绝不会消除那些小说留给我的阅读体验。

现在依然有很多东西会让我深感恐惧，有些是网上的内容、有些是文字、有些是现实中的事物。它们一点也没有变得简单，一点也没有让我的心脏变得轻快，而且从来都没打算让我轻易逃跑。但是它们教会了我很多东西，它们拓展了我的眼界，如果它们会伤人，也是以一种能让人思考、成长、变化的方式。

看到大学的讨论之后，我在想，会不会有朝一日人们也在我的小说上印上"高能预警"。也不知道他们这样做是否合情合理。所以我决定自己抢先这样写上。

这本书中有一些事情会让你觉得不安，生活中当然也有。有死亡、有痛苦、有泪水、有不幸、有各种暴力、残忍的行为，还有虐待。偶尔也有善良，我希望有。甚至还有少许幸福的结局（毕竟很少有故事的结局会让所有角色都不开心）。更重要的是，我认识一位名叫洛奇的女士，她对触手尤其感到不适，特别是有吸盘的触手，要是不小心看到切片的鱿鱼或者章鱼，她就会吓得发抖并当场躲到附近的沙发后面。本书中的某章节内有大量触手。

大部分故事的结局都不好，至少对书中某些角色来说结局不好。请你自己斟酌吧。

II. 飞行安全示范

有时候，重要的真相会被写在比较奇特的文字里。我飞得太多了，这个概念、这句话对于年轻时候的我来说是无法理解的，当时坐飞机是令人激动的奇迹般的旅行，我会一直盯着窗外的云层，想象它们是城市，是另一个世界，是我可以安全行走的地方。不过在每次飞行前我还是需要冷静一下，学习一下空乘人员提供给我的智慧经验，姑且就认为那是某种心印或者小小的神圣寓言，或者是一种高级的智慧。

他们是这样说的：

请戴好您的呼吸面罩之后再帮其他人戴好。

我想到我们所有人，以及我们所佩戴的面具、我们藏起来的面具和我们显露出来的面具。我想象着人们假装自己是谁，然后发现其他人与他们假扮的样子相差甚远，有些是好得多，有些则是差得多。然后我思考是否需要帮助他人，我们如何在自己戴着面具的情况下帮助别人，我们脱下面具后又会变得何等脆弱……

我们都戴着面具。面具让我们变得有趣。

有很多和面具有关的故事，以及面具下面的我们的故事。

我们这些作者，靠着写故事为生的人，是我们所见、所闻以及所学的集合体。

我有一些朋友，要是别人不知道要引用参考文献、不知道故事重点是什么、忘了作者和故事及那些世界，他们就会勃然大怒，大声训斥。我更愿意从另一个角度来看待此事：我曾经也是一张白纸，等着被书写。我从故事中学到关于人和事的常识，我从故事里向其他作者学习。

这本书里的很多故事，也许应该说是绝大部分故事都是这样一个"集合体"的一部分。它们是因为有了别的作者、别的声音、别的思想才存在的。我希望你们不要介意这一点，借着写前言的机会，我会向各位提到别的作者和其他一些地方，没有了他们，这些故事可能都不会出现。

III. 碰运气

这是我的第三本短篇小说集，我知道自己非常幸运。

我从小一直喜爱并敬重各种短篇小说。在我看来，它们是人所能创造的最纯粹最完美的东西：没有一个词多余，每一个字都恰到好处。作者只需一挥手，突然就有了一个世界，其中住着人，还有各种思想。起因、经过、结果会带着你穿过宇宙再回到原处。我喜欢各种各样的短篇小说集，包括我从小就喜爱的恐怖诡异故事集，以及足以重塑我的思想的单人作者的小说集。

我喜爱的小说集不光会让我读到故事，还能告诉我很多我不知道的事情，比如关于书中的故事世界还有写作技巧。我尊重不写前言的作者，但我对他们的喜爱永远比不上另外一些作者，是那些作者让我意识到，小说集的故事是由一个人一字一句写成的，而那个人会思考、会呼吸、会走路，说不定还会在洗澡的时候唱歌，就像我一样。

出版界的一个经验之谈是：短篇小说集不好卖。一般情况下，短篇小说集被视为赔本的项目，或者只能由小出版社出版，得不到长篇小说那样的待遇。但对我来说，短篇小说依然是一种能放飞自我、自由试验、自由玩耍的形式。我可以犯错误，可以冒险，收录小说集的过程既可怕又令人大开眼界：当我把故事放在一起时，主题就再次出现，它会发生变化并且变得更加清晰。让我更了解自己十年前写的是什么。

IV.道歉

我坚信短篇小说集应该是从头到尾始终如一的作品，不应该是乱七八糟的大杂烩，不把明显不该放在一本书的故事硬凑在一起。简单来说就是不应该把恐怖故事、科幻小说、童话、寓言和散文放在一起。它们应该各自单独安排。

但这本小说集还是变成了杂烩。

所以我希望各位宽容谅解，只希望你能在本书中找到一个从未看过的故事。看，现在这里就有个小故事在等着你：

影蜘蛛

有些生物狩猎。有些生物采集。影蜘蛛潜伏。有时候它们会潜行，但大部分时候它们都潜伏。

影蜘蛛不织网。世界是它们的网。影蜘蛛也不挖坑。如果你在这里，你就已经掉进去了。有些动物会追逐你，它们跑得像风一样快，不知疲倦地跑着，最后用利齿咬住你，把你拖走。影蜘蛛不追逐。它们只是跑到你最终要去的地方，那是某个黑暗混沌的地方，它们等待。它们会找到你平时根本不会注意的地方，就一直躲在那里，一动也不动，一直等到你往那个地方一看，你看见了它们。

你永远躲不掉影蜘蛛。它们总是快你一步。你不可能跑得比影蜘蛛快。它们总会在路途的尽头等你。你不可能打赢影蜘蛛，因为它们很耐心，它们会等到一切的末日，到那时你已经无力战斗，你的战斗已经结束，到那天你挥出最后一拳，砍下最后一刀，说出最后一句狠话。然后，在那个时候，影蜘蛛就出现了。

它们从来不吃那些时机未到的食物。看看你的身后吧。

V. 关于本书的内容

欢迎来到这部分。这里你可以看到自己将阅读哪些故事，你也可以跳过这部分，等读完整本书之后再回来看我说了什么。都没问题。

造椅子

有些时候文字就是写不出来。在那种时候，我一般会修订一些已经写好的东西。有一天，我做了一把椅子。

月亮迷宫

三十多年前我认识了吉恩·沃尔夫，当时我是个二十二岁的记者，他写了四部曲小说《新日之书》，我去采访他。接下来的五年里我们成了朋友，此后一直都保持着友谊。他是个很好的人，也是一个很有深度的作者，很有智慧，想法也很多。他出版第三部小说《和平》的时候我基本还是个孩子，那是我最喜欢的书之一。他最近的一部书是《大地之上》，这本书是近年来我读得最愉快的一本，就和他写过的很多作品一样，《大地之上》也是很具有迷惑性并且危险的一本书。

吉恩最出色的短篇小说集名为《太阳迷宫》。故事里有一座由阴影构成的迷宫，整个故事细读之后感觉比表面上看来要黑暗得多。

这个故事是我写给吉恩的。如果有太阳迷宫，那么也应该有月亮迷宫，而且还要有一头狼朝着月亮吠叫。

关于卡桑德拉

我十四岁的时候，想象一个女朋友似乎比交个女朋友容易得多——因为交女朋友就必须跟女孩子说话。于是我决定在作业本封面上写一个女孩的名字，但是有人问起来的时候我就坚决否定自己认识她，我觉得这样就能让大家坚信我有女朋友了。但是这样做似乎没起效。因为除了名字以外，我没有去想象其他任何关于她的事情。

这个故事是我二〇〇九年八月在斯凯岛上写的，当时我的女朋友阿曼达得了流感，她希望睡一觉能好起来。当她醒了之后，我给她拿了汤和加蜂蜜的饮料，然后给她读了刚写好的故事。我也不知道她还记得多少。

我把这个故事给了加德纳·多佐伊斯和乔治·R.R.马丁，当时他们两人在编纂小说集《爱与死之歌》，得知他们喜欢这个故事我真是大松了一口气。

无光之海深处

《卫报》为了迎接世界水日连续一星期刊登关于水的文章。而我当时正在得克萨斯的奥斯汀市，那时候恰逢西南偏南艺术节，我在奥斯汀市为《遗忘之海》和我的第一本短篇小说集《烟与镜》录制有声书。

我想起了大木偶剧场，舞台上孤独的演员对某个陶醉不已的观众念出令人心碎的独白，接着我又想起《纽盖特记事》中一个更加痛苦的故事。以及伦敦，雨中的伦敦，距离得克萨斯万里之遥。

"真相是黑暗群山中的洞窟……"

有些故事写起来就好比砌砖建房，有些故事就像设计建造，有一些故事则像是雕凿岩石，把一切不是故事的内容排除出去。

我想要编一本引人入胜的小说集，其中有科幻和奇幻的内容，但大部分都是能让人手不释卷读下去的内容。阿尔·萨兰托尼奥成了这个项目的合作编辑。我们将这本书称为《故事》，这个标题还不错，只要别去谷歌上搜索它就行。但光是当编辑还不够，我还得为那本书写个故事。

我去过世界上很多奇特的地方，有些地方能紧紧地抓住你的思想和灵魂不肯放松分毫。有些地方充满异域风情，非常与众不同。有些则很世俗。对我来说，最奇怪的一个地方就是斯凯岛，是苏格兰海岸最西端的一个岛。我知道有很多人会同意。有些人到了斯凯岛之后就不肯走了，即使对我们这些离开了斯凯岛的人来说，这个雾霭缭绕的小岛也会始终纠缠着我们，以它自己的方式对我们紧追不舍。那是我最开心的地方，也是我最孤独的地方。

奥塔·F. 斯怀尔写过一本关于赫布里底群岛的书，还专门写过一本关于斯凯岛的书。她的书里写了很多离奇古怪的事情。（你知道吗？五月三日是恶魔被逐出天堂的日子，因此在这一天承认错误是不能被原谅的。这个知识是我在她的一本希伯来神话书里看到的。）她有一本书写到了黑暗库林斯的洞穴，如果你胆子大的话就可以进去，而且还能捡到金子，不必花钱，但是你每进那个洞穴一次，就会变得更加邪恶一点，最终你的灵魂会被吞噬。

这个洞穴以及它的神秘力量一直停留在我脑海中。

我参考了几个真实的故事（那些故事据说是真的，这两个说法都没什么差别），创造了两个人，将他们放进一个和我们这个世界虽不同但也很类似的世界里，然后写了一个关于复仇和旅行的故事，和欲望、金子以及秘密有关。这个故事获得了雪莉·杰克逊奖的最佳中篇小说奖（《故事》获得了最佳小说集奖），还获得了轨迹奖的最佳中篇小说奖，我对这个故事感到很自豪。

故事发表前，我登上悉尼歌剧院的舞台，有人问我能不能和澳大利亚的"弦乐四人行"合作（这个组合是个弦乐四重奏摇滚组合，他们非常出色而且多才多艺，拥有一批狂热粉丝），也许经过艺术加工之后可以搬上舞台。

我想到了《"真相是黑暗群山中的洞穴……"》：读这个故事大约要花七十分钟。我想，也许可以用弦乐四重奏给这个故事写一部阴郁又宏伟的背景音乐，由我朗读，就像电影配乐那样。如果苏格兰艺术家埃迪·坎贝尔能加入就好了，艾伦·摩尔的《来自地狱》就是由他配图，同时他也是《亚历克》一书的作者和画师，他是我最喜欢的漫画家。如果由他为我最有苏格兰特色的这篇小说配图，并且在我朗诵的时候投影在我身后，这不是很好吗？

其实我害怕登上悉尼歌剧院的舞台，但是那次体验很棒：大家对这个故事起立鼓掌，后来我们还接受了观众提问（艺术家埃迪·坎贝尔非常擅长回答观众提问），另外念了一首诗，也有弦乐四人行伴奏。

六个月之后我们在塔斯马尼亚的霍巴特又这样表演了一次，这次埃迪画了更多的画作，当时有三千多观众，我们在活动期间的一个大棚子里表演，大家都很喜欢。

现在我们遇到了一个问题。只有澳大利亚的观众看过这个表演，似乎不太公平。我们需要找个理由去旅行，带上弦乐四人行在世界各地演出（他们都是流行文化作家和了不起的音乐家，在认识他们之前，我就很喜欢他们演奏的《神秘博士》主题曲了）。幸运的是，埃迪·坎贝尔把画具也带上了，而且画了更多的作品，让这个作品变成了介于带插图的故事或图像小说之间的形式。哈珀·柯林斯出版社在美国出版了这个故事，海德林出版社出版了英国版。

我们继续四处巡演，弦乐四人行、艾迪还有我，我们去了旧金山、纽约、伦敦、爱丁堡。在卡耐基音乐厅演出时，观众们起立鼓掌，没有比这更好的事情了。

我依然想知道，我写过多少故事，还有多少故事依然在等着我，它们就像斯凯岛山脚下那些骨头一样的灰色岩石。

我的最后一位女房东

这个故事是写给世界恐怖大会出版物的。那年的恐怖大会在布莱顿举办。现在的布莱顿是个热闹、富有艺术气息、前卫又令人激动的海滨大都市。但是在我小时候，我们会在淡季去布莱顿，那里又阴沉又冷，气氛还有些险恶。

显然这个故事发生在很久以前的布莱顿，不是现在的布莱顿。如果此时你正坐在床上吃早餐的话，真的没什么好怕的。

冒险故事

这个故事是我应艾拉·格拉斯的要求，给他的《美国生活》广播节目写的。他很喜欢，但是节目制作人却不喜欢，所以我就转而写了节目的开场和收尾内容，主要是说"冒险本身都很有趣，但还是要注意规律饮食，避免受伤"。这个故事最终在《麦克斯威尼季刊》上出版。

关于死亡我想了很多，人死之后他们的故事也随之而去。从这方面来说，这个故事算是《遗忘之海》的姐妹篇。

橙

　　乔纳森·斯特拉恩是个很好的人，也是个好编辑。他住在澳大利亚西部的佩斯市。我有一个让他伤心不已的坏习惯，那就是给他正在编辑的小说集写一个故事，但是又不让他用。但是我会写些别的东西表示补偿。这个故事就是用来表示补偿的。

　　讲故事的方式和故事本身同样重要，只不过讲故事的方式一般都不太明显。我想到了一个故事，但是要等我把问卷调查表都想清楚之后，这个故事才算想清楚了。这个故事是我在机场以及飞往澳大利亚的飞机上写的，当时我是要去参加悉尼作家大会，下飞机之后就在众多观众面前花一整天读这个故事，还在我的教女海利·坎贝尔面前读了，她很白，胆子也小。可能是她跟我说的冰箱上有橙色污渍的事情让我有了写这个故事的灵感。

月历故事集

　　这是近几年来我做过的最奇怪也最有趣的事情。

　　我年轻的时候喜欢读哈伦·埃利森的短篇小说集。我喜欢那些故事，也喜欢他讲故事是如何写成的。我从哈伦那里学到了很多东西，最重要的一条是把想法原原本本写成故事，那你就写好了。你发表了，就做到了。

　　所以每每哈伦说他在书店橱窗里、在广播节目期间或者其他什么时候写了这样那样的故事，看起来都是理所当然的。人们偶尔提出修改标题或者一些词句。他向世界证明写作是一门手艺，不是魔法。故事是作者在某个地方坐着，写下来的。我喜欢在商店橱窗旁写作这个主意。

但是我觉得世界变了。现在你自己也能拥有一个橱窗，可以让成百上千人凑在一起观看。

黑莓公司问我愿不愿意做个社交媒体项目，可以以任何我喜欢的形式来做，我提出我想写"月历故事"的时候，对方很高兴。每个故事都是根据一个月的推特提问写出来的——比如"为什么一月很危险？""你在七月见过的最奇怪的事情是什么？"（名为@mendozacarla的网友回答："一座用书搭成的因纽特人小屋。"）"十二月你最想和谁重逢？"

我提问，然后得到成千上万个回答，然后我从中选出十二个。

我写了十二个故事（三月放在第一，十二月是最后），然后请大家根据故事进行其他形式的创作。最后共做了五个短片，整个过程都被记录下来，在推特上实时更新，全世界都能看到，这个项目是完全免费的。公开写作是很有趣的。哈伦·埃利森不怎么喜欢推特，但是在这个项目结束后，我给他打电话，说这件事完全是他造成的。我希望今后依然有人来做类似的事情，就像哈伦说的书店橱窗的故事启发了我一样。

（感谢@zyblonius, @TheAstralGypsy, @MorgueHumor, @_NikkiLS_, @StarlingV, @DKSakar, @men- dozacarla, @gabiottasnest, @TheGhostRegion, @elainelowe, @MeiLinMiranda, @Geminitm发送了很能激发灵感的内容。）

死与蜜奇案

我小时候读到夏洛克·福尔摩斯立刻就喜欢上了，我再也忘不了福尔摩斯和可敬的华生医生，正是他记录了福尔摩斯的办案过程，还有夏洛克的哥哥米克罗夫特·福尔摩斯，以及亚瑟·柯南·道尔爵士，他是创造这一切的人。我喜欢理性主义，喜欢有这样一个充满智慧且眼光敏锐的人收集一些线索凑出事件全貌。每次读故事我都很愿意去了解这些人。

福尔摩斯让很多事情都变得有趣了。我开始养蜜蜂的时候心里清楚，自己其实是在模仿福尔摩斯。然后我开始好奇福尔摩斯为什么要养蜜蜂。毕竟，作为退休后的爱好，养蜜蜂不难。而福尔摩斯不办案子的话肯定不会觉得开心，懒散休闲对他来说是致命的。

在二〇〇二年"贝克街小分队"第一次见面会的时候，我认识了莱斯·克林格。我很喜欢他。（我喜欢贝克街小分队的所有人，离开了杰出法律人士、记者、外科医生、败家子的身份之后，他们都相信这里依然是一八八九年的贝克街221B，赫德森太太很快就会端上茶，还会带进来一位厉害的客户。）

这个故事是为莱斯和劳里·金的小说集《研究夏洛克》而写的。故事灵感来源于我在中国某座山边得到的一罐雪白的蜂蜜。

我在一间酒店房间里写完了这个故事，而当时我的妻子和我最小的女儿以及她的朋友都在海边。

《死与蜜奇案》获得了安东尼奖、爱伦·坡奖以及英国犯罪作家协会银匕首奖的提名。但是一个奖都没得，不过我还是很高兴：我之前从来没有拿到过犯罪小说方面的奖项提名，很可能今后也不会得到了。

那个忘了雷·布拉德伯里的人

我忘了我的朋友。准确来说我记得关于他的一切，却忘了他的名字。他十几年前去世了。我记得我们打电话聊天时说了什么，也记得我们相聚的时光，我记得他说话时的一切动作，还记得他写的书。我觉得不该去网上查。我要想起他的名字才行。我要出去走走，回忆他的名字，接着我产生了一个想法：要是我记起来他的名字，他就根本不存在了。我知道这很傻，但是……

《那个忘了雷·布拉德伯里的人》是我给雷·布拉德伯里的九十岁生日礼物，主要是关于布拉德伯里对世界产生的影响，我写到了我小时候他对我产生的影响，以及成年后他对我产生的影响。这是我写的一封情书，也是一封感谢信，同时也是写给一位让我怀有梦想的作家的生日礼物，他教会我文字，让我知道文字能做成大事，无论是作为读者，还是作为一个成年人，他都从来不令我失望。

我在莫罗出版社有个相识的编辑，珍妮弗·布雷尔（她编辑我的书，主要负责自《蜘蛛男孩》之后我写的各种面向成年人的作品）。她去布拉德伯里的床边，给他读了这个故事。他发送给我的那条语音感谢对我来说是无价之宝。

我的朋友马克·伊凡尼尔跟我说，他十一二岁的时候曾见过雷·布拉德伯里。布拉德伯里得知马克想当作家后，便请他到自己的办公室，花了半天时间跟他讲了一些重要的事情：如果你想当作家，就必须写作。每天都写。不管你高不高兴都必须写。你不能只写一本书就停下。写作就是这种工作，是最好的工作。马克长大后真的成了一个作家，是那种能靠写作生活的作家。

雷·布拉德伯里向来乐于花上半天时间教导想成为作家的孩子

们，他就是那样的人。

我小时候就读过雷·布拉德伯里的小说。我第一次读的是《回乡》，讲的是一个人类小孩生活在类似《亚当斯一家》这种怪物世界里，他努力适应环境。这个故事似乎在和我交谈，我当时是第一次读到这样的故事。后来我家里买了一本《银蝗》（是《火星编年史》英国版的标题）。我读了之后非常喜欢，那时候有个流动书摊，每学期都会到我们学校来，我把能买到的布拉德伯里的书全都买了。我从布拉德伯里的书中知道了爱伦·坡。他的短篇小说充满诗意，我错过了多少并不重要，重要的是我从那些故事中学到了很多。

有些作者的作品我小时候很喜欢，长大后却有些失望。布拉德伯里却不是。他的恐怖故事无论何时看都很可怕，他的黑暗幻想也始终黑暗，他的科幻小说也始终像我小时候读过的一样，充满了探索未知的惊奇感。（他从来都不在意科学原理，他只是关注人，正因为这样他的故事才无比精彩。）

他是个了不起的作家，他在多个领域都创作了优秀的作品。他的科幻小说脱离了"地摊杂志"，被发表在"高级杂志"上，他是第一批做到这点的科幻小说家之一。他给好莱坞电影写剧本。他的小说被拍成了很多精彩的电影。早在我成为作家之前，布拉德伯里就已经成了备受其他作者尊敬的小说家了。

雷·布拉德伯里的故事有它自己的意义——它不是告诉你故事讲了什么，而是关注气氛、语言，以及某种正在逃离这个世界的魔法。他的侦探小说《死亡是一件孤独的事情》是充满布拉德伯里风格的作品，就像《必有恶人来》或《华氏451》或者其他任何短篇恐怖小说、科幻小说、魔幻现实小说、现实小说一样，完全是他的风格。他有他自己的流派，有自己的写法。一个来自伊利诺伊州沃基根市的年轻人，去了洛杉矶，在图书馆自学，不断写作直到有所成就，然后他超越了流派差别，成了一位常常被模仿，但是无人超越的大家。

我第一次见他的时候还是个年轻作者，他来英国庆祝自己的七十岁生日，那次庆祝活动是在自然历史博物馆举行的。我们就在那种乱七八糟的古怪环境中并排坐着给书签名，我们就这样认识了。后来很多年中，雷有公开活动的时候我也会到场，有时候我也会把他介绍给观众。当雷得到美国科幻奇幻小说大师奖的时候，我是现场主持人，他对观众说起，自己曾看到一个孩子，被同伴们嘲笑，因为那孩子想去玩具店，而他们说他太幼稚了。雷说他当时很想告诉那个孩子，别管那群同伴了，去玩玩具吧。

他说起过身为作家应该做什么事（"你必须写！"他对人们说，"你每天都必须写！我到现在也每天都写！"）以及要保持一颗童心（他说他有着精准的图片记忆，甚至记得婴儿时期的事情），然后还说起关于快乐和爱的话题。

他非常温柔善良，有着那种中西部人特有的好脾气，这不光是一种积极的品格，而且是他人格的本质。他充满热情，这份热情似乎能让他一直前进。他喜爱众人。他让世界变得更美好了，并在这个世界上留下很多美好之处：火星上的红色沙地和运河、中西部的万圣节、小镇子、黑暗的嘉年华。他一直笔耕不辍。

雷曾经在一次采访中说："回望一生，你会发现爱是一切的答案。"

他给了大家无数爱他的理由。我们确实爱他。直到现在我们也没有忘记。

耶路撒冷

这个故事是应BBC要求为"威廉·布莱克周"而写的。他们问我能不能写一个与布莱克的诗歌有关的故事，适合在伦敦第四台朗读的故事。

我不久前才游览了耶路撒冷，于是想要把耶路撒冷的建筑放到英格兰的绿地上。什么人会做这种事啊。

故事大部分都是我编的，但是耶路撒冷综合征[1]是真的。

咔咔作响的咔咔袋

这个故事是我在朋友彼得·尼科尔斯和克莱尔·科尼家里写的，他们住在澳大利亚墨尔本的萨里山。当时是圣诞节。虽然天气炎热，但那依然是一个白色圣诞节，我们吃圣诞晚餐的时候，弹珠大小的冰雹从天而降，覆盖了科尼-尼科尔斯家的草地。这个故事是为一本描写新怪物的书而写的，编辑是凯茜·兰斯代尔。但是它最早是由Audible公司以有声书的形式在美国和英国发表的。在万圣节期间，他们提供这个故事的免费音频，其他时间需要付费下载，收入则捐给慈善机构。这样所有人都很开心，但下载故事的人除外，半夜听这个故事的人也除外，他们不得不去把灯都打开。

故事里的这座房子原型来自我的朋友托里在爱尔兰金赛尔的那

---

1 一种只在耶路撒冷发生的精神疾病，发病症状通常是患者披上床单跑到耶路撒冷的街上给人布道、预言之类。离开耶路撒冷病症就会消失。——译者注（本书中注释如无特别说明均为译者注）

座房子，不过他家里真的没有闹鬼，有时候你独自一人在楼下会听见楼上仿佛有人挪动衣柜，老房子都会这样，它们觉得周围没人了就会稍微动动。

冷漠咒语

小孩会深受不公平的感觉的影响，我们长大后，无论如何努力，这种感觉也不会减弱。四十年前，我大约十五岁的时候，它就扎根在那里了，当时我在英语普通模拟考试的时候写了一篇小故事，谁知反而让考试成绩从A变成了C，因为老师在评语中写道："完成度太高，一定是抄袭的。"很多年后，那件事带给我一个绝妙的想法，于是我把它写进了《冷漠咒语》中。我心里清楚这个想法完全是原创的，但是把它写进一个模仿杰克·万斯的故事里我觉得非常开心，这个故事发生在《濒死的地球》那个世界里。

作家住在别人修建的房子里。

我们住在过去那些男人女人建造的房子里，他们是巨人。他们从一无所有的地方开始，造出推理小说，然后留下未完成的部分，让后人继续建造别的房子、别的故事。克拉克·阿什顿·史密斯挖下了"濒死的地球"系列的地基，杰克·万斯随后把这座建筑修得更高、更雄伟，他创造出一个所有科学都成了魔法的世界，那是在太阳逐渐熄灭的时候，处于末日的世界。

我最初读到"濒死的地球"系列故事是在十三岁的时候，它在一本名叫《闪耀之剑》的短篇小说集里。故事名字叫《莫瑞恩》，这个故事让我产生了梦想。我找到了一本平装的英国版《濒死的地球》，那本书里充满印刷错误，但是那些故事都和《莫瑞恩》一样神奇。在一家阴暗的二手书店里，我又买到了《世界之眼》，去那个书店的人都穿着长外套买二手色情书籍。后来我还在落满灰尘的旧书里找到一本故事集——其中《月亮蛾子》这个故事，不管是当时还是现在，我都觉得是英国有史以来最好的一篇科幻小说。也就是在那个时候，杰克·万斯的书开始在英国出版，突然之间，到处都能买到，随时都能读了。我确实读了不少：《恶魔公主》《复仇之神三部曲》等。我喜欢他天马行空的写法，我喜欢他的想象，我最喜欢的一点是他把所有想象都写下来了，挖苦的、温柔的、逗趣的，就像神明被逗得开心了一样，但无论怎么写，他的作品都非常精彩，就像詹姆斯·布兰奇·卡贝尔一样，而且感情和理智兼备。

我时不时地会注意到自己用到了万斯的句子，这种时候我觉得很高兴——但是他是我永远不敢去模仿的作家。他是不可能被模仿的。我十三岁时喜欢的作家里，如今再读能让我觉得时间仿佛倒退二十年的人很少。而杰克·万斯我可以反复阅读无数次。

《冷漠咒语》获得了轨迹奖的最佳短篇小说奖，我很高兴，但同时我也觉得杰克·万斯应该获得该奖项，因为这个故事让我内心那个对英语普通模拟考试感到不满的少年十分激动，且证明了他的清白。

"哭吧，像亚历山大一样"

有一件事情始终让我觉得很不解，我小时候人们常常说起的那些让生活更方便、更有趣的发明，为什么到现在一件也没有实现。

我们有了电脑，又有了智能手机，智能手机可以完成电脑所做的各种工作，但是没有会飞的汽车，也不能方便地去其他星球旅行。（就像特德·穆尼所描述的那种旅行。）

写这个故事的目的是为了给阿瑟·C.克拉克奖筹集资金。它被收录在《泉水故事》一书中，由伊恩·韦特斯编辑，这本书是基于阿瑟·C.克拉克的《白鹿》一书编撰的，故事模仿了二十世纪初的俱乐部故事形式。（邓萨尼勋爵的《约瑟夫·乔肯斯先生》是我最喜欢的俱乐部故事。）"俄巴底亚·波尔金霍恩"这个名字取自阿瑟·C.克拉克的故事，这个名字也是为了致敬克拉克本人。（一九八五年我曾采访过他。我记得他说话有种英国西部特有的喉音，这让我很惊讶。）

这个故事有点傻，所以我起了个夸张的标题。

无点钟

我是真心实意地喜爱《神秘博士》这部电视剧，从三岁起，我还在朴茨茅斯的佩帕夫人幼儿园时就开始喜欢，当时的博士是威廉·哈特内尔演的。五十年后，我给这部剧写了几集剧本，这是我做过的最有趣的事情了。（其中一集还得了雨果奖。）当时是马特·史密斯扮演第十一任博士。海雀出版社问我能不能给他们的《神秘博士：十一位博士，十一个故事》写个故事。我选择将故事安排在马特担任博士的那一季。

你可能会觉得想读懂这个故事，就得花不少时间去了解《神秘博士》，毕竟这是个播放了五十年的长寿剧集，但其实不需要。博士是个外星人，是一位时间领主，同时也是他们那个种族中的最后一个人。他乘着一个蓝盒子穿越时间和空间，那个蓝盒子的内部比外部更大。有时候盒子能降落在他想去的地方，有时候会出现各种意外，博士也能解决问题。他很聪明。

　　在英国，至少是在我成长的那个地方，有一个游戏叫作《老狼老狼几点了？》。有时候狼会告诉你现在几点，有时候他会跟你说一些非常可怕的东西。

钻石与珍珠：一个童话

　　我第一次跟那个未来会成为我妻子的女人见面，是因为她想出一本她自己的死亡写真集，配合她的专辑《谁杀死了阿曼达·帕尔默？》。她从十八岁开始就拍自己死掉的照片。她写信给我说，既然她没死，估计也就不会有人买她的死亡写真集，但是如果我能配些文字，说不定就好卖了。

　　摄影师凯尔·卡西迪、阿曼达还有我在波士顿碰头，商量了一下该怎么做。凯尔拍的照片好像从旧胶片里截下来的图片，所以我就写一些相应的故事。不幸的是，大部分故事都不能独立于照片单独看。（我最喜欢的是其中一个谋杀的故事，讲一个女人被打字机砸死了。）

　　我很喜欢这个故事，不用照片就能读。（原本的照片是年轻的阿曼达张着嘴死了，周围地上全是时装首饰。）

瘦白公爵归来

这个标题取自大卫·鲍伊的歌，多年前我就开始写这个故事了，当时一本时尚杂志请了著名日本艺术家天野喜孝来给鲍伊和他的妻子伊曼绘制一些时尚图画。天野先生问我愿不愿意给这些图画配上故事。故事我写了一半，后半段本来打算在下一期杂志上发表，但是杂志只发表了上半个故事就没兴趣了，故事也被人忘了。我觉得为了这本集子，可以冒险把这个故事写完，然后看看接下来会发生什么，故事会发展成什么样子。如果我提前知道（我肯定是知道的），我还是会以陌生人的眼光来重读这个故事，独自一人走进迷雾深处，看它通向哪里。

阴性后缀

生活模仿艺术。它自以为趁着艺术不注意的时候笨拙地加以模仿。

有些故事很不适合写在纸上，因为怕故事里的东西影响到真实世界。我被人邀请给一本情书集写一个爱情故事。我想起在克拉科夫的广场上有一尊人像，据说在那座城市的地下埋着一头喷火龙。

我遇到自己的真爱后，就和她交流我们的人生故事。她跟我说，她曾经扮过雕像。我就给她写了这个故事，她没被吓到。

我们认识后不久，我该过生日了，她化装成活人雕像在公园里给了我一个惊喜。她穿着二十美元买来的婚纱，站在一个箱子上假装雕像。大家把她叫作八尺新娘。我们结婚的时候她就穿着扮雕像的那件婚纱。但自婚礼后就再也没人见过那件衣服了。

严守礼仪

我不怕坏人，不怕邪恶的恶人，不怕怪物，不怕夜里的东西。

我怕的是那种认定自己绝对正确的人。这种人知道该如何表现，知道邻居们该做什么才是对的。

我们都是自己故事里的英雄。

这样的话，睡美人从另一个角度来看，就是截然不同的主题了……

睡美人与魔纺锤

这个故事写给梅利莎·马尔与蒂姆·普拉特编纂的小说集《破布骨头》，集子的副标题是"经典故事新视角"。他们请一些作者根据影响过我们的经典作品来写故事。我选了两则童话。

我很喜欢童话。我读过的第一个童话是《白雪公主与七个小矮人》，那本书里有很美的插图，我母亲会把其中的故事读给两岁的我听。我喜欢故事里的一切，也喜欢那些插图。最初是她给我读故事，后来我自己也能阅读了。再后来，我逐渐开始反思故事中比较奇怪的地方，随后我写了《白雪·镜子·苹果》（收录在《烟与镜》中）。

我也很喜欢《睡美人》，各种改编版都喜欢。我早先当记者的时候，读过很多厚厚的畅销书，后来我意识到可以把《睡美人》视为一本限制级小说，要素包括邪恶的跨国集团、高尚的青年科学家以及陷入不明原因昏迷的年轻女孩。我决定不写这个故事，因为它看起来完全就是精心计划的，这样的故事没办法让我踏上我所希望的写作之路。

梅利莎和蒂姆请我写故事的时候，我想了一下要是两个故事同时发生会是什么情况。如果已经是主人公的女性发挥更多的作用，更活跃而不是被动的话会怎么样？

可能我过分喜欢这个故事了。（现在英国有这本书的插画版，插图是由可敬的插画家克里斯·里德尔绘制的，二〇一五年末这个故事也在美国出版了。）

女巫时钟

我小时候读过一些诗歌，我会超乎寻常地对作者感到好奇。即使现在看我自己写的诗，我也会这样。这一次的情况是有一个女巫，还有一个看守。这是写给乔纳森·斯特拉恩的一个道歉礼物，因为我发现《遗忘之海》居然变成了小说。

黑狗

我们第一次认识巴尔德·影子·莫恩是在《美国众神》中，他被卷入了在美国生活的众神之间的战争。在小说集《易碎品》的《山谷君王》这个故事里，影子在苏格兰北部的一个派对上当保镖。

他启程返回美国，但是在这个故事里，他才走到德比郡的峰区。（这个故事其实是本书中最后一个写完的，正如封面[1]所说，是完全为这本小说集而写的。）

我要感谢我的朋友们，科林·格林兰和苏珊娜·克拉克带我去了沃德娄的三鹿头酒吧，那里有猫，有猎犬，各种的东西都有，于是我才有了灵感。还要感谢科林，我问他黑狗的事情的时候，他给我讲了碎步小道上黑魔鬼的故事[2]。

最后的这个故事讲了影子到达伦敦后发生的事情。如果他活下来，我就还有时间送他回美国。不过自从他走了之后，那边的事情也变了很多。

VI. 最后的警告

书中是有怪兽的，但是正如我出版第一本短篇集《烟与镜》时，奥格登·纳什所说：有怪物就有奇迹。

这里有些故事长，有些故事短。还有几首诗，这些诗可能要专门预警一下，提醒那些胆战心惊的读者以及被诗歌搞晕头的读者。（我的第二本短篇小说集《易碎品》中，我想告诉大家，诗歌都是突然降临的，是给那些不怕鬼怪的人的奖励，偶尔诗歌会溜进他们的短篇小说集里。）

---

1 指英文原版封面。
2 这是英国东安格利亚萨福克郡于公元十六世纪时的传说，据说曾经有一只名为"黑魔鬼"（Black Shuck）的黑狗在当地游荡，并杀害了四个人。

好了，你已经得到预警了。后面还有一些小高能，我写故事的时候它们就潜伏在黑暗中了。这本书有了正确的标签。现在你需要担心的是其他书，当然还有你的生活，生活巨大而复杂，而且出事之前绝对没有预警。

谢谢你阅读。享受这些从未发生过的事情吧。读完故事之后，再把你的面具戴好，不要忘了帮帮别人。

尼尔·盖曼

于黑暗森林的一座小木屋里

二〇一四年

目　录

造椅子

今天我决定开始写作。
故事好比在远处潜伏的雷雨，
在灰暗的地平线上轰鸣闪烁，
有邮件、有介绍，
还有一本书，一本该死的书，
有关乡村、旅行和信仰的书，
我必须写出来。

我造了一把椅子。
我用刀划开纸板箱，
（刀是我自己组装起来的）
拿出零件，小心翼翼地，搬到楼上。

"专为当代工作室打造的功能性座椅"

我固定好底座的五个脚轮，

听见它们令人满意地发出"砰"的一声，我就知道是安好了。

然后用螺丝安装扶手，

不过一时却搞不清楚左右，

螺丝好像也不对劲，

跟说明书写的不一样。还有底座，

座位下面的那个底座，

它连接着六个四十毫米的螺钉，

（奇怪的是，只有六个四十五毫米的螺钉）。

然后是椅背支撑头部的位置，

椅背连接着座位，问题就从这里开始了，

椅背两侧中间位置的螺钉，

戳不出来。

我组装椅子的时候，

奥森·威尔斯扮演的哈利·利姆透过旧收音机说：这一切都需要时间。

奥森遇到一位女士，

还有一个佝偻的占卜师，一个胖子，

还有一个被流放的纽约黑帮老大，

奥森和那个女士睡了，解决了谜题，解读了手稿，

还收了钱，

而我还没有做好椅子。

写书和组装椅子有点像。

也许书里应该加上警告才行，

就像组装椅子的说明书一样。

每本书都有一页折叠起来的纸，

上面警告说：

"一次只供一人使用。"

"切勿当作脚凳或梯子。"

"否则可能造成严重损伤。"

将来我会再写一本书，写完后，

我会站上去，

就像站在脚凳或者梯子上一样，

或者像是秋天搭在李子树上的旧木梯一样，

然后我会离开。

但是现在我必须遵守这些警告，

把椅子做完。

月亮迷宫

　　一个夏季的晚上，我们爬上小山丘。时间已经是八点半了，但是依然像下午三四点一样亮。天空很蓝。太阳低垂在地平线上，将云层染成金色、橙粉色和紫灰色。

　　"它是怎么关闭的？"我问向导。

　　"它永远不会关闭。"他回答。

　　"但你说那座迷宫现在已经不在了。"我说。

　　我在网上找到了有关月亮迷宫的消息，那是一个给你介绍世界上各种有趣的名胜的网站，网页上的一条脚注提到了月亮迷宫。与众不同的本地景点：越是俗气、越是人造的越好。我也不知道为什么会被这一条脚注吸引：用轿车和黄色校车砌成的没有石头的巨石阵、聚苯乙烯做成的大块奶酪模型，还有布满粉状物的水泥板做成的恐龙以及各种各样的东西。

　　我需要它们，不管我在哪里，它们给了我停车的理由，而且还能和别人说话。我曾经被邀请进入别人家里，进入别人的生活，因为我真心实意地赞美他们用发动机部件制作的动物园，用铝箔包裹锡罐、石块做的房子，用橱窗模特做的历史集会，虽然那些模特脸上的涂料都剥落了。那些在路边制造景点的人也会接受原原本本的我。

"我们把它烧了。"向导说。他年龄比较大，拄着拐杖走路。我遇到他的时候他正坐在镇子五金店门口的长凳上，他同意带我去看月亮迷宫曾经所在的位置。我们慢慢地穿过草坪。"月亮迷宫最后被烧了。很简单。迷迭香草丛着火了，烧得噼啪作响。烟雾很浓，飘到山上去了，我们都想起了烤全羊。"

"为什么把它叫作月亮迷宫？"我问，"是为了好听吗？"

他想了一下回答："我也不知道。反正肯定是有什么原因。我们把它叫作迷宫，但是我觉得就是个复杂一点的园子而已……"

"复杂一点的园子而已。"我重复道。

"这里有一些传统。"他说，"我们会在满月后的第一天走进迷宫。从入口开始。想办法走到中心，然后返回。我刚才也说了，我们只在满月后第一天才走迷宫。因为夜里亮，能看清路。其实随便哪个月亮明亮的晚上我们都可以去。从这里出来。步行去。大部分都两两结伴。我们会一直走到月亮暗下去。"

"没有人在黑暗中走？"

"有些人会的。但是他们跟我们不一样。那些都是小孩，月亮没了他们就拿上手电筒，走进迷宫，他们是些坏孩子，很坏，总想吓唬对方。因为有这些小孩，万圣节几乎是每个月都过。他们喜欢被吓唬。他们中有人说自己看到了一个施虐的人。"

"是什么样的施虐？"他那番话让我很惊讶。一般的对话里可不会说这些。

"我估计就是有个人在虐待其他人。我从来没见过。"

山顶上吹来一阵风。我闻了闻，空气中没有草木燃烧的味道，没有灰，完全是夏天傍晚正常的味道。附近有栀子花。

"月亮暗的时候只有小孩。新月出现的时候，孩子们还小，父母就会跟他们一起上山。父母和小孩。他们一起走到迷宫中心，大人们指着新月，说它像天空中的微笑，一个又大又黄的微笑。他们挥手，仿佛想把月亮从天上拉下来放在孩子们的小脸上一样。

"然后月亮越来越圆，成双成对的人们就来了。年轻的情侣来到山上谈情说爱，年长的情侣享受彼此的陪伴，他们早就忘了谈情说爱的日子。"他重重地靠着自己的拐杖。"不是忘了。"他说，"你不会忘。它就在你身体里某处。就算大脑忘了，牙齿或许也记得。也许指头记得。"

"他们有手电筒吗？"

"有时候有，有时候没有。没有云彩遮蔽月亮的夜晚最受欢迎，你可以走进迷宫。不久其他人也会来。月亮一天天升起来——其实我应该说一夜夜升起来。世界如此美丽。

"他们把车停在下面，就是你停车的地方，就在房子旁边，然后步行上山。所有人都步行，除了坐轮椅的人，还有一些被父母抱着的小孩。到了山上，有些人就会停下脚步互相爱抚。他们也会走进迷宫。里面有长椅，可以随时休息。然后他们会再次停下来互相抚摩。不要以为只有年轻人会这样，老年人也会。他们肌肤相亲。有时候你会听见树篱另一边传来声音，好像动物一样，这就暗示你要慢下来，或者最好走别的路。我来的次数不多，但是和以前相比，我现在更能接受这些事了。月光下，嘴唇贴着皮肤。"

"月亮迷宫被烧毁之前存在了多少年？是这些房子修起来以前就有，还是之后才有的？"

我的向导以轻蔑的语气说："之后，之前……比这些东西都要早。大家都说什么迈诺斯的迷宫，但是那跟这个迷宫不能比。迈诺斯迷宫只不过是一些通道，里头有个脑袋长角的家伙饿着肚子孤零零地走动，有些吓人而已。他并不是真的长着牛头，你知道吗？"

"你怎么知道？"

"看牙齿。耕牛和奶牛都是反刍动物，它们不吃肉。弥诺陶洛斯是吃肉的。"

"我没想过这一点。"

"大家一般都想不到。"山路变陡了。

我心里想，这里没有虐待别人的人，现在没有了。我也不会去虐待谁。但是我只是问："迷宫的树篱有多高？是真的树篱吗？"

"是真的。能长多高就长多高。"

"我不知道这一带的迷迭香能长多高。"我确实不知道。我现在离家很远。

"我们这里冬天暖和。迷迭香长得很茂盛。"

"那人们为什么把它烧了呢？"

他想了一下，"等我们到了山顶你就明白事情是怎么回事了。"

"是怎么回事？"

"到了山顶再说。"

山路越来越陡峭。去年冬天我在冰上摔了一跤，左边膝盖受了伤，所以不可能跑快了，现在我觉得山和台阶爬起来都非常费力。每走一步我的膝盖都疼，它在气愤地提醒我此处有伤。

很多人得知自己想要游览的特色景点多年前就被烧了的话，都会直接回车上继续朝最终目的地前进。但我比较固执。最美妙的东西都是在死寂的地方见到的：我曾经用一杯饮料的钱贿赂了一个夜班保安，然后进入了荒废的游乐园，还去过一个废弃的谷仓，当地农夫跟我说去年夏天至少有六七个大脚怪住在那里。他说大脚怪会在夜里嚎叫，而且很臭，但是它们一年前就搬走了。谷仓里确实有一股动物的臭味，但是可能是郊狼留下的。

"月亏的日子，他们怀着爱走进月亮迷宫。"向导说，"月盈的日子，他们心里就不是爱了，而是欲望。需要我给你解释一下这两者的区别吗？绵羊和山羊有什么区别？"

"不用了。"

"有时候也有病人来。腿脚不便、身体有残疾的人也会来，其中有些需要坐轮椅，有些要被人背上来。但是旅行的路线都是他们自己选择的，而不是背着他们的人、推轮椅的人选择的。路都是他们自己选的，与别人无关。我还小的时候，大家把这些人叫作残废。我很高兴如今大家都不这么叫了。失恋的人也会来。还有独身的人。还有疯子——有时候他们会被别人带来。他们受月亮的影响，所以应该也有机会被月亮治愈。"

我们靠近了山顶。天色昏暗。天空成了葡萄酒的颜色，西边的云被落日映得闪亮，只不过从我们所在的地方来看，太阳已经落到了地平线以下。

"我们上去之后你就知道了。山顶非常平坦。"

我想发表点意见，所以就说："在我的家乡，五百年前当地领主去拜见国王。国王展示他的大桌子、蜡烛和绘有美丽图画的天花板，每展示一样东西，领主都很不以为然，只是说：'我有更漂亮、更大、更好的。'国王认为他在吹牛，于是就说下个月他要去领主家用餐，使用那张更大、更好的桌子，用更大更漂亮的烛台点蜡烛，在更精美、更开阔的彩绘天花板之下用餐。"

我的向导说："他是不是把桌布铺在山顶的平地上，让二十个壮汉举着蜡烛，并在星空下用餐？我们这里也有人讲类似的故事。"

"的确如此。"我的故事就这样被轻描淡写地带过，我觉得有些不高兴，"于是国王知道领主说得没错。"

"那国王有没有把他关起来，拷打他呢？"向导问道，"我们这边的版本里结局就是这样的。据说那人还没来得及上甜点，他的上司就生气了。第二天这个人双手被砍掉了，舌头被端端正正地放在他胸前的口袋里，前额上有个弹孔。"

"在这里？在那边的房子里吗？"

"天啊，不是。那个人的尸体被放在夜店里。城里头。"我惊讶地发现天迅速黑了。西边还有一点亮光，但别的方向全都黑了，变成了一片深紫色。

向导说："满月的前一天，在迷宫里，要专门为有需要的人、虚弱的人留出位置。我妹妹有些妇科问题。他们说她必须把内里的东西都掏空，不然就有危险，总之就是很危险。她的肚子不像得了肿瘤，反而像怀孕一样鼓起来，尽管她都五十多岁了。满月的前一天她去了迷宫。在月光下从外面走进去，然后从迷宫中心再走出来，没有走错一步。"

"然后她怎么样了？"

"她还活着。"向导简单地回答。

我们来到山顶，但是我也不知道自己看了些什么。周围很黑。

"他们把她身体里的那个东西取走了。那东西也活着，活了好一会儿。"他停下来，拍拍我的胳膊，"看那边。"

我转身去看。月亮大得惊人。我知道这是光线造成的幻觉，月亮跟它升起来的时候相比并没有丝毫变化，但是这个月亮占据了地平线很大一部分，我甚至想起来弗兰克·弗拉泽塔给老版平装书画的封面，拿着剑的人在巨大的月亮的映衬下形成一个剪影，我想起那种狼在山顶嚎叫的画面，一个黑色的影子映在背景雪白的月亮里。那巨大的月亮像新鲜黄油一样呈现出奶黄色。

"到满月了吗？"我问。

"对，这就是满月了。"他很是满足，"那边就是迷宫。"

我们走过去。我本以为会看到满地灰烬，或者一片空地。然而在奶黄色的月光中，我看到一片大广场上，有一座由圆和螺环组成的复杂精美的迷宫。在这样的光线中我没法判断距离，但是我觉得广场每一边至少有两百英尺。

沿迷宫边缘种植的植物十分低矮，全都不到一英尺高。我弯腰摘下一片针一样尖细的叶子，在月光下它是黑色的，手指一捏就碎了。我吸了口气，它闻起来有股生羊肉味，仿佛精心切割并腌制好的羊肉放进铺了松针和松枝的烤箱里。

"你不是说人们把它烧了吗？"我问。

"确实。现在已经没有树篱了。但是季节到了，植物又开始生长了。有些东西你杀不死，迷迭香是很顽强的。"

"入口在哪里？"

"你就站在入口。"他说。他是个老人，拄着拐杖，和陌生人说话。没有人会想起他。

"满月的时候这里会发生什么事情？"

"本地人不会在满月的时候上来。满月的晚上来要付出很大代价。"

我走进迷宫。路上没有任何阻碍，灌木还不及我的脚踝高，仿佛厨房花园里的植物。如果我迷路了，也可以轻易跨过草丛走出去。满月的光很明亮。我能听见导游说话的声音。

"有些人觉得代价太高了。所以我们才上山把月亮迷宫烧了。我们带着火把趁月黑的时候来到山上，就像黑白电影里演的一样。我们都参与了，包括我。但你不可能杀死所有的东西。不可能的。"

"为什么是迷迭香？"我问。

"迷迭香是为了记住。"他对我说。

奶黄色的月亮上升的速度比我想象的快。现在它成了天空中一张苍白的鬼脸，冷静而悲悯，颜色变成了骨头般的苍白。

向导说："就算是满月的夜晚，你也有机会安全出来。首先你要走到迷宫中心，那里有座喷泉。你会看见的，不会搞错。然后你再从中心出来。不要走错，不要走到死路里，进去和出来都不要走错。现在树篱没有以前那么高了，走迷宫变得很简单。是个好机会。迷宫可以治愈一切让你烦恼的疾病。当然，你还得跑跑步。"

我回头看，发现向导已经不见了。我的前面有什么东西，在树篱小路之外，一个黑色的影子无声无息地沿着广场外围走动。它看起来像是一只很大的黑狗，但是行动的样子却不像狗。

它回过头朝着月亮嚎叫起来，那声音非常愉快。平坦的山顶上回荡着它的叫声，因为长时间爬山，我的左边膝盖疼起来，我跌跌撞撞地往前走。

迷宫是有规律的，我顺利前进。月亮亮得好似白昼。她过去总是接受我的礼物。她最终也不会愚弄我。

"跑。"一个声音低吼道。于是我像头羊羔一样跑进他的笑声中。

关于卡桑德拉

凌晨五点，在阿姆斯特丹的运河边，斯卡利和我戴着《侠盗双雄》的假发，还粘了鬓角。那天晚上我们一伙有十个人，包括新郎罗布，他被锁在红灯区的床上，下半身糊了一坨剃须泡沫，他未来的大舅子拍着妓女大笑不已，那妓女的屁股夹着一把直柄剃须刀，当时我看了一下斯卡利，他看了看我说："极力否认？"我点头。当新娘设法问你们周末单身派对的情况的时候，有些问题是你绝对不愿意回答的。于是我们溜出去喝酒，剩下八个戴着《侠盗双雄》假发的大男人（其中一个基本全裸，还被一副粉红色的手铐铐在床上，他似乎已经隐约觉得此次冒险不是个好主意了）待在充满消毒剂和便宜香薰味道的房间里。我们坐在运河边，喝着罐装丹麦啤酒谈起以前的事情。

斯卡利真名叫杰里米·波特，现在大家都叫他杰里米，不过我们十一岁的时候都叫他斯卡利，那位准新郎罗布·坎宁安跟我同校。后来我们分开，失去了联系，后来又通过如今常见的那种懒人方法重新联系上了，就是老友重逢网、脸书之类的，这次是自十九岁之后斯卡利和我第一次重聚。戴《侠盗双雄》的假发是斯卡利的主意，他说这样我们看起来就像这部电影里的兄弟二人——留大胡子的斯卡利，虽然矮但身材结实，我则是那个高个子。考虑到自从离开学校开始当模特之后我的收入还不错，我会把高个子那位设定得好看一点，然而戴《侠盗双雄》假发时还粘着鬓角的话，谁都不好看。

而且假发让人觉得很痒。

我们坐在运河边，啤酒喝完之后，我们继续聊天，一直聊到太阳出来。

上一次我见到斯卡利还是在十九岁，我们满怀雄心壮志。他刚以实习生的身份进入了RAF。他会驾驶飞机，还利用飞行的机会偷偷运毒，于是他一边为国家服务一边赚了很多钱。他从上学的时候开始就有很多疯狂的主意。有时候事情完全失败，有时候他会害得我们都惹上麻烦。

十二年后的现在，他的RAF生涯只维持了六个月就结束了，因为脚踝有毛病，现在他是一家生产双层玻璃窗公司的高管，按他的说法，离婚之后他分了一座小房子，养了一条金毛犬作伴。

他跟双层玻璃窗公司的一个女人交往，但他也不希望那个女人和她男朋友分手，因为这样似乎更方便些。"当然离婚之后有时候我也会哭着醒来，嗯，确实会的。"有一次他这样说。我想象不出来他哭的样子，而且他说的时候在笑，很灿烂的斯卡利笑脸。

我跟他说了我的事情，还在做模特，在朋友的古玩店帮忙，找事情做，有很多绘画工作。我很幸运，人们买我的画，每年我都可以在切尔西的小画廊里开个小个展，一开始只有熟人来买画——比如摄影师、前女友之类的——现在我认识了不少真正的收藏家。我们说起一些似乎只有斯卡利才记得的事情，他、罗布和我曾经是密不可分的铁三角，我们说起十几岁时候的伤心事，关于卡罗琳·明顿（现在跟一个牧师结婚了，名字变成了卡罗琳·基恩），还说起第一次厚着脸皮去看十八禁电影的事情，但是我们都忘了那部电影演了什么。

斯卡利说："那天我收到了卡桑德拉的消息。"

"卡桑德拉？"

"你的前女友卡桑德拉，你忘了？"

"……忘了。"

"从赖盖特来的那个。你每一本书上都写了她的名字。"可能我看起来特别不解或者特别困，或者完全是喝醉了的样子。因为他说："你是假期滑雪的时候认识她的。我的天啊，你的第一次就是跟她，卡桑德拉。"

"哦。"我想起来了，全都想起来了，"卡桑德拉。"我确实想起来了。

"是啊。"斯卡利说，"她给我在脸书上留言，说她在伦敦东区开了一家社区剧院。你去跟她聊聊吧。"

"真的吗？"

"应该是，看她写的留言，我觉得她对你还有感情。她问了你的事情。"

我不知道是他醉得太厉害了还是我醉得太厉害了，我们在晨曦中盯着运河。我说了几句话，但忘了说的是什么，然后我问斯卡利记不记得酒店在哪里，我反正是忘了，他说他也忘了，但是罗布记得很清楚，我们应该去找他，然后把他从一大群漂亮的妓女中救出来，手铐和刮胡刀也得取掉，但是我们意识到，自己忘了该走哪条路去找他。我们赶紧找线索，我发现衣服兜里有一张卡片，上面印着酒店地址，于是我们回了酒店。在离开运河、离开那个古怪的夜晚之前，我做的最后一件事情是摘下《侠盗双雄》的假发，把它扔进河里。

假发漂在水面上。

斯卡利说："我们交了押金的，你知道吧。你不想戴假发的话给我拿着就好了。"然后他又说，"你给卡桑德拉发个消息吧。"

我摇头。也不知道他是在网上遇到了什么人，又或者不知道是把谁当成卡桑德拉了，反正我知道那个人绝对不可能是卡桑德拉。

因为，卡桑德拉，是我虚构的。

我十五六岁的时候，总是觉得有点尴尬。我突然开始蹿个子，一下子就比绝大部分朋友都高了，我自己也知道自己太高了。我母亲经营着一家小马场，我在那里帮忙，但是那些女孩——能干、活泼又敏锐的那种女孩——让我觉得害怕。我在家写一些很蹩脚的诗，画水彩画，大部分都是画我家的小马。在学校里——我们学校只有男生——我打板球还不错，偶尔参加表演，跟朋友们一起玩，听磁带（当时CD是个新鲜事物，CD播放器很贵，很少见，我们的磁带播放器、高保真音响都是父母兄长姐姐淘汰的东西）。我们不说音乐、体育的时候，我们就讨论女孩子。

斯卡利比我大。罗布也是。他们喜欢带我一起玩，但是他们也会笑话我。他们把我当小孩，但我不是小孩。他们都跟女孩子做过那件事了。其实这也不全是真的，他们都是跟同一个女孩做的，卡罗琳·明顿，她非常开放，随时都可以跟人出去，只要对方有摩托车就行。

我没有摩托车。因为我没到可以骑摩托车的年龄，我母亲也买不起（我很小的时候父亲就因为麻醉剂过量的医疗事故去世了，当时他只不过是因为脚趾感染去做小手术而已。直到现在我都尽量不去医院）。我在派对上见过卡罗琳·明顿，但是有点怕她，就算我真的有了摩托车，我也不希望是跟她进行第一次性体验。

斯卡利和罗布都有女朋友。斯卡利的女朋友比他高，胸很大，喜欢足球，也就是说斯卡利也得假装自己喜欢足球，主要是喜欢水晶宫队。罗布的女朋友认为她和罗布必须有共同点，也就是说，罗布不可以听八十年代中期的流行电音——这是我们都很喜欢的，罗布必须改听那些在我们出生前就组建起来的嬉皮士乐队，很不好听，有时候罗布会拿回来好多她父亲收集的老电视剧，那些挺好。

我没有女朋友。

我母亲都开始说这件事了。

那个主意，那个名字是从什么地方冒出来的，我已经忘了。我就只记得我在作业本上写了"卡桑德拉"几个字，然后故意什么都不说。

"卡桑德拉是谁？"斯卡利在校车上问。

"谁都不是。"我回答。

"她肯定是某个人。你把她的名字写在你的数学作业本上了。"

"是我们假期去滑雪认识的一个女生。"上个月的时候，我母亲、我、我姨妈还有表兄弟去奥地利滑雪了。

"我们可以见见她吗？"

"她住在赖盖特。应该可以吧。有机会的话。"

"嗯，但愿如此。你喜欢她吗？"

　　我没马上回答，因为我要等着恰当的时机，接着我说："她接吻真的很棒。"斯卡利就笑起来，罗布想知道是不是舌吻，我说："随你们怎么想。"然后等那一天结束的时候，所有人都相信卡桑德拉是真的了。

　　得知我终于有女朋友了，我妈妈很高兴。她提问我就耸耸肩膀敷衍过去。（比如卡桑德拉的父母是做什么的之类。）

　　我跟卡桑德拉"约会"了三次。每次约会，我都坐火车去伦敦，然后自己看电影。某种意义上来说，也是很好玩的。

　　第一次回来之后，我又编了些结婚、胸部的触感之类的故事。

　　第二次约会（其实是我一个人在莱斯特广场看《摩登保姆》），我跟妈妈说我们手拉手看了电影，但是吞吞吐吐地跟罗布和斯卡利说那是我的"破处日"，地点是伦敦卡桑德拉的姑妈的公寓，她姑妈走了，卡桑德拉有钥匙（这两个人发誓保密，但是不到一周就有其他同学听到风声跑来问我是不是真的）。作为证据，我有一包安全套，少了一个只剩三个，其中一个我扔了。另外还有四张连贯的黑白照片，是我第一次去伦敦的时候，在维多利亚车站的照相亭垃圾桶里捡到的。那一连照片上拍的是一个跟我年龄相仿的女孩，头发长且直（颜色我不确定，可能是暗金色，或者红色，也许是浅棕色），她面容友善，长着雀斑，挺漂亮的。我把照片揣进兜里。美术课上我照着第三张照片，也就是我最喜欢的一张画了素描。那张照片里，她略微侧着头，仿佛在招呼照相亭外某个朋友。她很可爱，很迷人。我希望她真的是我的女朋友。

　　我把那幅画挂在卧室墙上，躺在床上就能看见。

　　第三次约会之后（看的是《谁杀害了兔子罗杰？》）我带着坏消息回到学校：卡桑德拉全家都要搬去加拿大（我觉得去加拿大比

去美国可信），因为她父亲的工作调动了，我可能很长时间都见不到她了。我们并没有分手，但是彼此都需要现实一点：那时候视频电话太贵了，十几岁的孩子用不起。于是这一切就结束了。

我很难过。所有人都知道我很难过。大家都说他们很想见见卡桑德拉，也许可以等她圣诞节回来的时候？我确信等不到圣诞节大家就忘记她了。

事实的确如此。圣诞节我和妮基·布莱文斯约会了，卡桑德拉仅剩的痕迹是我的作业本上的几个名字，还有我的卧室墙上挂的一幅画，下面写着"卡桑德拉，一九八五年二月十九日"。

我妈妈卖掉马场的时候，那幅画也在搬家时弄丢了。那时候我在上艺术大学，想到自己虚构了一个女朋友，还画了她的素描，真是觉得很丢人，于是也就没去找了。

我已经有二十年没有想起过卡桑德拉了。

我母亲把马场、房子以及草地都卖给了开发商，开发商在我们原来的地上修了个住宅区，作为协议的一部分，我母亲得到了一套小独栋，地点就在西顿路尽头。我至少每两周去看她一次，通常是星期五回去，星期天早晨走，规律得像客厅里的落地钟。

我母亲很在意我的幸福。她经常跟我说她的某个朋友有适合结婚的女儿。最尴尬的一次对话是她想把我介绍给他们教堂的风琴师，她说那个年轻人跟我同龄。

"妈妈，我不是同性恋。"

"没关系的，孩子。各种各样的人都有。他们还能结婚呢。不是真的结婚，但是跟结婚差不多。"

"我真的不是同性恋。"

"我就是觉得，你到现在还不结婚，还画画，还做模特。"

"我交过女朋友的，老妈。你见过好几个呢。"

"一个也没成啊，孩子。我觉得你应该有话想跟我说。"

"我真的不是同性恋，妈妈。是的话我会跟你说实话的。"接着我又说，"在艺术学校的时候，我在派对上亲过蒂姆·卡特，那时候我们都喝醉了，而且之后也什么都没发生。"

她诡秘地一笑："这就够了啊，年轻人。"然后她就换了个话题，仿佛是要清除掉嘴里的怪味似的，她说，"你绝对想不到上周我在乐购遇到了谁。"

"谁啊？我猜不到。"

"你的前女友。初恋的那个。"

"妮基·布莱文斯？等等，她结婚了吧，对不对？改叫妮基·伍德布里奇了？"

"是妮基之前的那个。卡桑德拉。我在她后面排队。本来我是在她前面，但是我忘了买今天配浆果的奶油，所以又回去拿了，结果她就到我前面了，我看着她很面熟。一开始我以为她是乔安妮·西蒙德的小女儿，就是有语言障碍的那个，以前我们都叫她结巴，但是现在不能那么说了。接着我想，我知道在哪里见过她了，那张脸在你床边挂了五年，我就问：'你是卡桑德拉吧？'她说：'是啊。'我说：'也许我说这话你会笑我，不过我是斯图尔特·英尼斯的妈妈。'她说：'斯图尔特·英尼斯？'然后就恍然大悟了。然后我把东西放进购物袋，她就在旁边陪我。她说她已经在脸书联系上了你的朋友杰里米·波特，他们说起你的事情……"

"你说脸书？她跟斯卡利在脸书上联系过了？"

"是啊，亲爱的。"

我喝了口茶,也不知道我妈妈到底是跟谁聊天了。我说:"你确定是挂在我床边那幅画上的卡桑德拉?"

"是啊,亲爱的,她跟我说你带她去了莱斯特广场,还说她们搬家去加拿大的时候她很悲伤。他们去了温哥华。我问她有没有遇到过我的表兄莱斯利,他二战之后就去了温哥华,她说应该没遇到,毕竟温哥华是个大城市。我跟她说你画了那幅素描,她很想知道你的近况。她听说你这周要去参加一个画廊的开业仪式,就很高兴。"

"你跟她说了这个?"

"是啊,亲爱的。我觉得她很想知道。"然后我妈妈又充满希望地说,"她真的很漂亮,孩子。我记得她开了一家社区剧院还是什么的。"然后话题又转向邓宁医生的退休生活,在我出生前邓宁医生就是我们的医生。我妈妈说他是这行里唯一的非印度人了,然后她又说了些别的想法。

那天晚上我躺在母亲房子里那间留给我的小卧室里,反复回想白天的对话。我很久不用脸书了,也许可以回去看看斯卡利的朋友是哪些人,这个冒牌的卡桑德拉是否也是其中之一,但是那里有很多人我都不想再见到,很快我就不再去想了。最终肯定是一个很简单的解释,这样一想,我就睡了。

我在切尔西的利特尔画廊卖画有十多年了。以前我的画只占了墙面的四分之一,每幅画的价格不超过三百镑。现在我每年十月都在这里举办画展,为期整整一个月,准确来说我只需要卖出去十几幅画就够了,足以交房租、维持日常生活,一直生活到明年。没卖出去的画就一直挂在画廊里,直到卖出去为止。一般到圣诞节就卖掉了。

经营画廊的那对情侣名叫保罗和巴里，从十二年前，我第一次在他们的画廊展出画作开始，他们就叫我"帅小伙"，也许当年他们说的是事实。那时候他们穿着花哨的开领衬衣，戴着金链子，现在两人都进入中年了，他们穿着昂贵的西装，而且老是谈论我不怎么喜欢的股票交易。但我还是喜欢他们。我每年跟他们见三次面：九月他们来我的画室看我有没有在创作，然后选了一些作品准备展览。然后是十月的时候把画挂起来，展览开幕。接着就是二月份我们结账。

巴里负责画廊的经营工作。保罗是共同所有权人，通常是聚会的时候露面，同时也在皇家大剧院的服装部门工作。今年的预展派对在星期五晚上举行。之前好几天我都在紧张地布置画作。现在我的工作完成了，除了希望大家喜欢我的画以外，就只能等着、当心自己不要出丑，再没有别的事情做了。按照巴里的指示，我已经这样做了十二年："少喝香槟，多喝水。对收藏家来说最坏的事情就是遇到喝醉了的艺术家，尤其是因为醉酒而出名的那种，但是亲爱的，你不是那种人。你要表现得亲切又神秘，人们问你画作背后的故事时，你要说：'我不能说'。但是千万要暗示对方绝对有故事。他们买的就是故事。"

我很少邀请别人来参加预展派对，有些艺术家会把预展当作社交活动，邀请很多人。但我不会。我严肃对待自己的作品，并对自己的作品感到骄傲（最近一次展览名为"风景中的人"，基本上都是在关注我的作品），我认为派对只是和广告一样的活动，对潜在买家进行预告，还有就是招待那些会给出好评并对买家进行宣传的人。我说这些是为了跟你说明，预展派对的客人名单是巴里和保罗拟定的，不是我。

预展时间定在下午六点半。整个下午我都在忙着挂画，确保每件事都万无一失，每年我都要做这些事。今天唯一有点不同的就是保罗似乎很激动，像小孩忙着要告诉你他给你买了生日礼物似的。而巴里呢，挂画的时候他跟我说："我觉得今晚的展览会让你声名大噪。"

我说："我觉得《湖畔》那幅画的价格似乎写错了。"那幅画尺寸很大，画的是温德米尔的落日景象，有两个小孩茫然若失地看着湖岸。"是三千镑，而不是三十万镑。"

"是吗？"巴里温和地说，"天啊。"但是他没有改过来。

这就很奇怪了。但是第一个客人已经提前来了，写错的事情可以放一放。一个年轻人请我尝尝盛在银色托盘里的蘑菇泡芙。我从角落的桌子上拿了一杯必须慢慢喝的香槟，然后打算去跟人交流一下。

所有的画价格都标得很贵，按照这些价格利特尔画廊恐怕一幅画也卖不出去，我不禁有些担心明年的生计。

巴里和保罗负责带我在屋里四处走动，逢人就说："这就是那位画家，帅小伙斯图尔特·英尼斯，是他画出了这些美丽的作品。"我跟对方握手微笑。等晚会快结束的时候，我就跟所有人都见过面了，保罗和巴里很会介绍人，他们说："斯图尔特，你还记得大卫吗，他在《邮报》上写过关于艺术的文章……"然后我就说："当然记得啊。你还好吗？真高兴你能来。"

在屋里人最多的时候，一个十分引人注意的红头发女人突然喊道："印象派是狗屎！"还没有人给我介绍过她。

我当时正在和《每日邮报》的艺术评论家说话。我们转过身，他问："是你的朋友吗？"

"不是。"我回答。

她还在大喊大叫，而派对上其他人都安静下来了。她高喊："谁都不喜欢这些狗屎！不喜欢！"然后她伸手从外套口袋里掏出一瓶墨水高喊一声："你倒是卖啊！"然后就把墨水泼到了《温德米尔的落日》那幅画上。那是一瓶蓝黑墨水。

保罗跑到她身边夺走墨水瓶说道："女士，这幅画价值三十万英镑。"巴里抓住她的胳膊说："你还是去警察局坐坐吧。"然后就把她送进办公室里。她边走边喊："我不怕！我骄傲！他这样的艺术家就只能骗骗你们这些不懂事的买家。你们这些蠢货！印象派是狗屎！"

然后她就出去了，参加派对的人窃窃私语，看着画上的墨水痕迹又看着我。《邮报》的那个人问我对此事如何评价，看到三十万英镑的画作被毁我有何感想。我嘀咕了几句我对自己当画家一事很自豪，艺术本质是短暂的之类的话。他说他认为今晚的事件本身就是一种艺术，我们都表示同意。不管这事艺术不艺术，反正那个女人肯定脑子不正常。

巴里再次出现，对所有人解释说：保罗正在处理那个女人的事情，但最终的决定权还是在我。宾客们还在激动地窃窃私语，巴里把他们全都送走了。他边送客边道歉，说我们度过了激动人心的夜晚，还说明天也会照常开门。

画廊里只剩我们的时候，他说："一切顺利。"

"什么？那真是灾难啊。"

"嗯。'斯图尔特·英尼斯，三十万英镑的画作被毁'。你应该表现得大度点对不对？她也是一个艺术家，不过目的不一样。有时候你就需要一些东西来把你踢进下一个阶段。"

我们去了后面的房间。

我说："这是谁的主意？"

"我们的。"保罗说。他正在后屋跟那个红头发女人喝着白葡萄酒。"主要还是巴里想出来的。我们需要一个好演员来执行，于是我找到了她。"她笑了笑，还挺谦虚的，可能是想做出既有点尴尬但又对自己很满意的表情。

巴里朝我笑了笑说："帅小伙，如果这样还不能让你引起公众注意，那什么都不行了。你现在是个重要人物了，都有人攻击你了。"

"温德米尔那幅画就毁了。"我说。

巴里看了看保罗，他们笑起来。"已经卖掉了，连同墨迹一起，一共卖了七万五千镑。"巴里说，"我一直都说了，人们以为自己买的是画，其实他们买的是故事。"

保罗给我们倒了酒。他对那个女人说："我们欠你的情。斯图尔特、巴里，我提议向她敬酒。干杯。"

"敬卡桑德拉。"我们说着干杯。这一次我没有小口喝。我需要干了这杯酒。

喝完了之后，保罗说："卡桑德拉，这位富有魅力又有才华的年轻人就是斯图尔特·英尼斯。"

"我知道。"她说，"其实我们以前就认识。"

"说说看。"巴里说。

"嗯。"卡桑德拉说，"二十年前，斯图尔特把我的名字写在他的数学作业本上。"

她看起来很像画上那个女孩，或者说看起来很像照片里的女孩长大的样子。她的脸尖尖的。看起来很聪明，很自信。

我这辈子都没有见过她。

我说了句："你好，卡桑德拉。"但除此以外也想不出其他什么话可说了。

我们在我公寓楼下的酒吧里。他们那里也提供食物，比一般酒吧好些。

我觉得，我跟她说话的态度就好像她是我的发小。我提醒自己，我不认识她。我今晚才认识她。她手上还有墨水的痕迹。

我们看了菜单，点了一样的食物——一些素食。东西上来之后，我们先吃菜叶包，然后吃鹰嘴豆泥。

"你是我编出来的。"我对她说。

我第一句话说的不是这个。一开始我们说的是她那家社区剧院，她是如何认识保罗的——保罗为今晚这件事付了她一千镑——以及她确实需要钱，但是答应保罗主要还是因为这件事听起来好玩。她说，要是知道是泼我的画，她肯定不会答应。她觉得这一定是命运。

于是我就说了那句话。我怕她以为我疯了。但是我还是说出来了："你是我编出来的。"

"不。"她说，"我不是你编的。我就在这里，显然不可能是你编出来的。"接着她又说，"你要摸摸我吗？"

我看着她。她的脸，她的动作，她的眼睛。她确实是我梦中情人的样子。全无我看其他女人时觉得不满的地方。于是我说："好的，要啊。"

"我们先吃晚饭吧。"她说完这句接着又说，"你上次跟女人在一起是多久以前？"

"我不是同性恋。"我说，"我有女朋友。"

"我知道。"她说，"最后一个是什么时候？"

我想了一下。是布里吉特？还是那个特别时髦的中介，送我去冰岛那个？我也不确定。我说："两年吧。也许三年。我只是还没遇到对的人。"

"你遇到过。"她说。她打开自己的手提包，那个包是紫色的，很大，看起来软趴趴的，她拿出一个硬壳文件夹，打开之后拿出一张边缘发黄的纸。"看。"

我想起来了。我怎么会忘呢？那是挂在我床头好几年的画。她看了看周围，仿佛是在跟某个窗帘外面的人说话。画上写着：卡桑德拉，一九八五年二月十九日。还有个斯图尔特·英尼斯的签名。看到自己十五岁时候的签名真是又尴尬又暖心。

"一九八九年我从加拿大回来了。"她说，"我父母在那边离婚了，妈妈想回来。我想知道你在做什么，所以就去了你们家原来在的地方。房子已经空了。窗户也破了。早就没人住了。他们已经把马厩拆掉了——我很难过，我是一个爱马的女孩子。但我还是走进那座房子，最后找到了你的卧室。虽然家具没有了，但确实是你的卧室。闻起来有你的味道。那幅画还钉在墙上，任何人都能一眼看见。"

她笑了。

"你是谁？"

"卡桑德拉·卡莱尔。三十四岁。前演员。失败的剧作家。现在在诺伍德经营社区剧院。大厅可出租。每年演四场，有工作室，还有哑剧表演。你是谁，斯图尔特？"

"你知道我是谁。"接着我又说，"你知道我之前从没见过你，对不对？"

她点头说:"可怜的斯图尔特。你住在楼上,对不对?"

"是的,有时候有点吵。但是坐地铁方便。房租也不贵。"

"我们结账然后上楼吧。"

我去拉她的手。但是她迅速躲开说:"等等,我们先谈谈。"

于是我们去了楼上。

"我喜欢你的公寓。"她说,"一看就肯定是你会住的那种地方。"

"也许该考虑搬到大一点的地方去。"我对她说,"但我觉得这里很好。我的工作室后窗的光线很好——现在是晚上,看不到。总之很适合画画。"

带别人回家的感觉很奇怪。你不得不用一种全新的眼光去看自己生活的地方。客厅有两幅我自己的油画,那是我短命的模特生涯留下的(我没耐心为了摆造型站那么久,我自己知道),小厨房里有一张放大的我的广告照片,厕所台阶上的书封上也是我——大部分都是言情小说。

我带她看了工作室,然后又看了卧室。她看了看爱德华七世时代的理发椅,这是我从肖迪奇一个倒闭的古董店里淘来的。她坐在椅子上脱下鞋。

"你喜欢的第一个成年人是谁?"她问。

"这问题真奇怪。我觉得是我母亲。我也不知道。为什么这么问?"

"我三岁,或者四岁的时候。有个邮递员,被我叫作邮差先生。他开着小邮车来,送给我一些可爱的东西。不是每天来,他隔三岔五来。棕色的包装纸上写着我的名字,里面装着娃娃或者糖或者别的东西。他长得和蔼可亲,鼻子上好多疙瘩。"

"他是真实存在的吗？听起来像是小孩编出来的人。"

"他把邮车开进房子里。那车子并不大。"

她一边说着一边解开衬衣扣子。她的衬衣是奶油色的，还沾着一些飞溅的墨点。"你记得的第一件事情是什么？不是别人跟你说的那种。是你自己真正记得的。"

"三岁的时候我和父母一起去海边。"

"是你记得的？还是别人告诉过你？"

"问这个有什么用呢……"

她站起来，扭了几下，把裙子脱掉。她穿着白色的胸罩，深绿色的内裤有点旧了。那是很平常的穿着，不是你穿着想要给新情人看的东西。我好奇脱掉胸罩后她的胸部看起来是什么样的。

她离开椅子和我并排坐在床边。

"躺下。到床那边，我会躺在你旁边。你不要碰我。"

我躺下，手放在身旁。她低头看着我。她说："你真美。我不确定你是不是我喜欢的类型，但是我十五岁的时候一定会喜欢你。礼貌、可爱、没有威胁。懂艺术。有小马。有马场。女孩子没有准备好你也肯定不会采取下一步行动吧，我猜对了没有？"

"是的。"我说，"你猜对了。"

她躺在我旁边。

"你可以摸我了。"卡桑德拉说。

去年下半年我又开始想斯图尔特了。可能是因为压力太大。工作大体上还算比较顺利，但是我和帕维尔分手了。他其实人不坏，但是他确实跟很多东欧那边的麻烦事情有牵连。我在考虑要不要网恋。我在网上浪费了一周时间，有一个专门帮助老友重逢的网站，很容易就联系上了杰里米·"斯卡利"·波特，还有斯图尔特·英尼斯。

我觉得我没办法这样继续下去。我缺乏那种专注力，没有办法注重细节。这是人老了之后会失去的东西之一。

我父母没时间的时候，邮差先生就会来我家。他带着那种小矮人一般的微笑，朝我挤挤眼睛，给我棕色纸包装的包裹，上面用大写字母写着"卡桑德拉"，里面装的是巧克力，或者娃娃，或者书。他的最后一件礼物是一个塑料做的粉色麦克风，我可以在屋里边走边唱歌，假装自己上电视了。那是我收到的最好的礼物。

我父母没问礼物是从哪里来的。我也没考虑过它们究竟是从哪里来的。它们就是邮差先生送的，他开着他的小面包车进入客厅，来到我的卧室门口，他肯定会敲三次门。我是个感情外露的女孩，收到塑料麦克风之后，我跑过去抱住他的腿。

很难描述那时候发生了什么。他像雪一样化了，或者灰一样散了。某个刹那，我似乎抱住了一个人，但接着就只剩下白色的灰，随后一切都消失了。

我希望在那之后邮差先生能回来，但是他再也没出现。他消失了。再后来我就很不愿意想起他了：我太沉迷了。

这个房间太奇怪了。

为什么我觉得自己十五岁的时候喜欢的人现在会让我开心呢，我觉得很奇怪。斯图尔特很完美：马场（有小马），会画画（他是多么的敏感），他还没有和女孩子上过床（我是第一个），他很高，黑发，而且非常帅气。我喜欢他的名字，有一点点苏格兰风格，听起来仿佛小说里的英雄。（在我看来是这样的。）

我把斯图尔特的名字写在我的作业本上。

我没跟朋友们说过那件最重要的事情——斯图尔特是我虚构的。

我从床上坐起来，低头看，黑色绸缎床单上留下一个灰烬或什么粉末组成的人类轮廓。我穿上自己的衣服。

墙上照片里的人渐渐淡去。这个我倒是没料到。不知道几小时后他的世界会剩下些什么，我想着还是不要画蛇添足了，这只是个性幻想，是某种令人安心舒适的东西。他一生都没有真正触碰到任何人，他只是一幅画，是少数人脑海中模模糊糊的记忆，这些人绝大部分时间根本就没想起过他。

我离开公寓。楼下酒吧里还有人。他们坐在角落的桌旁，那是刚才斯图尔特坐的位置。蜡烛已经烧完了，我觉得那就是我们。一个男人和一个女人在谈话。很快，他们起身离开了，蜡烛灭了，灯也关了，要等到明晚才重新点亮。

我叫了一辆出租车。有那么一刻——我希望是最后一次——我很想念斯图尔特·英尼斯。

我靠在出租车靠背上，不再想他。我希望自己的钱够打车，接着我发现自己在想：等明天早晨，我包里是会有一张支票，还是一张白纸。但是无所谓了，我闭上眼睛等着回家。

无光之海深处

泰晤士河是一头肮脏的野兽，它像盲蜥或海蛇一样穿过伦敦城。所有的水流都流进泰晤士河，舰队街的水道、泰伯恩刑场的水道、奈金格尔，所有的脏东西、渣滓、废品都被冲进去，猫狗的尸体、猪羊的骨头也被冲进泰晤士河棕色的水中，随后它们随水流一路向东，被冲进入海口，进入北海，被人遗忘。

伦敦正下着雨。雨水将脏东西冲进水沟，从水沟流进河道，再从河道流进更大的水体。雨很吵闹，淅淅沥沥噼噼啪啪地打在屋顶。如果从天上掉下来的雨是干净的，它一挨到伦敦就变脏了，混入了灰尘变成了泥浆。

没有人喝泰晤士河的水，也没有人喝雨水或河沟里的水。大家开玩笑说泰晤士河的水喝了就会死，当然这不是真。有些拾荒者会潜入水中捡硬币，然后再从河中浮上来，哆嗦的手中拿着硬币。他们当然没死，不过这些拾荒者也活不过五十岁。

那个女人似乎不在乎下雨。

她走在罗瑟希德的码头上，她在这里走了很多年，有数十年了吧，其实谁也不知道她在这里走了多少年，因为没有人在意。她走在码头上，有时看着大海。船只下锚时，她去检查船只。她必须做些事情才能避免身体和灵魂分离，但是码头上这些人根本不知道身体与灵魂分离是什么意思。

下暴雨时，你可以躲在修帆工撑起来的帆布棚下面。起初你相信自己是独自一人在躲雨，因为她像尊雕像般一动不动，望着远处的水面，然而透过雨帘什么也看不到。泰晤士河的彼岸消失了。

随后她看着你。她看见了你，就开始讲话，但不是对你讲，不是的，她是对着从灰色天空中落下并流进灰色河流里的灰色雨水说话。她说："我的儿子想当水手。"你不知道该如何回答，也不知道该说些什么。在这样的暴雨中要大喊大叫着才能听清自己的声音，但是她一说话你就能听见。你发现自己伸长了脖子努力听她说话。

"我的儿子想当水手。"

"我告诉他别去海上。我是你的母亲，我说。大海可不像我这么爱你，她很残忍。但是他说，啊，母亲，我必须去看看世界。我要看热带的日出，要看北方的光芒在极地的天空中舞蹈，最重要的是，我要创造属于自己的财富，然后我就会回到你身边，为你修一座房子，有仆人伺候你，我们可以一起跳舞，母亲，我们一起跳舞……

"我在漂亮的房子里干些什么呢？我对他说。你是个光说漂亮话的傻瓜。我跟他说了他父亲的事情，那个人去了海上再也没有回来——有人说他掉到海里死了，有人赌咒发誓说他在阿姆斯特丹开妓院。

"都一样。大海把他带走了。

"我的儿子在十二岁那年跑了，他跑到码头上，登上自己看到的第一艘船。有人说他去了亚速尔群岛的弗洛勒斯岛。

"有些船充满厄运。那些不好的船。每次遭遇灾难他们就给船刷一遍油漆，取个新名字，好骗过那些粗心的人。

"水手都很迷信。他们之间有很多传闻。这艘船被船长开到沙滩上搁浅，是船主命令的，目的是欺骗保险公司，然后再修理一遍，船就焕然一新，它被海盗占领，后来运过一些毯子，然后就成了一艘瘟疫船，船员都死了，只剩三人把它开进哈里奇的港口……

"我儿子上了一艘货运船。它正在返航途中，带着我的儿子和他带给我的他的工钱——因为他太年轻，还不懂得给女人和酒花钱，这跟他父亲不一样——结果他们遭遇了风暴。

"他是救生艇上最小的。

"他们说要公平抽签，但我不信。他比他们都小。乘救生艇漂了八天之后，他们实在太饿。就算他们真的抽签了，肯定也会作弊的。

"他们把他的骨头一块一块地啃干净，然后送给他的新母亲，大海。她没有流一滴泪没有说一句话就收下了它们。她很残忍。

"有些夜里，我希望他没有告诉我真相。他可以撒谎。

"他们把我儿子的骨头扔进海里，船上的大副——他认识我的丈夫，也认识我，说实话，他所认识的我比我丈夫自以为认识的我要真实得多——他留下了一块骨头，作为纪念。

"他们回到陆地上之后，所有人都发誓说我的儿子在风暴中失踪，船沉没了。夜里他来了，他跟我说了真相，他给了我那块骨头，因为我们之间曾经还有一些爱意。

"我说，你做了一件坏事，杰克。你吃掉的是你自己的儿子。

"那天晚上，大海也带走了他。他自己走了进去，衣服兜里装满了石头，他一直走。他从来都不会游泳。

"我将那块骨头挂在链子上纪念他们两个，深夜时分，风掀起海浪将它们驱赶到沙滩上，那风在房子周围号叫，仿佛婴儿在哭泣。"

雨小了，你以为她说完了，但是这个时候她才第一次看着你，似乎是要说些什么。她从脖子上取下某个东西递给你。

"给。"她说。她的眼睛看着你，那双眼睛是泰晤士河一样的棕色。"你想摸一下吗？"

你想把那个东西从她脖子上扯下来扔进河里，或是等着拾荒者去捡，或是被冲走。但是你却跌跌撞撞地离开了帆布篷，雨水顺着你的脸流下来，仿佛某个人的泪水。

"真相是黑暗群山中的洞窟……"

你问我能不能原谅自己？我可以原谅自己做过的很多事情。比如我把他丢下。我做过的事情，都可以原谅。但是我不能原谅自己在某一年憎恨自己的女儿那件事，我以为她逃走了，逃到城里去了。那一年，我不准有人提起她的名字，如果我祈祷的时候说到了她的名字，那也是为了询问上帝她什么时候才能明白她的行为所包含的意义，明白为这个家族带来了多大的耻辱，以及她母亲泛红的眼圈。

我憎恨这样做的自己，任何事情都不能减轻这种憎恨，甚至最后一夜在山上发生的事情也不能。

我找了十年，却一无所获。我可以说我偶然找到了他，但是我不相信巧合。只要你走过那条路，就一定会来到山洞。

但那是之后的事情了。首先，这片大陆上有一座峡谷，一座粉刷成白色的房子坐落在平缓的草地上，一条水花四溅的小河从草地上流过，那座房子就像一块白色的天空落在绿色的草地上，欧石楠刚刚绽放出紫色的花朵。

屋外有个男孩，正在刺草丛里收集羊毛。他没看见我靠近，也没看我一眼，最后我说："我也捡过。从灌木和刺丛里收集羊毛。我妈妈会把羊毛洗干净，然后给我做东西。比如球和娃娃之类。"

他转过头，似乎很惊讶，仿佛我是凭空出现的一样。其实不是。我走了很长的路，接着还要走无数英里。我说："我走路很安静。这里是卡卢姆·麦金尼斯的房子吗？"

男孩点头，站了起来，他比我高大约两指。他说："我就是卡卢姆·麦金尼斯。"

"这里有其他同名的人吗？我要找的卡卢姆·麦金尼斯是个成年人。"

男孩没说话，只是把一大团羊毛从荆棘丛的枝丫上解下来。我说："你的父亲呢？他是不是也叫卡卢姆·麦金尼斯？"

男孩看了我一眼，问道："你是什么人？"

"我是一个矮子。"我回答，"但确实是个成年人。我来找卡卢姆·麦金尼斯。"

"为什么？"男孩犹豫了一下又说，"你为什么这么矮？"

我说："因为我有事想问你的父亲。大人的事。"我看到他嘴角露出笑意，"个子矮也不是坏事，小卡卢姆。有一天晚上坎贝尔家的人来敲我的门，他们一大群十二个拿枪拿棍的男人，让我的妻子莫拉格把我交出来，那群人为了一些胡编乱造的小事情想报复我、杀死我，她说：'小约翰尼，赶快往草地那边跑，叫你爸爸过来，我找他'。坎贝尔那群人看着男孩跑出门。他们知道我是最危险的。但是谁都没有告诉他们我是个矮子，就算有人说了他们也不会信。"

"那个小孩叫你了吗？"捡羊毛的男孩问。

"没有什么小孩。"我对他说，"就是我自己。他们想抓我，我却从他们的指缝之间溜出门。"

男孩笑起来，接着他说："坎贝尔家那些人为什么抓你？"

"他们对于牛的归属问题感到不满。他们认为牛是他们的。而我则认为自牛翻过山坡跑到我家里来那天晚上起，它们就不再属于坎贝尔家了。"

"稍等一下。"小卡卢姆·麦金尼斯说。

我坐在小溪边看着那座房子。那是一座很大的房子，我觉得它应该是一座医生的房子或者律师的房子，而不是边境掠夺者的房子。地上有卵石，我把它们堆起来，又把石头一块一块地扔进河里。我视力很好，我喜欢把石头扔在草地上或扔进水里。我扔了一百块石头，那孩子终于回来了，跟他一起回来的是个精神抖擞的高个子。他的头发里夹杂着灰色的纹路，脸很长，好像狼的脸。山上没有狼，至少现在没有了，熊也没有了。

"你好啊。"我说。

他没说话，只是看着我。我习惯了别人盯着我看。我说："我找卡卢姆·麦金尼斯。如果你就是的话，我很高兴见到你。如果你不是，请现在就告诉我，我这就离开。"

"你找卡卢姆·麦金尼斯做什么？"

"我想雇用他当向导。"

"你想让他带你去哪里？"

我看着他，"不好说。"我回答，"有人说那个地方不存在。是雾岛上的一个洞窟。"

他没说话，过了一会儿才开口："卡卢姆，回屋去。"

"但是，爸……"

"跟你妈妈说是我让她给你一点小药片的。你会喜欢的。去吧。"

男孩脸上闪过一串复杂的表情——疑惑、饥饿、欢喜——然后他转身跑向白色的房子。

卡卢姆·麦金尼斯说："谁让你来的？"

我指着我们两人之间那条流水潺潺的小河，它朝着山下流去。我问："这是什么？"

"是水。"他回答。

"它们说对岸有一位国王。"我对他说。

此时我完全不认识他，后来也没有十分了解他，但是他的眼神变得很警惕，他歪着头。"我怎么知道你的身份是真实的？"

"我本来就什么也没说。"我说，"只是有人听说在雾岛上有一个洞窟，你可能知道去那边的路线。"

他说："我不会告诉你怎么去那个洞窟。"

"我不是问你路该怎么走。我找向导。两个人一起走比一个人走安全。"

他把我上上下下地打量了一番，我等着他嘲笑我的身高，但是他根本没提这事，为此我暗暗感激他。他只是说："等我们到了洞口，我不进去。你自己把金子带出来。"

我说："对我来说都行。"

他说："你只能拿自己拿得动的部分。我绝不碰它。不过我可以带你去。"

我说："我会付你相应的报酬。"我把手伸进坎肩内侧，掏出那个袋子递给他，"这些是带我去的报酬。回来之后再付双倍。"

他把袋子里的硬币倒在自己的大手上，然后点点头。"银子，很好。"他说。接着又说："我跟我的妻子和儿子告别。"

"你不用带什么东西吗？"

他说："我年轻的时候就是一个掠夺者，掠夺者都轻装出行。我会带一根绳子爬山用。"他拍了拍自己挂在腰带上的短剑，然后返回白房子里。我从没见到过他的妻子，当时没见到，其他任何时候都没有见到。我不知道她的头发是什么颜色。

在等待期间，我又往河里扔了五十个石头，他总算回来了，肩上还扛着一卷绳子，然后我们一起离开了那座对山民来说过于豪华的房子，向西边走去。

位于海岸和这个世界之间的群山很平缓，从远处就能看到那片雾蒙蒙的紫色缓坡，像云朵一样。看起来很容易走。它们都是平缓的山坡，像是那种可以轻松走上去、散步的小山，但其实要花一整天才能爬上去。第一天结束的时候，我们才走上山，两个人都很冷。

虽然现在是夏天，但我看见前方的山顶上有雪。

第一天我们彼此没有说话。因为无话可说。我们知道自己要去哪里。

我们用干羊粪和枯萎的荆棘生了火，烧水做了粥，我们两个分别往我带的平底锅里撒了一把燕麦，又加了一小撮盐。他的"一把"很多，我的"一把"则很少，因为我手小，他笑起来说："我希望你不至于要吃一半的粥。"

我说我不需要，确实不需要，我的胃口比个头高大的人小很多。但我相信这是一件好事，因为我可以靠吃野生坚果和浆果活下去，而大个子的人就会饿死。

　　一条简陋的小路从高山之间穿过，我们沿那条路走，基本没遇到什么人，只遇到了补锅匠牵着他的毛驴，驴子驮着好多破锅，还有一个女孩牵着驴，女孩以为我是小孩于是朝我微笑，但是她看清我的模样之后立刻露出怒容。她本来是想朝我扔石头，不过被补锅匠用赶骡子的树枝打了手，于是没扔成。后来我们又遇到了一个老女人和一个男人，她说那男人是她的孙子，他们正翻山回家去。我们跟她一起吃了饭，她对我们说，她去迎接了她第一个重孙出生，一切都很顺利。她还说只要我们把硬币丢进她手里，她可以给我们看手相。我给了这个老太一枚缺了角的低地四便士银币，她看了我右手手掌。

　　她说："我在你的过去和未来都看到了死亡。"

　　"死亡就在未来等我。"我说。

　　她不说话了，在高地的最高处，夏日的风和冬季一样寒冷，它们号叫着乱窜，像刀一样撕扯着空气。她说："树上曾经有个女人，还将会有一个男人在树上。"

　　我说："这对我来说有什么意义呢？"

　　"也许会有吧。"她说，"当心金子。银子是你的朋友。"然后她就不再理我了。

　　对卡卢姆·麦金尼斯，她则说："你的手掌被烧过。"他说是的。她又说："给我看你的另一只手。你的左手。"他照办了。她认真地看着，然后说："你回到你开始的地方。你将比其他绝大部分人都高。你去的地方没有坟墓在等你。"

　　他说："你的意思是我不会死？"

　　"这是左手的命运。我只把我知道的告诉你，仅此而已。"但我从她脸上看出来了，她知道得更多。

第二天我们就只遇上了这点事。

晚上我们露天而睡。这天夜里晴朗而寒冷，天空布满星星，看起来明亮而贴近，我觉得我可以伸手就摘下它们，像摘浆果一样轻松。

我们并排躺在星空下，卡卢姆·麦金尼斯说："她说死亡在等你。但死亡没有在等我。我觉得我的命运要好一些。"

"也许吧。"

"啊，那都是胡说。"他说道，"老太婆说的话没一样是真的。"黎明时分，我醒过来在雾霭中看到了一头鹿正好奇地盯着我们。第三天我们来到群山最高处，接着就开始走下坡路了。

我的同伴说："当我还是个小孩的时候，我父亲的短剑掉进了灶火里。我把它取出来，但是金属剑柄烫得像火一样。我没想到会那么烫，但又不肯松开短剑。我把它从火里拿出来扔进水里。它冒出蒸汽。我还记得。我的手掌就被烧伤了，整只手蜷曲着，仿佛从此一生都要握剑。"

我说："你起码还有你的手，我只是个小矮子。我们是出发前往雾岛寻求财富的大英雄。"

他笑出声，声音短促毫无幽默感。"大英雄。"他只说了这么一句。

接着就下雨了，而且一直下个不停。那天晚上我们路过了一间小农舍。农舍的烟囱里冒出青烟，我们上前呼唤主人，但没人回应。

我推开门又叫了几声。这地方很黑，我能闻到油乎乎的味道，仿佛曾经点过蜡烛但刚被熄灭了。

"没人在家。"卡卢姆说。我摇摇头往前走，然后在黑暗中朝床底下看去。

"你可以出来吗？"我问，"我们是过路的人，想找个暖和的地方躲躲。我们有燕麦和盐和威士忌可以分享给你。我们不会伤害你。"躲在床底下的女人一开始什么都没说。过了一会儿她说："我丈夫去山上了，他让我看见陌生人要躲好，因为他们可能会害我。"

我说："好夫人，我只是个小矮子，跟小孩一样高，你一拳就能把我打飞。我的同伴身材正常，但是我发誓他什么都不会做，只是想在这里借宿，把衣服烤干。请出来吧。"

她出来的时候身上沾满灰尘和蜘蛛网，虽然脸很脏，头发被蜘蛛网和灰尘弄得发灰，但她还是很漂亮，头发长而茂密，是金红色的。我一时间想起我的女儿，但我的女儿敢于直视任何人，她却畏畏缩缩地看着地上，仿佛是怕挨打的动物。

我给了她一些燕麦，卡卢姆从他的口袋里拿出一条肉干，她到外面的地里去，很快拿着两个干巴巴的芜菁回来，开始给我们做饭。

我吃完了我那一份，她没胃口。我估计卡卢姆吃完他那一份还不够。他给我们三个各倒了一杯威士忌：她喝了一点点，里面加了水。雨打在屋顶上，从角落里流下去。虽然不太受欢迎，但我很高兴我在屋里。

后来一个男人走进来。他没说话，只是看着我们，似乎既不信任也很生气。他脱下羊皮斗篷和帽子，把这些东西丢在地板上。斗篷和帽子上的水淌了一地。这份安静很有压迫感。

卡卢姆·麦金尼斯说："我们找到你的妻子，她招待了我们。她可真难找。"

"我们请求她收留我们。"我说，"我们也请求你收留我们。"

那人没说话，只是哼了一声。

　　在高地这边，人们都惜字如金。但是这里有它的风俗：陌生人请求收留的时候不得拒绝，哪怕你和他们的亲族有血仇也不行。

　　那个女人其实几乎还是个女孩子，而她丈夫的胡子都白了，我猜想他们会不会曾经是父女，但不是的：这里只有一张床，勉强能容下两个人。那个女人去外面，从跟房子相连的羊圈里拿了燕麦饼和火腿回来，肯定是她之前藏在那里的。她把火腿切片，放在那人面前的木头盘子上。

　　卡卢姆给那人倒了一杯威士忌说："我们要去雾岛，你知道它在哪里吗？"

　　那人看着我们。高地的风吹得刺骨，只有它们才能从这人嘴里撬出字来。他一撇嘴说："知道。我早晨站在山顶上看到过。就在那边。我不敢说它明天还在不在。"

　　我们睡在农舍的硬泥地上。火熄灭了，炉子没有一丝热气。那人和他妻子睡在床上，有帘子遮着。他跟她做了夫妻之事，两人盖着羊皮，但是他首先打了那女人，因为她让我们进屋还给我们吃的。我听见他们的声响，因为想不听都不行，在那小屋里很难入睡。

　　我曾在穷人的屋里睡过觉，也在宫殿里睡过觉，我在星空下睡过觉，在这天晚上之前，我可以说自己在任何地方都睡得好。但是这一次天不亮我就醒了，不知道为什么，我坚信我们必须马上离开这里。我叫醒卡卢姆，竖起手指示意他不要出声，我们悄悄离开了山边的那座农舍，我还从来没像这次一样非常庆幸离开了某个地方。

　　我们走了一英里左右之后，我说："这个岛，你问它会不会出现在那里。岛当然是在固定的地方，否则就是不在。"卡卢姆犹豫了一下。他似乎在斟酌词句。随后他说："雾岛跟别的地方不同。环绕着它的雾也跟别的雾不同。"

我们沿着一条小路走，那条路是几百年来被羊、鹿和少数的人踩出来的。

他说："人们也把它叫作翼岛。有人说如果俯瞰这个岛，会看到蝴蝶一样的翅膀。我不知道这是不是真的。"接着他又说，"'何为真相？'彼拉多曾笑问。"

下山比上山难。

我想了一下。"有时候我觉得真相是一个地方。在我的想象里，它就像个城市，有成百上千条道路，不管你从哪里开始，最终你总能走到同一个城市里。只要你向着真相前进，就总能到达目的地，不管走哪条路都可以。"

卡卢姆·麦金尼斯看着我，一时没说话。过了一会儿他说："你错了。真相是黑暗群山中的洞窟。只有一条路进去，一条危险艰难的路，如果你走错了，就会孤独地在山中死去。"

我们来到山脊上，看着下面的海岸。我能看到海边的村庄。在海的另一面，黑色的高山在我前方的雾霭中隐约可见。

卡卢姆说："那是你的洞穴。在那片山里。"

我看着它们心想，大地的骨头。但想到骨头我就觉得很不舒服，为了分散注意力，我说："你去过几次？"

"只有一次。"他犹豫了一下回答道，"十六岁那年我一直在找它，因为我相信那些传说，我相信只要去找就能找到。十七岁的时候，我找到了，并把我能拿得动的金币都拿走了。"

"你不怕诅咒吗？"

"我年轻的时候什么都不怕。"

"你用金子做了什么？"

"一部分埋在只有我一个人知道的地方。其他的作为聘礼娶了我爱的女人，修了那座房子。"

他停下来不说了，仿佛觉得自己说太多了。

码头上没有摆渡人，只有一艘小船停在沙滩上，那艘船根本坐不下两个体型正常的人。船系在一棵半死的树上，旁边挂了个铃铛。

我敲响了铃铛，很快一个胖子来到沙滩上。

他对卡卢姆说："你坐船要一先令，你儿子要三便士。"

我站得笔直。我不像其他人那么高，但是我也有自尊。我说："我也是男人。我给你一先令。"摆渡的人上下打量了我一番，然后挠了挠自己的胡子。"你说什么？我的眼神大不如前了。我带你们去岛上。"

我给了他一先令。他拿在手里掂了掂，"这是九便士，你没有骗我。九便士在这个黑暗的年代算是很多钱了。"水面是灰蓝色的，天空则很蓝，白色的海浪在海面上彼此追逐。我们驶入寒冷的海峡，然后往上走。

船桨在水里溅起泡沫，船轻松前进。我坐在船夫旁边。我说："九便士，收获不错。我听说雾岛的山洞里装满了金币，是古代遗留的宝藏。"

他漫不经心地摇头。

卡卢姆盯着我，嘴唇抿得发白。我没理他，又问那个船夫："装满金币的山洞是古代挪威人或南方人留下的礼物，也可能是来自远古以前的人，据说他们逃到西边去了。"

"我听说过。"船夫说，"也听说过那个诅咒。我觉得有诅咒就够了。"他往海里吐了口唾沫。"你是个诚实的人，矮子。我看你的脸就知道。不要去那个洞穴。肯定没好事。"

"你说得对。"我真挚地说。

"肯定是对的。"他说，"送一个掠夺者和一个矮子去雾岛，这可不是每天都有的事情。"接着他又说，"在世界的这个地方，与去西边的人说话并不是件幸运的事情。"

剩下的一段路我们沉默地走完了，海面变得汹涌起来，波浪涌进船里，我双手抓住船舷，生怕自己被冲走。

过了不知道多久，船被系在一座长条码头的黑色石头上。我们走上码头，周围海浪依然汹涌，咸味的水花打在我们脸上。岸上有个驼背在卖燕麦饼和硬得像石头的李子干。我给他一便士，他在我的马甲口袋里塞满了吃的。

我们走上了雾岛。

我现在老了，至少是不年轻了，所见到的一切都会让我回忆起一些别的见闻，可以说没有什么东西对我来说是新鲜的了。一个头发是亮红色的漂亮女孩，可以让我想起上百个类似的女孩子，以及她们的母亲，她们长大后的模样，她们去世时的模样，这是年龄渐长的诅咒，所有的事情都映射出某些其他事情。

但是在雾岛（又名翼岛）上的时光没有让我想起任何东西。

从码头走到黑色的山岭又需要一整天。卡卢姆·麦金尼斯看着我，我身高只及他的一半，甚至更矮。他大步走起来，仿佛是想看我能不能跟上。他迈开双腿跨过土地，那地上很潮湿，长满了蕨草和石楠。

灰、白、黑的低矮云层在我们头顶集结，它们互相重叠然后又散开。

我让他走在前面，在雨中大步前进，最终他被湿润灰暗的雾吞没了。这时候我跑了起来。

这是我的一个秘密，我没有跟任何人说过，除了我的妻子莫拉格，我的儿子约翰尼、詹姆斯，我的女儿弗洛拉（愿阴影笼罩她的灵魂）。我可以奔跑，我可以跑得很快，如果有必要，我可以跑得比所有正常体型的人更快、更久。此时的我正全力奔跑，穿过迷雾和雨水，冲上高处，跑过略低于地平线的黑色岩石山脊。

他还在我前面，不过我很快就看到他了，我飞奔着超过了他，高处有一道山坡隔在我们之间，下面是一条小河。我可以数天不停地奔跑。这是我的第一个秘密，还有一个秘密我没有告诉过任何人。

我们讨论过第一个夜晚在雾岛的什么地方扎营，卡卢姆说我们应该在那块名为"人与狗"的巨石下面过夜，那块石头看起就像一个老人牵着一条狗，下午晚些时候我找到了那块石头。石头下面有一处山洞，有遮挡，也很干燥，之前来的人还留下了一些柴火、棍子、树枝。我生了火，烤干衣服，让自己暖和起来。烟雾飘过石楠丛。

天黑之后卡卢姆才来到这个藏身之处，他看见我之后感觉非常意外，似乎根本没想过我会出现在这里。我说："你怎么走了这么久，卡卢姆·麦金尼斯？"

他没说话，只是看着我。我说："这里有山泉煮的鳟鱼，你可以烤烤火。"

他点头。我们吃了鳟鱼，喝了威士忌，身体暖和起来。这里的山洞深处有一堆干燥的蕨草和石楠，我们裹着湿乎乎的斗篷躺在草堆上。

夜里我醒了。冰冷的钢铁抵在我的脖子上——是刀背而不是刀刃。我说："你为什么要在黑夜里杀死我呢，卡卢姆·麦金尼斯？我们的路还长，旅行还没有结束。"

他说："我不信任你，矮子。"

"你不用相信我。"我说，"你要相信我侍奉的那些人。如果只有你一个人返回，他们就会知道卡卢姆·麦金尼斯的名字，这个名字就会在阴影中传开。"

冰冷的刀还在我的喉咙处。他说："你怎么到我前面去的？"

"我还真是个以德报怨的人，我给你做了吃的，给你生了火。卡卢姆·麦金尼斯，你不能失去我，而且作为向导，你不该像今天这样对我。收起你的短剑，让我睡吧。"

他没说话，过了一会儿把刀子拿开了。我强忍着没有叹气也没有呼吸，希望他听不到我的心脏在狂跳，那天晚上我一夜没睡。

我煮了些粥当作早餐，还把一些李子干放进去泡软。

在白色的天空下，山是黑灰色的。我们看到了巨大的鹰盘旋在我们上方，它翅膀的边缘参差不齐。卡卢姆平静地走着，我走在他旁边，两步才赶得上他一步。

"还要多久？"我问他。

"一天。也许两天。看天气。如果云太厚就要两天，甚至三天……"

中午时分云聚集起来，整个世界都被包在浓雾中，这比下雨还糟糕。细小的水滴悬在空中，浸湿了我们的衣服和皮肤，踩在岩石上十分危险，卡卢姆和我慢慢爬山，每一步都很小心。我们是在往山上走，而不是在爬，这里有山羊走的小道和崎岖陡峭的山路。岩石很黑很滑，我们走着，手脚并用，抓住周围的东西，有时候我们会滑一下，跌跌撞撞地险些摔倒，但即使在雾中，卡卢姆也知道路，我紧跟着他。

他在一道瀑布旁停下，这瀑布恰好从我们的路中间流过，大约有一棵橡树那么宽。他取下肩膀上的绳子绑在岩石上。

"之前没有这条瀑布。"他对我说，"我先走。"他把绳子另一端绑在腰上，沿着路的边缘走进瀑布，身体紧贴着岩壁，慢慢前进，小心地穿过水流。

我为他感到害怕，为我们两个感到害怕。我屏住呼吸，直到他去了另一边才松了口气。他试了试绳子，示意我也走过去，但此时他脚下的石头松动了，他在潮湿的岩石上一滑，掉进了深渊。

绳子没松开，我这边的岩石也没有滑落。卡卢姆·麦金尼斯吊在绳子另一端。他抬头看着我，我叹了口气把自己固定在一块岩石上，然后努力把他往上拉，我把他拉回到路上，他全身湿透，嘴里直骂人。

他说："没想到你这么强壮。"我暗暗骂自己是个笨蛋。他肯定从我脸上看出来了，他抖了抖身体（像狗甩水一样）说道："我儿子卡卢姆说，他听你讲坎贝尔的那些人来找你，你妻子派你出去，他们以为她是你妈，而你是她儿子。"

"那是编的。"我说，"打发时间的故事。"

"是吗？"他说，"我听说坎贝尔突击队几年前就被派出来了，有人偷了他们的牛，他们要报仇。那些人勇往直前，决不退缩。如果像你这样的小矮子能杀死十几个坎贝尔……你肯定很强壮，而且行动敏捷。"

我真是太傻了，我真后悔给那孩子乱讲故事。

趁着坎贝尔那些人出来撒尿或者查看他们的同伴怎么回事的时候，我就把他们一个一个干掉了。我们把他们埋在峡谷里，堆了一个小坟堆，上面竖了几块石头，这样可以压住他们的灵魂免得他们乱走，我们很难过。坎贝尔们走了这么远来杀我，却被我们杀了。

我不喜欢杀人，无论男女，人都不应该喜欢杀人。死亡永远是邪恶的，但有时候必不可少。就算发生了我刚才说的事情，我对这一点也毫不怀疑。

我从卡卢姆·麦金尼斯手中拿过绳子，越过岩石往上爬，到了山顶瀑布的源头，那里水流很窄，我能过去。那个地方也很滑，不过我还是顺利过去了，然后把绳子绑好，爬下去，把另一端交给我的同伴，让他也过来。

他没有谢我。我救了他，他没谢我，我帮他过来，他也没谢我，我不指望他感谢我。也没料到他接下来说的话。他说："你不是一个完整的人，你很丑。你的妻子，她也跟你一样又矮又丑吗？"

不管他是不是故意说这番话，我决定不为此生气。我回答："不是的。她很高，几乎和你一样高，她年轻的时候——当时我们都很年轻——被认为是整个低地最美的女孩。诗人还写诗赞美她的绿眼睛和金红色的长发。"

我觉得他听到这番话之后似乎有些畏缩了，但也许是我的错觉，纯粹是我希望自己看到那种反应罢了。

"你是怎么娶到她的？"

我说了实话："我想得到她，于是得到了。我不放弃。她说我聪明又善良，肯定能对她好。我做到了。"

云又低沉地聚集起来，世界在地平线处模糊起来，仿佛是变软了。

"她说我能当个好父亲。我尽我所能抚养自己的孩子。他们的体型也很正常，不知道你是否在意这点。"

"我经常教育小卡卢姆。"老卡卢姆说道，"他不是个坏孩子。"

"只有他们在你身边的时候你才能这样做。"我说。接着我就不说话了，我想起那漫长的一年，我想起弗洛拉小时候，坐在地板上，脸上粘着果酱，她把我当作世界上最聪明的人一样看着我。

"你的孩子离家出走了？我小时候也离家出走过。十二岁的时候。我去了海那边的国王的宫廷。他是现在这个国王的父亲。"

"这种事可不能大声说出来。"

"我不怕。"他说，"在这里没关系。谁能听到，鹰？我见到了他。他是个胖子，说着外国人的语言，也说我们的语言，不过说得有点困难。但他终究是我们的国王。"他停了一下，"要是他再次回来，他会需要金子，因为船只、武器、军队给养都要花钱。"

我说："我也这么想。所以我们才去找那个山洞。"

他说："那些是不好的金子，它们不能见光。它是有代价的。"

"任何事情都有代价。"

我记住了每一个路标：从羊头骨处爬上去，穿过第一条三岔溪流，然后走过四个石堆，到第五个石堆的时候找一块看起来像海鸥的石头，再从两块高高凸起的黑色石墙之间穿过去，然后沿着斜坡走……

我能记住，我知道。我肯定能自己找到返回的路。但是雾扰乱了我，我不是很确定。

我们到了一个山中小湖，喝了些水，抓了一些不是小虾不是龙虾也不是虾姑的白色生物，像吃香肠一样生吃了，因为在这么高的山上我们找不到干燥的木头生火。

我们在冰冷湖水旁宽阔的石台上睡觉，太阳还没升起来，我们就在云雾的笼罩下醒了，整个世界都是灰蓝色的。

"你睡觉的时候哭了。"卡卢姆说。

"我做了个梦。"我对他说。

"我没做噩梦。"卡卢姆说。

"那是个好梦。"我说。是真的。我梦见弗洛拉还活着。她在抱怨村里的男孩子，跟我说她在山里照顾牛，以及各种不重要的事情，她脸上带着灿烂的微笑并拨弄着自己的头发，她的头发和她母亲一样是金红色的，不过她母亲的头发现在已经花白了。

"好梦不会让人那样哭。"卡卢姆停了一下又说，"我没做梦，好的坏的都没有。"

"是吗？"

"我从年轻的时候起就不做梦。"

我们站起来。突然一个想法冒了出来："你是不是从山洞出来之后才不做梦的？"

他没说话。我们沿山坡前进，走进雾中，很快太阳升起来了。

雾似乎变厚了，在阳光中显得很明亮，可是依然没有散去，我意识到这一定是云。整个世界都亮了。接着我似乎突然看到一个跟我一样高的人，一个矮小、驼背的人，他的面部一片阴影，正站在我面前的雾气中，仿佛幽灵或者天使，我动的时候他也动。阳光在他周围投下光晕，他闪着光，我说不出他离我有多远。我见过奇迹也见过邪恶的事物，却从未见过这样的东西。

"那是魔法吗？"我问道。但是空气中并没有魔法的气味。

卡卢姆说："不是。只是光线造成的幻觉。一个影子而已。是你的反射。我也看到我附近有人，我动他也动。"我回头看，可是并没发现他旁边有人。

随后空气中那个发光的人影消失了，云也消散了，现在是白天，这里就我们两人。

整个上午我们都在向上攀登。昨天卡卢姆从瀑布掉下来的时候扭到了脚踝。现在我就眼看着它肿起来，而且发红，但是卡卢姆并没有停下来，就算他感觉不适或者疼痛，他也没有显露出来。

暮色模糊了世界的边缘，这时候我问："还有多久？"

"一个小时，也许更少。我们就快到山洞了，然后我们要睡一晚上。明天早晨你就可以进去了。你能拿得动的金子你都可以拿出来，然后我们就离开这个岛。"

我看着他——发灰的头发，灰眼睛，身材高大，是个狼一般的人。我问："你睡在山洞外面？"

"是的。洞里没有怪兽。没有任何东西会趁黑夜出来袭击你。更不会有什么东西吃掉我们。但是你必须等到白天才能进去。"

我们绕过一片落石，那些黑灰色的岩石把路堵了大半，我们看到了山洞入口。我说："这就到了？"

"你以为会有大理石柱子吗？或者有巨人从洞里出来？就跟吉卜赛人围着火堆讲的故事一样吗？"

"也许。它看起来很普通。只是石壁上的一个洞，一片阴影。连守卫都没有。"

"没有守卫。只有这个洞。它就是这样。"

"一个装满财宝的山洞。你是唯一能找到它的人？"

卡卢姆笑了一下，那声音仿佛狐狸在叫："岛上的人都能找到它。但是他们很聪明，都不来这里，更不拿金子。他们说这个山洞会让你变得邪恶，每一次你进去，拿一点金子，它就吃掉你灵魂中的一点善良，所以他们不进去。"

"真的吗？它让你变邪恶了吗？"

"……没有。这个山洞吃别的东西。不是善恶这种东西。你可以拿金子，但是之后的事情就……"他停了一下，"就很单调。彩虹变得不美，布道也没什么深意，亲吻也不那么幸福……"他看着洞口，我觉得我在他眼中看到了恐惧，"全都不那么好了。"

我说："对很多人来说，黄金的诱惑远胜于彩虹的美。"

"我年轻时候也是这样。现在，你也是。"

"我们黎明的时候进去。"

"你进去。我在外面等你。不用怕，里面没有怪物守卫。没有让金子消失的诅咒，不需要你念咒什么的。"

我们在原地扎营，准确来说只是靠在冰冷的石壁上坐在黑暗中。我们都睡不着。

我说："你曾经从这里拿走了金子，明天我也会这样做。你用那些金子买了一座房子，娶了新娘，有了个好名声。"

他的声音从黑暗中传来："是啊。一旦有了这些之后，它们就变得毫无意义了，比毫无意义还要毫无意义。即使你的金子能让海那边的国王回来，重新统治我们，给这片土地带来幸福、繁荣和温暖，它对你来说依然毫无意义。也许你在故事里听说过这类遭遇。"

"我一辈子都在想办法让国王回来。"我对他说。

他说："你用金子换他回来。你的国王会想要更多的金子，因为国王总是想要更多。他们的工作就是这样。每一次你回到这里，它的意义就会减少。彩虹变得毫无意义。杀人变得无足轻重。"

寂静降临在黑暗中。没有鸟的声音，只有风呼啸着从山峰之间刮过，那声响仿佛母亲在呼唤孩子。

黑暗中我握住自己的短剑，摸到剑柄上的木头和银，然后是钢制的刀刃。它就在我手中。我不打算告诉他。等到我们离开这座山的时候，就一下，仅仅一下，很深的一下。但是现在我觉得不管我愿不愿意，有些话正从我嘴里挣脱出来。"他们说有个女孩。"我说道，"还有一丛荆棘。"

沉默。风在呼啸。"谁告诉你的？"他问。接着他又说："无所谓了。我绝不会杀女人。看重荣誉的人都不会杀女人……"

我知道，如果我说话，他就会保持沉默，再也不提起这个话题了。所以我什么都没说。只是等着。

卡卢姆·麦金尼斯开始说话，他字斟句酌，仿佛在回忆儿时听说过但现在已经忘记的故事。"他们说低地的母牛肥美健壮，只要从南边拿回红色的牛，就可以赢得荣誉。于是我去了南边，一直没见到好牛，最后我走到低地的一个山坡上，看到了我所见过的最好、最红、最肥的牛。于是我把它们往回赶，原路返回。

"她拿着棍子追我。她说那些牛属于她父亲，说我是个小偷、无赖，用各种粗话骂我。但是她很美，就算生气也很美，要不是我已经娶了一个年轻的妻子，我也许会对她更好。不过我拿出刀，抵着她的喉咙，让她不要再说了。她确实没再说了。

"第二年我又从那里路过。这一次我不是要偷牛，我只是沿着河边走——那是个偏僻的地方，如果你不仔细看根本就看不见。也许没有人去找过她。"

"我听说他们找了。"我对他说，"只不过有些人认为她被掠夺者劫走了，还有人认为她和补锅匠私奔了，或者去城市里了。不过他们确实找过。"

"是啊。我只看到我看到的东西——你不必站在我的立场上。也许那确实是我犯下的恶行。"

"也许。"

他说："我从雾中的山洞里拿走过金子。我分辨不出善恶。在一个旅店里，我让一个小孩给他们送信，说她在那里，让人去找她。"

我闭上眼睛，但是世界并没有变暗。

"世界上确实有邪恶。"我对他说。

我似乎在脑海中看到了：她的骷髅，没有了衣服，没有了血肉，无比雪白，无比赤裸。

"明天早晨，"卡卢姆·麦金尼斯说，那语气仿佛我们在谈论食物或者天气一样，"你进山洞的时候不要带刀，因为这是惯例。你能拿多少金子就拿多少。带回去返回陆地上。那边没有任何人会知道你拿了什么，也不会知道金子从哪里来，不会有人打劫你。你把金子送给海那边的国王，他把金子发给手下的人，给他们吃的，买武器。有朝一日他会回来。矮子，等到那一天，你再告诉我世界上有邪恶。"

太阳升起来，我进入了山洞。那里很潮湿。我听见水从一边的岩壁上流下来，我感觉脸上有风吹过，真奇怪，山里并没有风。

在我的想象中，山洞里应该满是金子。金条像柴火一样堆在地上，其间还有一袋一袋的金币。有金链、金环，还有堆得像有钱人家的瓷盘一样高的金盘子。

我想象着各种财富，但是山洞里什么都没有，只有阴影和岩石。

但是确实有一些东西，有什么东西在等着我。

我有秘密。其中一个秘密深埋在其他秘密之下，虽然我的妻子可能有所怀疑，但我的孩子们全都不知道。这个秘密是：我的母亲是个平凡女子，一个磨坊主的女儿，但我父亲是从西边来的，在和她结合之后，他又回到西边。我对自己的出身没什么特别的想法，我确定他没有想起过我的母亲，估计他根本不知道我。但是他给我的这具躯体特别小，而且敏捷强壮，也许我还有其他地方像他——我也不知道。我很丑，但我父亲很俊美，至少我母亲是这样说的，但是我怀疑她被骗了。

如果我父亲真的是低地那边的旅店老板，我倒是很想知道我会在山洞里看到什么。

你会看到金子，一个仿如耳语的声音说道。那是来自山岭深处的声音。那是个孤独的声音，听起来让人心烦意乱，令人厌烦。

"我会看到金子。"我大声说，"它是真的，还是幻觉？"

那个耳语被逗乐了。你的想法就像个凡人，总是把一件事想成其他事。他们会看到金子，能摸到金子。他们把金子带回去，也能感觉到金子的重量，他们用这金子与别的凡人交换自己需要的东西。金子在不在这里有什么关系？只要他们能看到、能摸到、能偷走、能为之杀人，不就行了？他们要金子，我给他们金子。

"你给他们金子，他们拿什么作交换？"

只要一点点东西，我的需求很少，我老了，太老了，不能跟着我的姐妹们去西边。我品尝他们的快乐、他们的幸福。我只吃一点点，那只是他们不需要、不在乎的东西。尝一口他们的心，稍微舔一下他们的良心，咬掉一小口无瑕的灵魂。作为交换，我的一片碎屑会跟着他们离开山洞，透过他们的眼睛看外面的世界，看他们会看到什么，等他们死了，我再收回自己的东西。

"能让我看看你吗？"

我在黑暗中也能看见，比任何凡人的孩子视力都好。我看到有东西在阴影中移动，然后那阴影凝聚起来，变换形态，成了一个隐约可辨的无形之物，一个仿佛位于想象力的边缘的东西。这个东西或许可以这样描述：以看起来无害且不讨厌的形态出现在我面前。

这是你所希望的？

远处有水滴下来。"是的。"我说。

它从阴影中冒出来，它用空荡荡的眼窝看着我，用风蚀的象牙色牙齿朝我微笑。它全是骨头，但还有头发。它的金红色头发缠在荆棘树丛上。

"这可太刺眼了。"

这是我从你的记忆中得到的。那个声音环绕在骷髅周围说。它的颌骨没有动。我选了你爱的东西。你的女儿弗洛拉，这是你最后一次见到她的样子。

我闭上眼睛，那个形象却没有消失。

它说：那个山民在洞口等你。他等你赤手空拳地背着金子出去。他会杀死你，从你的尸体上抢走金子。

"我不会拿着金子出去，不是吗？"

我想到卡卢姆·麦金尼斯，他的头发是狼皮一样的灰色，眼睛也是灰色，我想起他那把剑的轮廓。他比我高大，但所有人都比我高大。也许我更强壮，更快，但是他也很敏捷，他也很强壮。

他杀了我的女儿，我心想，接着我开始怀疑这到底是我的想法还是那个阴影的想法钻进了我的脑子里。我大声说："有别的路出去吗？"

只能原路出去，从我的家门口出去。

我站在那里没有动，我觉得自己仿佛被陷阱困住的野兽，各种想法从我脑海中闪过，却找不到有用的，既无安慰也无解法。

我说："我没带武器。他告诉我进这个洞不能带武器。他说这是惯例。"

现在是惯例了，不能带武器进入我的地盘。但之前没有。跟我来。弗洛拉的骷髅说道。

我跟着她，我能看见她，这里非常黑，别的东西我全都看不见。

黑暗中，它说：就在你的手下面。

我蹲下摸了摸。那东西好像骨头——或者是鹿角。黑暗中我小心地摸索着，发现我拿着的是锥子而非刀。它的前端非常尖锐。总比什么都没有好。

"有代价吗？"

肯定有代价。

"我会付出代价。我还有另一件事。你说你能透过他的眼睛看到世界。"

骷髅没有眼睛，但是它点了头。

"那么等他睡着了你告诉我。"

它没说话，就在黑暗中融化了，我感觉很孤独。

过了好久。我听到滴水的声音，找到了一个石头水池，喝了些水，把最后一块面包泡软之后嚼烂吃了。我睡了一觉，醒来之后又睡了一觉。我梦见我的妻子莫拉格在等我，季节变化，她依然在等我，就像我们在等我们的女儿一样，她一直在等着我。

有东西摸了我的手，我觉得是手指，不是骨头那种硬邦邦的触感。是柔软的人类的手，但很冰冷。他睡着了。

我在黎明前的蓝光中离开了洞穴。他正在洞口睡觉，像猫一样，我知道最轻的动静也会吵醒他。我握紧武器，那是骨头做的手柄，针一样的尖刺闪耀着黑暗的银光，我走出去，去拿我想要的东西，没有吵醒他。

我走近后，他伸手抓住我的脚踝，睁开眼睛。

"金子呢？"他问。

"我没拿。"风冰冷地从山间吹过。他想抓住我，我后退几步挣脱了。他还躺在地上，一只手撑起自己。

然后他问："我的短剑呢？"

"趁你睡觉的时候，我拿走了。"我对他说。

他睡意蒙眬地看着我："你为什么要拿走？我想杀你的话在半路上就动手了。我有很多次机会杀你。"

"当时我没拿到金子，对不对？"

他没说话。

我说："如果你让我帮你把金子拿出来，你不亲自动手，这样就能拯救你悲哀的灵魂，那你可真是愚蠢。"

他一下子睡意全无："我愚蠢？"

他准备打斗。让人在愤怒的情况下打架总没错。

我说："不，你不愚蠢。我见过蠢货和笨蛋，他们蠢得很开心，头发里插着草也挺高兴。你太聪明了，根本不蠢。你寻求痛苦，你随身携带的全是痛苦，你接触过的一切都会变得痛苦。"

他站起来，像握着斧子一样握着一块岩石朝我冲过来。我个子小，他没办法像打中大个子的人一样打中我。他挥舞石头的时候跌倒了，这是个错误。

我稳稳地握着骨头手柄走上前，把锥子像蛇一样迅速地刺出去。我知道自己应该刺哪里，我知道这样最有用。

他松开石头捂住自己的右肩。"我的胳膊。"他说，"我感觉不到我的胳膊了。"

然后他开始骂人，无数诅咒和威胁把空气都弄脏了。黎明降临在山顶，一切都是蓝色的，景色很美。在那晨曦中，浸湿了他衣衫的血看起来是紫色的。他后退一步，站在我和山洞之间。初升的太阳在我身后，我感到被暴露在外。

"你为什么不拿金子？"他的右臂无力地垂下来。

"那里没有给我这种人准备的金子。"我说。

他往前猛冲狠狠地踢中了我。我的锥子飞了出去。我双臂抱住他的腿，两个人一起从山上摔了下去。

他的脑袋在我上方，我看到他露出胜利的表情，接着我看到了天空，随后峡谷底部迎面扑了上来，我正朝它落下去，它会撞上我，我正朝着自己的死亡坠落。

突然一震，接着我们撞到了什么，现在我们在山坡上不断翻滚，世界只剩下令人眩晕的旋转的岩石，还有就是疼痛和天空，我知道我已经必死无疑了，但我还是死死抓住卡卢姆·麦金尼斯的腿。

我看到一只金色的鹰飞过，但是我已经分不清楚哪里是上、哪里是下了。它在那里，在黎明的天空中，在时间和意识的碎片之中，也在痛苦之中。我不怕，因为没时间害怕，也没有一点点空隙可以容下害怕，我的脑子、我的心里全都没有那样的空隙。我从高空落下，紧紧抱着一个想杀我的人的腿，我们不停地撞在岩石上，撞得头破血流，接着……

……我们停下了。

我感到自己被重击了一下，然后就停了下来，我几乎要松开手直接掉下去摔死了。山上有一大片地方滑坡了，应该是早就剥落的，只留下一片空阔的岩石，光滑得好像完美无瑕的玻璃。不过那是在我们的下面，我们掉在突出的岩层上，岩层上有个奇迹：一棵发育不全的扭曲的小树，在这个远高于林木线、没有任何植物可以生长的地方，长着一棵山楂树，虽然是棵老树，却和灌木差不多大。它的根扎在岩石中，这棵山楂树用它灰色的枝丫接住了我们。

我放开那条腿，顺着卡卢姆·麦金尼斯的身躯爬到山坡上。我站在那块狭窄的岩层上，看着下面的陡坡。这里没办法下去。完全无路可走。

我抬起头。上面也许可以。慢慢地往上爬，运气好的话可以爬到山上。如果不下雨。如果风不太大。还有别的办法吗？另一条路就是直接去死。

一个声音说："你就扔下我等死吗，矮子？"

我没说话，因为无话可说。

他睁开眼睛说："我的右手不能动，因为被你刺了。我觉得我摔断腿了，我不能跟你一起爬。"

我说："我可能成功，也可能失败。"

"你会成功的。我见过你爬山。你救了我，穿过了那条瀑布。你爬山就像松鼠爬树一样快。"

我对自己的攀爬能力没有这样的信心。

他说："我要你向一切被你奉为神圣的东西发誓。以你那位在海对岸等待回归的国王发誓，因为我们把他的臣民从这片土地上赶走了。以你珍惜的一切东西发誓——以影子、鹰的羽毛和寂静发誓。你必须要回来救我。"

"你知道我是谁？"我说。

"我什么都不知道。"他说，"我只是想活下去。"

我想了一下，对他说："我庄严发誓。以影子、鹰的羽毛和寂静发誓。以绿色山丘和岩石发誓。我会回来。"

"我本来可以杀了你。"他挂在山楂树上说，语气还挺幽默，仿佛是在讲一个特别好笑的笑话，"我计划着杀了你，然后把金子拿回去。"

"我知道。"

他的头发像灰色的光环一样环绕着他的脸。鲜红的血从他脸上流过，他摔下来的时候擦伤了。"你要带绳子回来。"他说，"我的绳子在上面，山洞口。你需要更多的绳子。"

"是的。"我说，"我会带绳子回来。"我看了看上面的岩石，认认真真打量了一番。在攀爬的时候，仔细观察就意味着生与死的差别。我计划好了从山崖往上爬的路线。我能看到山洞口那块突出的岩石，我们就是在打斗的时候从那里摔下来的。我可以往那里爬。没错。

我往手心啐了两口，爬之前把汗擦干。"我会回来救你。"我说，"还要带上绳子。我发誓。"

"什么时候？"他闭上眼睛。

"一年之内。"我说，"我一年之内肯定回来。"

我开始攀爬。那人的叫喊声紧随我的脚步，我往上爬，贴着山崖努力前进，那人的喊声和巨鸟的叫声混合起来，那些鸟跟着我从雾岛返回。我没有表现出痛苦。我将永远听见他在尖叫，那声音萦绕在意识的边缘，在我半梦半醒时总能听见，直到我死都可以听见。

没有下雨，风不停地吹，但没有把我吹下山崖。我安全地往上爬。

当我爬到那块岩石上时，洞穴入口在正午的阳光下就像一个深黑的阴影。我转身离开，把群山都抛在身后，离开了那些已经盘踞在我骨头深处的缝隙和阴影，我慢慢地离开了雾岛。有成百上千条路可以带我回到位于低地的家，我的妻子正在等我回去。

我的最后一位女房东

我的最后一位女房东？她和你截然不同，和任何人都不一样，

她的房间很潮湿。早餐很难吃：油乎乎的蛋，

香肠吃起来像皮子，烤豆子像橙色的泥巴。

她那张脸足以让豆子凝成块。她一点也不和蔼。

你觉得我是个好人。我希望你的世界里都是好人。

我的意思是，我听说我们看到的世界不是它本来的样子，

而是我们自己的样子。圣人看世界也很圣洁，

杀手看到杀人犯和被害者。我只看到死人。

我的房东说她不想在沙滩上走动，

因为那里遍布各种武器：又大又称手的石头，

每一块都很适合砸人。她的小钱包里只有一点点钱，

她说，但是他们会神不知鬼不觉地从她手中拿走钱

把空钱包塞在石头底下。

她接着说：还有海，把所有人卷进海底，

又咸又冷又棕又灰的海水。重得像罪恶，随时准备

把你吞没。孩子们轻易就消失在海里，

当他们提了过多要求，或者学会了把各种尴尬的消息传递给有

心听的人。

西码头着火那天夜里正好有人在，她说。

窗帘的蕾丝灰扑扑的，遮住了面向小镇的窗户。

海景，就是个笑话。早晨她看见我在拉窗帘，

我想看下雨没有，她敲了敲我的指关节。

"马罗尼先生。"她说，"在这座房子里，

我们不透过窗户看海。

会遭厄运的。"她说，"人们去沙滩是为了忘记烦恼。

就是这样。英国人都这样。你把你女朋友杀了。

因为她怀孕了，你担心你老婆发现之后，

会闹起来。或者你给跟你睡的那个银行家下毒，

好拿保险金，跟十几个人在十几个不同的海滨小镇结婚，

马尔盖特镇、托基镇。上帝爱他们，但他们为什么都站着不

动？"

我问她谁站着不动，她对我说，

这不关我的事，还让我在正午到四点之间必须出门，因为清洁

工要来，

我会非常碍事。

我在这家提供早餐的旅馆待了三周，我在找固定住所。

我用现金支付。别的客人都是假期才出现的无爱之人，

根本不在乎这地方好不好。我们坐在一起，

吃着油乎乎的蛋。如果天气好，

我会看见他们出去散步，下雨的话，他们就挤在遮阳棚下面。

我的女房东只惦记着让他们出门，下午茶时才准回来。

一个埃德巴斯顿来的退休牙医，住了一周，

被孤独和海边的雨天折磨得郁郁不乐，在吃早餐和经过海滨的

时候。

总会朝我点头。浴室在大厅另一头。

我夜里起来。我看到他穿着居家服。我看见他敲她的门。

我看见门开了。他进去。再没有别的事情可说。

早餐时我的女房东出现，她神采奕奕。她说，

牙医一早走了，因为他家里有人去世。这是实话。

那天夜里雨打在窗户上。一周过去了，

是时候了，我对女房东说，我找到了住处，

付过了房租，很快就搬进去。

那天夜里她给我一杯威士忌，一杯接一杯，她说，

我一直是她最喜欢的客人，她是个有需要的女人，

是等待有人采摘的花朵，她露出微笑，威士忌令我点头，

觉得她不像平时那般一脸刻薄。

夜里我去敲了她的门。她开门，我想起她雪白的皮肤。

她雪白的袍子。我忘不了。

"马罗尼先生。"她低声说。我伸手拉她，那就是永远。

英吉利海峡冰冷，潮湿，还咸，她在我的兜里装满石头，

让我沉入海底。这样如果他们找到我的时候，

就分不出我是谁了，我已经被鱼虾吃光了肉，海水洗净了我的

骨头。

我应该会喜欢上我的新住处，在这海岸上。

你们热情地欢迎了我。你们让我觉得宾至如归。

我们有多少人？我看到了好多，却数不清。

我们挤在沙滩上，看着她的房子最顶层的灯光。

我们看见窗帘拉开，我们看到一张白色的脸

透过污秽的玻璃看着我们。她很害怕，仿佛等到某个阴郁的日子，

我们会跨过卵石去找她，指责她没有好好招待我们，

把她撕成碎片，因为她的早餐难吃，她这里的假期令人不快，我们的命运如此不幸。

我们站得笔直。

我们为什么要站得这么直？

冒险故事

在我们家，"冒险"的意思是"经历了一个小灾难但我们幸存下来"或者"打破日常的事情"。而我母亲的定义则有所不同，她认为冒险是"那天早上她所做的事情"。她在超市停车场走错了方向，在找车的时候跟一个人开始聊天，后来发现那个人的妹妹跟自己在二十世纪七十年代认识，我母亲认为这些事情绝对算是冒险。

她现在年龄大了，自从我父亲去世后，她就不像过去那样经常出门了。

我最后一次去拜访她的时候，我们清理了父亲留下的东西。她给了我一个黑色皮革做成的镜头罩，里面装的是灰蒙蒙的袖扣，她让我把喜欢的旧毛衣和旧外套都拿走，当作对父亲的纪念。我很爱我的父亲，但是不愿意穿他的旧衣服。他比我高大，一直都是这样。他的东西我都穿不了。

然后我说："那是什么？"

"哦。"我母亲说，"你父亲从德国买回来的，他服役的时候买的。"那是用一块斑驳的红色石头雕刻成的人像，跟我的拇指一样大，雕的是个英雄或者是个神灵，那张粗糙的脸上流露出痛苦的表情。

"看起来不像是德国的东西。"我说。

"不是的，孩子。我觉得这是……嗯，那个年代，应该是哈萨克斯坦。我也不知道这是什么。"

"爸爸服役的时候去哈萨克斯坦干什么？"那是一九五〇年前后。我父亲在服役期间负责管理德国那边的军官俱乐部，后来他把服役经历在茶余饭后拿出来讲，最夸张的也就是不经允许就借用部队的卡车去偷运威士忌。

"哦。"母亲仿佛觉得自己说太多了，"没什么，亲爱的。他不喜欢说那件事而已。"

我把雕像和袖扣以及一叠卷了角的黑白照片放在一起，打算拿回家仔细看。

我睡在客厅尽头的临时客房，床很窄。

第二天早晨，我去了父亲的工作室最后再看一眼。然后我穿过客厅来到起居室，母亲已经做好了早餐。

"那座小石头雕像哪儿去了？"

"我收起来了，亲爱的。"母亲的表情有些僵硬。

"为什么？"

"嗯，你父亲总说，他从一开始就不该拿那座雕像。"

"这又是为什么？"

她从瓷茶壶里倒了些茶，从我记事时起她就一直用这个茶壶。

"有人在追查这座雕像。但是后来他们的船在峡谷里炸了。因为有一些飞行物撞上了螺旋桨。"

"飞行物？"

她想了一下："是翼手龙，亲爱的。远古的那种。你父亲是这么说的。当然，他说飞船上那些人全都活该，这是他们一九四二年在干了那件事之后的报应。"

"妈妈，阿兹特克人早就灭亡了。比一九四二年早得多。"

"哎呀，亲爱的，你说的是美国的。不是峡谷里那些。另外那些人，飞船上那些，你父亲说他们不是真正的人。他们看起像人类。但是其实是从另外一个名字很奇怪的地方来的。是哪儿来着呢？"她想了一下，"喝茶吧，孩子。"

"好。不对，等一下。那些人到底是什么？还有，翼手龙五千万年前就灭亡了。"

"你说是就是了，亲爱的。你父亲其实也没仔细说过。"她停了一下，接着又说，"有个女孩。那至少是我跟你父亲开始约会前五年的事情吧。那时候他非常英俊。嗯，我一直觉得他很帅。他在德国认识了那个女孩。她当时在躲避那些追查雕像的人。她是那群人的女王或者公主或者女贤者这样的身份。他们绑架了她，你父亲当时跟她在一起，所以也被绑架了。他们也不是外星人。他们更像是，嗯，有点像电视上那种变成狼的人……"

"狼人？"

"我觉得是，亲爱的。"她有些疑惑，"这座雕像是个神谕，只要你拥有它，或者只是暂时拿着它，你就是那些人的统治者。"她搅着自己的茶，"你父亲怎么说来着？峡谷的入口是一条狭窄的小路，他跟着那个德国女孩，当然了，其实她不是德国人。但是那些人用……嗯，用一个激光机器切断了通往外界的路。所以你父亲必须自己想办法回家。他本来要吃很多苦头，不过跟他一起逃跑的那个人，名字叫巴里·安斯克姆，那人是军方的间谍，而且——"

"等一下。巴里·安斯克姆？我小的时候周末常来我们家玩的那个人？每次都给我五十便士的那个人？会用硬币变戏法，留着滑稽的小胡子，还打鼾的那个人？"

"是啊，亲爱的。就是那个巴里。他退休之后去了南美洲，我记得是厄瓜多尔吧。他们就是这样认识的。你父亲还在军队里的时候认识他的。"这个人确实是我父亲的朋友，但是父亲曾经有一次对我说，母亲从来都不喜欢巴里·安斯克姆。

"然后呢？"

她又倒了一杯茶。"那是很久以前的事情了，亲爱的。你父亲只跟我说过一次。但是他一开始没提过，是我们结婚的时候才提起，他说我应该知道这件事。后来我们去度蜜月，我们去了一个西班牙的小渔村。现在那里是旅游胜地了，不过在当年，谁都没听说过那个地方。叫什么来着？哦，对了，托雷莫利诺斯。"

"我能再看看它吗？那座雕像。"

"不行，亲爱的。"

"你收起来了？"

"我扔了。"母亲冷冷地说道。接着，仿佛是为了阻止我再说废话，她说："收垃圾的人今天早上已经来过了。"

我们都没再说话了。

她喝着茶。

"你绝对猜不到我上周遇到了谁。你以前的老师布鲁克斯夫人。我们在西夫韦碰到了。然后我们去书店喝了咖啡，因为我想跟她说说加入镇上嘉年华委员会的事情。但是咖啡店关门了。我们只好去了老友茶馆。那可真是一次大冒险。"

橙

（《调查者》的问卷调查里第三个主题的回答）
只供阅读

1.杰迈玛·葛罗芬戴尔·佩屈拉·拉姆齐。

2.六月九日满十七岁。

3.过去五年。之前我们住在格拉斯哥（苏格兰）。再之前我们住在卡迪夫（威尔士）。

4.我不知道。我觉得他已经在做杂志出版了，他不再和我们说话了。离婚闹得很难看。妈妈给了他很多钱。在我看来这是一个错误。但也许摆脱他的代价就是要付很多钱。

5.一个发明家、企业家。她发明了夹馅玛芬™，开办了夹馅玛芬连锁企业。我小时候很喜欢吃，但是每顿饭都吃这个还是会腻，尤其是我妈妈拿我当小白鼠的时候。圣诞火鸡大餐玛芬是最难吃的。但是五年前，她卖掉了自己在夹馅玛芬连锁企业里的股份，开办了"妈妈彩泡"（这一家暂时还没有"™"）。

6. 两个。我的妹妹内莉斯，刚满十五岁，我弟弟普莱德利，十二岁。

7. 一天几次。

8. 不。

9. 通过网络。大概是Ebay。

10. 自从她认定全世界急需幻彩荧光泡泡之后，她就从世界各地买了很多颜料和染料。就是那种用泡泡液吹出来的泡泡。

11. 不，不是实验室。虽然她把那里叫作实验室，但其实只是车库。她用夹馅玛芬™的钱改造了一下，在里头安装了水槽和浴缸，还有本生灯和其他各种设备，然后墙和地板的瓷砖也改成了容易清洗的那种。

12. 我不知道。内莉斯以前很普通。她十三岁的时候开始读一些杂志，把这些蠢女人的照片贴在墙上，比如布兰妮·斯皮尔斯之类（布兰妮的粉丝们，对不起了）。我真搞不懂。整件"橙事"在去年之前根本就不可能发生。

13. 人工美黑霜。她擦完之后一个小时你都不敢靠近。而且抹完之后她从来不会等美黑霜干掉，结果就全都蹭在床单上、冰箱门上、浴室里，到处都是橙色的东西。她的朋友也抹这东西，但是谁都不像她这样。我是说她真的涂得太多了，看起来简直不是正常人的颜色，她倒是觉得自己很好看。她也去过一次美黑沙龙，但是我觉得她不喜欢那个地方，因为她再也没去过第二次。

14. 橘子女孩。奥姆帕·卢姆帕[1]。红发人。芒果队。橙子汽水。

15. 不是很好。但是她不在乎，真的。那孩子说，她根本不在乎科学或者数学的分数，因为她毕业就要去跳钢管舞。我说，没有人会去看的，她说，你怎么知道？我对她说我看过她自己录的裸体跳舞的视频，她放在相机里没删，她尖叫起来，叫我把视频还给她，我说我已经删了。但是说实话我觉得她成不了第二个贝蒂·佩吉。因为首先，她身材不好，有点方。

16. 风疹、腮腺炎，我觉得普莱德利可能在墨尔本的爷爷奶奶家得了水痘。

17. 在一个小罐子里。我觉得看起来像是装果酱的。

---

1 《查理和巧克力工厂》里的小巧克力人。

18.我觉得不是。没有警告标签这样的东西。但是有寄件人地址。是从国外寄来的，寄件人地址写的是外语。

19.你要知道，这五年来，妈妈一直在购买世界各地的颜料和染料。幻彩荧光泡这个事情的重点不是让你可以吹出彩色的泡泡，而是泡泡不会破，不会把颜料洒得到处都是。妈妈说那样的话就该打官司了。所以，真的不会破。

20.内莉斯和妈妈之间发生了争吵，因为妈妈购物回来，除了一瓶洗发水，没有买任何内莉斯的购物清单上的东西。妈妈说她在超市没找到美黑霜，但我觉得她肯定是忘了。内莉斯冲出房间，狠狠地关上门，回了她自己的卧室，开始大声播放音乐，大约是布兰妮·斯皮尔斯的歌。我在后院里喂那三只猫、一只毛丝鼠和一只天竺鼠，那只天竺鼠名叫罗兰，它看起来好像一个毛茸茸的垫子，我想念所有动物。

21.在厨房桌子上。

22.第二天早晨，我在后花园里看到了空果酱瓶子。就在内莉斯的窗户下面。不是夏洛克·福尔摩斯也能猜出其中的原因。

23.说实话，我不觉得烦。我觉得她们还会吵，你知道吗？妈妈很快也会发现的。

24.对，很傻。但是并不光是傻，你明白我的意思吧。就是说，这是标准的内莉斯风格的傻。

25. 她在发光。

26. 一种闪烁的橙色。

27. 她跟我们说她应该被当作神灵来崇拜，就像远古时代一样。

28. 普莱德利说她飘在地板上方一英寸左右。但是我没看见。我以为他只是在顺着她的新怪癖说着玩。

29. 我们叫她"内莉斯"，她不再回答了。她说她自己是尊者，有时候说是"媒介"。（"该给媒介喂吃的了。"）

30. 黑巧克力。因为以前经常只有我一个人待在屋里，也只有我一个人喜欢黑巧克力。但是现在普莱德利出门给她买了好多黑巧克力。

31. 不。妈妈和我觉得它基本上还是内莉斯。只是比平时的内莉丝想法更古怪一点。

32. 那天晚上，天黑了。你能看到门缝下面透出一亮一灭的橙色光芒。仿佛萤火虫之类的。或者是灯光秀。最奇怪的是，我闭上眼睛也能看见。

33.第二天早晨。我们所有人。

34.到了这一步事情就很明显了。她看起来也不像是内莉斯了。她有点模模糊糊的，像是残影。我想了一下，其实……还好。假设你盯着某个很明亮的、蓝色的东西，然后你闭上眼睛，你能在眼皮里头看到闪亮的橙黄色残影对吧？她看起来就是那样的。

35.它们没用。

36.她让普莱德利去给她买更多巧克力。妈妈和我不可以离开房间。

37.绝大部分时间我都坐在后花园读书。我也没有什么事情可以做了。我一直戴着墨镜，妈妈也是。因为那橙色的光会刺伤你的眼睛。除此以外，真的没什么能做的了。

38.这时候我们才想着要离开房间或者叫人。不过屋里还有食物。冰箱里还有夹馅玛芬。

39."要是你一年前禁止她擦那个破美黑霜，我们今天也不会受这种罪！"但这么说是不对的，我后来道歉了。

40.普莱德利买黑巧克力回来。他说他遇到了交通管理员，还说那人告诉他，他姐姐变成了一个巨大的黄灯，并且在控制我们的思想，他说那个人态度极其不好。

41. 我没有男朋友。我曾经有，但是有一次他跟一个恶心的黄毛前女友去听滚石演唱会，那人的名字我就不提了。而且，滚石？山羊似的小矮个在舞台上蹦来蹦去，假装自己是石头？拉倒吧。算了。

42. 我想当兽医。但是考虑到兽医要制服动物，我也不确定了。我想在作出决定之前出去旅游一下。

43. 花园的水管。趁她吃巧克力没注意的时候，我们把水管打开，朝她冲水。

44. 只有橙色的水蒸气，真的。妈妈说她的实验室里有溶剂和各种东西，要是我们能去拿就好了，但现在尊者发出愤怒的咝咝声（真的），她想把我们固定在地上。我说得不太准。其实是我被卡住了，我的腿动不了。我只能待在她让我待的地方。

45. 她离地大约半米高。为了避免撞头，她往下沉了一点穿过门。水管那件事之后，她没有回自己的房间，而是一直气愤地飘在主屋里，呈现出发光的胡萝卜色。

46. 完全控制了世界。

47. 我把它写在一张纸上交给普莱德利。

48. 他把它拿回来。我觉得尊者大人其实不懂钱是怎么回事。

49.我不知道。其实这主要是妈妈的主意。我觉得她希望那些溶剂能洗掉橙色。这么说来，也没什么坏处。反正事情不可能更糟了。

50.她一点都没生气，跟花园水管那件事完全不一样。我觉得她还挺喜欢。我好像看到她把巧克力蘸着那东西吃，但是我必须眯着眼睛才能看清楚她周围的状况。她已经成了一大块橙色的光。

51.我们都会死。妈妈对普莱德利说，如果伟大的奥姆帕·卢姆帕再让他出去买巧克力，他就不要再回来了。我非常担心动物——我已经两天没有去给丝毛鼠和天竺鼠罗兰喂食了，因为我根本无法进入花园。我哪里都不能去。只有在获得允许的时候才能去厕所。

52.我猜想可能是因为人们觉得这座房子着火了。全是橙色的光。很自然会当成火灾。

53.我们很高兴她没对我们做那件事。妈妈说这表明内莉斯还在她内心深处，因为如果她有能力把我们烧成灰，那她肯定会动手。我说也许是因为最初的时候她还不够强，没办法烧死我们，而现在她不在乎了。

54.你根本看不清那里还有个人了。闪烁的橙色光芒过于强烈，有时候仿佛直接在你的脑子里说话。

55. 宇宙飞船着陆了。

56. 我不知道。我是说，它比整个街区都要大，却没有撞毁任何东西，仿佛是绕过了我们才开始实体化。我们的整个房子、整条街都在飞船内部。

57. 不。但它会是别的什么呢？

58. 某种淡蓝色。不是一亮一灭。是闪耀。

59. 六个以上，二十个以下。因为分辨不清这些智能蓝光，也许你五分钟之前才跟同一个蓝光说过话。

60. 三件事。首先，保证内莉斯不会受任何伤害；第二，如果他们能把她安然无恙地送回来，一定要通知我们，并且把她送回来；第三，一份荧光泡泡混合液配方。（多半是他们读了妈妈的思想，因为她什么都没说。也可能是尊者告诉他们的。她肯定有办法读取"媒介"的思想。）另外，他们给了普莱德利一个玻璃滑雪板一样的东西。

61. 某种液体的声响。一切都变得透明了。我哭起来，妈妈也哭了。普莱德利说"好酷啊"。然后我又哭又笑，接着我们的房子又正常了。

62. 我们来到后花园，抬头往天上看。高空中有什么东西闪着蓝色、橙色的光，变得越来越小，我们看着它消失在视野中。

63. 因为我不想。

64. 我喂养着剩下的动物。罗兰挺好的。猫很高兴又有人来喂食了。我也不知道丝毛鼠去哪里了。

65. 有时候。我是说，你必须要记住，她是这个地球上最讨厌的人，就算没有尊者这件事也是。但是，对，我想是的。说实话是的。

66. 晚上坐在外面，看着星空，想她在哪里。

67. 他想拿回那个玻璃滑雪板。他说那是他的东西，政府无权没收。（你就是政府的人，是不是？）妈妈倒是很高兴跟政府共享彩色泡泡配方的专利权。那个人说这东西也许是基于某种全新的分子的分支之类，也可能是别的。没有人给我东西，所以我不用担心。

68. 有一次，在后花园，我抬头看夜空。我觉得我看到了一颗橙色的星星，真的。可能是火星，我知道人们把火星叫作红色行星。但是突然间我觉得是内莉斯恢复了神智，正在跳舞。不管她在哪里，那些外星人说不定都喜欢她的钢管舞，因为他们不了解她，他们以为那是一种全新的艺术形式，他们甚至不介意她的身材有点方。

69. 我不知道。坐在花园里跟猫说话。或者吹几个无聊的彩色泡泡。

70. 到我死为止吧。

我说的这些全都是真实发生的事情。

杰迈玛·葛罗芬戴尔·佩屈拉·拉姆齐

月历故事集

一月故事

砰!

"总是这样吗?"那孩子似乎很疑惑。他茫然地环顾整个房间。他一不小心就会被杀死的。

十二拍了拍他的胳膊。"不。并不总是这样。如果有麻烦,也是从那上面来的。"

他指了指头顶天花板上阁楼的门。那扇门是歪着的,门后面潜伏着的黑暗仿佛一只眼睛。

那孩子点点头,然后他说:"我们还有多长时间?"

"总共?大概十分钟。"

"有一件事情,我在基地问过他们好多次,他们都不肯回答。他们说让我自己去搞清楚,他们是谁?"

十二没有回答。在他们上方阁楼的黑暗中,有什么东西发生了变化，很轻微的变化。他把手指放在嘴唇上，然后拿起武器，示意那孩子照他的样子做。

它们从阁楼门口滚了下来：砖灰色、霉绿色、长着尖牙，速度极快，快得不得了。那孩子还在摸索扳机，十二已经开枪了，他把它们五个全部打倒。那孩子都还没来得及开枪。

他看着他左边，那孩子在发抖。

"这就行了。"他说。

"我是想说，它们是什么？"

"是谁、是什么都无所谓。它们是敌人。从时间的边缘溜进来。现在，交接时间，它们会大量冲过来。"

他们一起走下楼。这是一座位于郊区的小房子。一男一女坐在厨房的桌子旁，桌上摆着一瓶香槟。他们似乎没有看到两个穿着制服的人穿过房子。那女人正在倒香槟。

那孩子的深蓝色制服十分挺括，一看就是全新的。他的腰带上挂着纪年沙漏，里面装满沙子。十二的制服旧巴巴的，褪成了发灰的蓝色，被撕破、烧破、割破的地方都打了补丁。他们走到厨房门口——

砰！

他们到了外面，在一座森林里，那是个非常寒冷的地方。"趴下！"十二喊道。一个锋利的东西从他们头顶飞过，撞上了他们身后的树。

那孩子说："我记得你说事情不总是这样。"十二耸耸肩。

"它们是从哪里来的？"

"时间。"十二说，"它们藏在每一秒后面，想要闯进来。"

林中有某种离他们很近的东西发出呼噗一声，接着一棵高大的冷杉树燃烧起来，闪耀着铜绿色的火焰。

"它们在哪里？"

"还是在我们上面。它们通常都是在你的上面，或者在你的下面。"它们像烟火中的火星一样落下来，雪白美丽，还有一点危险。

那孩子也抓住了诀窍。这次他们两个同时开火。

"他们教过你吗？"十二问道。它们落地后，火星看起来不那么美丽，而且更加危险了。

"没有。他们只跟我说为期一年。"

十二甚至没有停下来重新装弹。他头发灰白，脸上有疤。那孩子看起来似乎刚刚才到可以拿起武器的年龄。"他们有没有告诉你一年有可能是一辈子？"

那孩子摇头。十二想起自己跟这孩子一样大的时候，他的制服也是全新的。他是否也曾有过这样孩子气的脸庞？如此天真？

他干掉了五个火花怪。那孩子干掉了剩下的三个。

"所以这一年全是战斗。"那孩子说。

"一秒一秒地。"十二说。

砰！

海浪打在沙滩上。南半球的一月很热。现在是晚上。他们头顶的天空中满是一动不动的烟火。十二检查了他的纪年沙漏：里面只剩下几粒沙子。他快完成了。

他看了看沙滩，海浪，还有岩石。

"我没看见。"他说。

"我看见了。"那孩子说。

顺着他手指的方向，它从海里冒了出来。那东西大得超乎想象，巨大，充满恶意的大，而且长满了触手和爪子，它咆哮着从海里冒出来。

十二取下背在背上的火箭筒扛在肩上。他开火了，火焰在那个怪物的身上炸开。

"还没见过这么大的。"他说，"它们可能是把最好的留在最后了。"

"喂。"那孩子说，"我才刚开始呢。"

它朝他们扑过来，疯狂挥舞着螃蟹般的爪子，触须到处抽打，巨嘴不断开合。他们冲上沙岭。

那孩子跑得比十二快：他很年轻，有时候这是个优势。十二的臀部很疼，他步履蹒跚。纪年沙漏里的最后一粒沙子也滚落下去，与此同时某个东西——他觉得可能是触手——卷住他的腿，他跌倒了。

他抬起头。

那孩子站在沙岭上，双脚站得稳稳的，就像他们在新兵训练营教的一样，他握着一个外观陌生的火箭发射器——那是十二之后的时代才有的东西，十二这样想着。他被拖下沙岭，心里默念着再见，沙子摩擦着他的脸，接着一声沉闷的钝响传来，触手松开了他的腿，那东西被打了回去，落进海里。

他从空中翻滚着飞过，最后一粒沙落下去，午夜包围了他。

十二睁开眼睛，出现在多年前的地方。十四帮他从讲台上走下来。

"如何？"一千九百一十四问道。她穿着长及地面的白色裙子，戴着白色的手套。

"它们一年比一年危险了。"二千〇一十二说，"每一秒和每一秒之后的东西。但是我喜欢新来的那个孩子，他会干得很好。"

二月故事

二月的天空是灰色的，灰白的沙子，黑色的岩石，大海看起来也是黑色的，好像黑白照片，只有一个穿着黄色雨衣的女孩给世界增添了一点颜色。

二十年前，那个老女人无论天晴下雨都会从沙滩上走过，她略弯着腰，看着沙子，偶尔俯身，费力地掀开一块石头看下面有什么。后来她不再到沙滩上来了，而是一个中年女人来，我估计是她的女儿，就走在沙滩上，但她不如她母亲那么热切。现在她也不来沙滩上了，取而代之的是那个女孩。

她朝我走过来。我是那片被迷雾笼罩的沙滩上的唯一一个人。我的年龄和她接近。

"你在找什么？"我叫道。

她做了个鬼脸："你为什么觉得我在找东西？"

"你每天都来。在你之前是另一位女士，更早前是一位带着一把伞的老太太。"

"那是我的祖母。"穿黄雨衣的女孩说。

"她弄丢了什么吗？"

"一个吊坠。"

"一定很贵。"

"也不是。就是非常有意义。"

"肯定有重大意义，毕竟你们全家人不断地找了很多年。"

"是啊。"她犹豫了一下说，"祖母说那个东西能带她回家。她说她只是来这里看一看。她只是好奇。然后她有些担心自己会弄丢随身戴着的那个吊坠，于是就把它藏在岩石下面了，这样等她回去的时候，捡回来就好了。结果，到了回去的时候，她却想不起来自己把吊坠放在哪一块石头下面。那是五十年前的事情了。"

"她的家在哪里？"

"她从来没有告诉过我们。"

女孩这么一说，我不禁问了一个我自己都觉得吓人的问题。"你的祖母，她还活着吗？"

"活着的。算是活着吧。但是她现在已经不和我们说话了。她只是看着海。变得这么老一定很可怕。"

我摇头。不会的。接着我把手放进外套口袋里，拿出一个东西给她："是类似这样的吊坠吗？我一年前在沙滩上的一块岩石下面捡到的。"

吊坠一点也没有被沙子和海水侵蚀。

女孩很惊讶，随后她拥抱并感谢了我，接着她拿着吊坠穿过迷雾，顺着沙滩朝小镇的方向跑去。

我看着她离开：那是黑白世界里的一点金色，手里还握着她祖母的吊坠。那个吊坠和我脖子上的是一对。

我很想知道她的祖母，也就是我的小妹妹，究竟会不会回家，究竟会不会原谅我对她开的那个玩笑。也许她会选择留在人类世界，也许她会把那个女孩送回家取代她的位置。那就很有趣了。

当我的曾孙侄女走后，我独自一人游上来，让吊坠拽着我回家，进入上面的无尽空间之中，我们与孤独的空气鲸鱼游玩，海洋和天空完全是一体的。

三月故事

……我们只知道，她没有被处决。
——查尔斯·约翰逊《臭名昭著的海盗犯罪通史》

屋里太热了，她们两个去了门廊上。西边正远远地酝酿着一场春季的风暴。闪电已经出现了，难以预料的冷风吹过来给她们两个降了温。母女二人优雅地坐在门廊的秋千上，谈论着丈夫何时才会回家，那个人搭乘运烟草的船去了英国。

玛丽十三岁了，长得很美，也很容易受到惊吓，她说："我宣布，我很高兴所有的海盗都上了断头台，这样父亲才能安全回家。"

她母亲温柔地笑着说："我不介意谈论海盗，玛丽。"

她小时候总是打扮得像个男孩子，这是为了掩盖她父亲的丑闻。一直到她和父母上了船，她才第一次穿女装。母亲是她父亲的女仆兼情人，他们从科克郡出发前往卡罗来纳。

她遇到了初恋，在旅途中她穿着自己不习惯的衣服，不熟悉的裙子让她行动不便。那时她十一岁，并不是哪个水手夺走了她的心，而是那艘船：安妮坐在船舷旁，看着下方灰色的大西洋，听着海鸥的尖叫，望着爱尔兰逐渐远去，与之一同远去的还有那些陈旧的谎言。

下船后，她与所爱道别，内心十分不舍。虽然她父亲在新大陆获得了成功，但她依然梦见船帆升起，船身吱嘎作响。

她的父亲是个好人。她回来的时候父亲很高兴，根本没提起她离开时发生的事情：跟她结婚的那个年轻人带她去了普罗维登斯。

她回到家已经是三年之后，还带着一个婴儿。她说她丈夫死了，流言蜚语满天飞，然而最爱嚼舌头的人也不敢说安妮·赖利是女海盗安妮·邦尼，"血红拉克姆"号的大副。

"如果你像男人一样战斗，就不会像狗一样死去。"这是安妮·邦尼对孩子父亲说的最后一句话，据说是这样的。

赖利夫人看着闪电划过，听见远处第一声沉闷的响雷。她的头发已经是灰色的了，她的皮肤依然像本地富有的太太那么白。

"听起来像加农炮的声音。"玛丽说（安妮用母亲的名字给她命名，同时玛丽也是她离开这座豪宅那几年她最好的朋友的名字）。

"你为什么这么说？"她母亲有些介意，"在这个家里，我们不提加农炮。"

第一场三月的雨落下来，赖利夫人从门廊的秋千上站起来俯身来到雨中，雨水仿佛海浪溅在她脸上。作为一位受尊敬的女士，这样做真是不成体统。她的女儿惊讶不已。

当雨落在她脸上时，她想象自己是一个船长，他们周围正在激烈交火，火药味盖过了海风中的咸腥味。她的船甲板要刷成红色，好掩盖战斗留下的血迹。风会将船帆吹得砰砰作响，完全不输加农炮的怒吼，他们准备好要登上商船，准备肆意掠夺，珠宝、钱财——等这疯狂的行为结束，就和她的大副激烈地接吻……

"母亲？"玛丽说，"你一定在想什么重大秘密。你笑得非常怪异。"

"傻姑娘，孩子。"她母亲说，"我在想你的父亲。"她说的是实话，三月的风在她们头顶疯狂地吹过。

四月故事

你知道吗，要是把鸭子逼得太紧，他们就不会再信任你了。从去年夏天开始，我父亲干什么都会带着鸭子。

他朝池塘走去，对鸭子们说："嘿，鸭子们。"

一月份，他们游走了。一只特别生气的公鸭——我们叫他唐纳德，但是只在他背后叫，鸭子们对这种事情很敏感——严厉斥责我父亲："我们不感兴趣。"他说，"我们不想买你推销的任何东西，人寿保险、百科全书、铝墙板、安全火柴全都不需要，尤其不需要防水火柴。"

"'买定离手！'"一只特别生气的野鸭嘎嘎地说，"你是要扔硬币决定吧，用双面一样的二十五分硬币……！"

我父亲把那枚二十五分硬币扔进池塘之后，鸭子们集体检查那个硬币，他们嘎嘎叫着达成一致，气愤之余也不失优雅地游到池塘另一边去了。

我父亲觉得这是对他的人身攻击。他说："鸭子们总是在那里。就好像可以去挤牛奶的奶牛一样。他们很容易上当——特别容易。你可以骗他们一次又一次。我发现了商机。"

"你得让他们重新信任你才行。"我对他说，"或者从此以后你就当个诚实的人吧，这样更好。开始人生新篇章。你现在有一份真正的工作了。"

他在乡村旅店工作，就在鸭子池塘的对面。

我父亲并没有开始人生的新篇章。他连旧的一页都没翻过去。他从旅店厨房偷新鲜面包，把没喝完的葡萄酒拿走，然后去池塘边想要重新取得鸭子们的信任。

整个三月他都在讨鸭子们喜欢，他喂鸭子，给他们讲笑话，做各种事情让他们高兴。到了四月，到处都是小水洼，树被洗得焕然一新，绿意盎然，世界彻底摆脱了冬天，他拿出一副牌。

"来玩个友好的游戏吧？"我父亲说，"不赌钱。"

鸭子们紧张地看着彼此。"我不知道……"其中一个警惕地低声说。

然后一只我不认识的年长野鸭优雅地伸开翅膀："吃了这么多新鲜面包，喝了这么多好酒，我们也不好意思再拒绝你的邀请了。玩金罗美，还是合家欢？"

"就普通扑克吧？"我父亲一脸严肃地说，鸭子们同意了。

我父亲非常开心。他甚至都没提出要为了增加乐趣而赌钱——那只老野鸭主动就提了。

这些年来我还是学了些出老千的技巧。晚上我就看着父亲坐在房间里，一遍又一遍练习，但是老野鸭也许能教我父亲一些东西。他从下往上切牌，又从中间切牌。他很清楚那堆牌里的某张牌在什么位置，只要一拍翅膀，他就知道牌在什么地方。

鸭子把我父亲的东西都赢走了：钱包、手表、鞋、鼻烟盒、身上穿的衣服。如果鸭子愿意收男孩抵赌债，我也会被赢走，也许从各种意义上来说他已经失去我了。

他只穿着袜子和内裤走回旅店。鸭子不喜欢袜子，他们说那东西鸭子都不稀罕。

"至少你保住了袜子。"我对他说。

那个四月，我父亲终于学会了不要信任鸭子。

五月故事

五月，我收到了一张匿名的母亲节卡片。我觉得很疑惑。要是我有孩子，我该知道才是，对吧？

六月，我看到浴室镜子上贴着一张纸条，写着："普通服务会尽快恢复"，旁边还有几个脏兮兮的铜币，既不知道是谁的，也不知道是什么地方的。

七月，我收到了三张明信片，每周一张，所有的邮戳都来自奥兹国的翡翠城。寄明信片的人说他们玩得很开心，还让我提醒多琳更换后门的锁，取消她订的牛奶。我不认识名叫多琳的人。

八月，有人把一盒巧克力放在我家门口的台阶上。上面还贴了一张小卡片，说这是一桩重要法律事务的证据。巧克力未经指纹采集之前绝对不可以吃。巧克力在八月里融化成了一摊棕色的东西，我连盒子扔了。

九月，我收到一个包裹，里面装的是：《动作漫画》的创刊号、对开本的莎士比亚戏剧集、一本私人出版的简·奥斯汀小说《智慧和荒原》，我没读过。我不喜欢漫画，也不喜欢莎士比亚和简·奥斯汀，我把书放在屋后面的卧室里。但是过了一周，我想找点洗澡时看的东西，于是去卧室找的时候，却发现那些书都不见了。

十月，我发现鱼缸外面贴着一张通知，说的是"普通服务会尽快恢复，真的"。两条金鱼似乎被拿走了，出现了另外两条一模一样的金鱼。

十一月，我收到一张索要赎金的字条，上面详细讲了要是我还想见到活着的西奥博尔德叔叔该怎样怎样做。我根本没有名叫西奥博尔德的叔叔，但是我还是往衣服上别了一朵粉色康乃馨，一整个月都只吃沙拉。

十二月，我收到一张邮戳是北极的圣诞卡片，卡片上说，由于记录出现失误，今年我既不在乖小孩名单上，也不在坏小孩名单上。签名是一个S开头的名字，可能是"圣诞老人"但似乎更像"史蒂夫"。

一月，我醒来的时候发现有人在我的小厨房天花板上用朱红色的油漆写着"戴好你的氧气面罩之后再去帮助别人"。有些油漆还滴到地上了。

二月，有一个人在汽车站跟我搭话，给我看他购物袋里的一尊黑色猎鹰雕像。他让我帮他保管一段时间，不要让胖子发现，然后他看到我身后的某个人，就跑了。

三月，我收到了三封垃圾邮件，第一封告诉我，我赢得了一百万美元，第二封告诉我，我被选入弗朗索瓦学院，最后一封说的是我被加冕为神圣罗马帝国的虚位元首。

四月，我发现床头柜上有一封道歉信，说服务依然有问题，还向我保证，从此以后宇宙中的一切失误都会得到永久修正。信中还说：很抱歉造成了诸多不便。

五月，我又收到了一张母亲节卡片。这一次不是匿名的。有签名，但是我认不出。是一个S开头的名字，但绝对不是史蒂夫。

六月故事

我的父母不和。他们老是不和。而且不只不和，他们还争吵。什么事情都吵。我至今也不明白他们为什么能够在吵架之余把婚结了，更不要说还生了我和妹妹。

我的妈妈相信财富再分配。我的爸爸有一幅女王的照片，装在他床边的相框里，他坚定不移地给保守党投票。妈妈想给我起名叫苏珊。父亲想用他的姑妈的名字给我起名叫亨丽埃塔。他们两个都不肯让步，于是我只能叫苏丝塔，在学校，在任何地方都用这个名字。我的妹妹名叫爱丽丝米玛，原因一样。

任何事情他们都不能意见一致，包括气温。爸爸总觉得热，妈妈总觉得冷。他们不断地把取暖器开了又关，窗户也开了又关。只要一个人离开房子，另一个人就去开关取暖器和窗户。我和妹妹一年四季老是感冒，我们都知道为什么。

他们不能商量好哪个月去度假。爸爸说必须八月去，妈妈说必须七月去。结果我们最终不得不六月份去过暑假，所有人都很不方便。

然后他们又没办法决定去哪里。爸爸建议我们去冰岛骑马越野，妈妈作了些让步，但最终也只肯骑骆驼带帐篷穿越撒哈拉。我们说我们想待在法国南部或者其他什么地方的沙滩上，他们俩就像看傻子一样看着我们。他们拒绝去海滩或者迪士尼的时候倒是意见非常一致，拒绝完了又继续争吵。

他们又是摔门，又是喊"随你的便"！总算是结束了"六月份的暑假去哪里"的讨论。

那个极为不便的暑假临近时，我和妹妹只能确定一件事：我们哪里都去不成。我们从图书馆里借了一大堆书，多得我们几乎搬不动，我们已经准备好了接下来十天听他们争吵不断。

然后就有一些人开着面包车来到我们家，开始安装东西。

妈妈让他们在地窖里安装了一个桑拿房。他们在地上铺了大量沙子。又把一个太阳灯安在天花板上。她在太阳灯下面的沙子上铺了一条毛巾，自己躺上去。她又在墙上贴了好些沙丘、骆驼的图画，后来因为温度太高，图片脱落了。

爸爸让他们在车库里安装了一个冰柜——他能买到的最大的冰柜，大得你可以走进去。冰柜把车库填满了，车子只能停在车道上。他早晨起来，穿着厚厚的冰岛羊毛衫，拿着一本书和一个装满热可可的暖水瓶，早晨他面带微笑走进去，不到晚饭时间就不肯出来。

我估计没有谁家比我家更奇怪了。我父母从来就没有达成过一致意见。

我们坐在花园里看书的时候，妹妹突然问我："你知不知道，下午的时候妈妈穿上大衣溜进车库里去了？"

我不知道，但是我确实在那天早晨看到过爸爸穿着泳裤和睡袍跟妈妈一起朝地下室走去，脸上还带着大大的傻笑。

我搞不懂父母。但是说真的，又有谁懂呢。

七月故事

那天我妻子离开了我，说她需要时间思考一下。那是七月的第一天，太阳照着镇中心的湖，我们家周围草地上的玉米才长到膝盖那么高，淘气的孩子们开始放烟花，既是为了吓唬人也是想照亮夏季的天空，而我在后院里用书搭了一座因纽特人雪屋。

我是用平装书搭的，因为怕精装书或者百科全书太重，一不小心就会塌。

屋子搭成了。它有十二英尺高，有个通道可以让我爬进去，避开北极圈的寒风。

我又带了些书放在这座书做的小屋里方便阅读。屋子里温暖又舒适，我觉得有些惊讶。当我读书的时候，就把它们放在地上铺成地板，然后我又拿了好些书进来，坐在书上，七月的绿地彻底被我隔绝了。

次日，我的朋友们来访。他们手脚并用地爬进我的雪屋。他们说我疯了。我回答说，我和冬季的寒风之间只隔着我父亲收集的上世纪五十年代的廉价书，其中大部分标题猥琐，封面色情，内容无聊。

我的朋友们离开了。

我坐在雪屋里想象外面的极夜，希望北极光能出现在我头顶的天空中。我往外看，只看见天上布满密密麻麻的星星。

我睡在书搭成的雪屋里。我饿了，就在地板上掏出一个洞，垂下一根鱼线看能钓到什么东西。我把鱼线拉起来，一条书做的鱼上钩了——是绿色复古封面的企鹅版侦探小说集。我生吃了这条鱼，因为怕火把我的小屋烧毁了。

我去屋外，发现有人正用书把全世界遮盖起来：浅色封面的书，到处都是深浅不一的白色、蓝色、紫色。我走在书组成的浮冰上。

我看到有个像我妻子的人走在冰上。她正在用自传搭冰雕。

"我以为你离开我了。"我对她说，"我以为你丢下我不管了。"

她没说话，我发现她只是个影子的影子。

此时是七月，北极圈的太阳不会落在地平线以下，但是我累了，我回到雪屋里。

我看到了熊的影子，接着看到了几头熊：它们很大，很白，是非常有力的书页做成的；是古代和现代的诗歌以熊的形态在浮冰上行走，身上布满了美丽的词语。我能看到纸张和印在上面的文字，我怕熊看见我。

我爬回雪屋里躲避熊。我可能要在黑暗中睡觉了。然后我爬出来躺在冰上，看着北极光那闪烁不定的色彩，听着远处传来碎裂的声音，那是童话的冰山从神话的冰川上剥落下来时发出的声音。

忽然我意识到有人躺在我旁边，我不知道那个人是何时出现的。我能听见她呼吸。

"它们真美啊，不是吗？"她说。

"这是北极光。"我对她说。

"这是镇上的独立日焰火，亲爱的。"我的妻子说。

我们手拉手一起看烟火。最后一簇火花变成一片金色的星星消失了。她说："我回来了。"

我没说话，只是紧紧抓着她的手，然后我离开了书做的雪屋，和她一起回到我们生活的房子里，像七月里的猫一样享受热浪。

那天晚上我听见远远的雷声，我们睡觉的时候开始下雨了，雨落在那座书搭成的雪屋上，把那些字迹从这个世界上冲走。

八月故事

八月初森林起了山火。一切有可能让世界变得潮湿的风暴都南下远离我们，雨水也跟着风暴走了。每一天，我们都能看到直升飞机从头顶飞过，载着湖水飞向远处的火场。

彼得是澳大利亚人，我住在他的房子里帮他煮饭、做家务。彼得说："在澳大利亚，桉树需要大火才能长得好。有些桉树的种子不被火烧一烧都不会发芽，它们需要被突然加热。火还能清理掉灌木。"

"真奇怪。"我说，"有些东西要靠火来孵化。"

"也不是。"彼得说，"其实很常见。毕竟地球越来越热了，所以变得常见了。"

"很难想象还有比这更热的世界。"

他哼了一声说："没什么。"接着他就说起他年轻时候在澳大利亚经历过的炎热天气。

次日早晨，电视新闻说，建议疏散我们这片区域的人，因为这里是火灾高风险区域。"全是废话。"彼得不耐烦地说，"对我们来说根本不是问题。我们在高处，而且周围全是河流。"水位高的时候，河水大约有三四尺深。现在却不到一尺深，顶多两尺。

下午晚些时候，空气里弥漫着浓浓的烟雾气息，电视和广播都让我们尽可能到户外去。我们相视一笑，继续喝啤酒，彼此赞赏对方应对危机的态度，我们不慌，也不逃。

"我们很自得，很人性。"我说，"我们所有人。人啊。我们在炎热的八月看着叶子在树上被烧焦，而我们仍不相信事情真的发生了变化。我们的帝国会永远繁荣。"

"没有任何东西能持续到永远。"彼得说着又给自己倒了一杯啤酒，跟我说起他在澳大利亚的一个朋友，那人看到有小火苗冒出来就用啤酒浇灭，用这种方法从山火中保住了自己的家庭农场。

火苗顺着山谷蹿下来，仿佛世界末日一样，我们发觉附近的河流根本没有起到保护作用。河流自己都燃烧起来了。

最终我们还是逃了，大家互相推搡，被烟雾呛得直咳嗽，我们跑下山，一直跑到河边，我们躺在河里，只把头露出水面。

从那片火海中，我们看到那些东西从火里孵化出来，它们飞起来。看起来像鸟类，啄食着山上火灾中的房屋废墟。我看到其中一只抬起头，发出胜利的叫声。那声音盖过了树叶燃烧时发出的噼啪声，也盖过了火焰呼啸的声音。我听见了不死鸟的叫声，我明白了，任何事物都不可能持续到永远。

一百只火鸟飞上天空，河里的水沸腾了。

九月故事

我母亲有一枚戒指，是狮子头的形状。她用那枚戒指施行一些小魔法——比如找停车位，在超市排队的时候让队列走得快一点，让隔壁桌吵架的情侣重归于好、再次相爱等等。她死后把戒指留给了我。

我第一次遗失它是在咖啡馆里。我记得自己似乎是在紧张地摆弄这个戒指，一会儿戴上一会儿摘下来。等我回家的时候就发现戒指不见了。

我回到咖啡馆，但是没找到。

几天后，一个出租车司机把戒指还给了我，他在咖啡馆外面的人行道上捡到了这枚戒指。他跟我说，我的母亲出现在他的梦中，把我的地址和制作老式奶酪蛋糕的食谱都告诉了他。

第二次丢失这枚戒指是我趴在桥上的时候，当时我正无聊地往下面的河里扔玉米片。没想到戒指松了，随着玉米片一起从我手上飞了出去。我看着它划了个弧线掉进河里。它落在靠近河岸处黑色的淤泥里，噗噜一声，沉了下去。

一周后，我从酒馆某个人手上买了一条鲑鱼，鲑鱼是从那人的绿色老旧货车的冷柜里拎出来的。我用它做了一顿生日晚餐。当我剖开鲑鱼的时候，那枚戒指滚了出来。

第三次弄丢戒指是在后花园晒日光浴看书的时候。当时是八月。戒指就放在我身旁的毛巾上，跟我的墨镜、防晒霜放在一起，忽然一只大鸟飞过来（我估计是喜鹊或者寒鸦，但也可能不是。总之肯定是鸦科的鸟），叼着我母亲的戒指飞走了。

第二天晚上，一个稻草人把戒指送回来了，他的动作相当生硬。当他一动不动地站在门口的灯光下时，我真的吓了一跳，等我从他手中接过戒指后，他就一瘸一拐地消失在了黑暗中，那只手还是用塞满稻草的手套做成的。

"有些东西是不能留的。"我对自己说。

第二天早晨，我把戒指放进旧私家车副驾驶座位的杂物箱里，把车开到旧车处理场。我满意地看着那辆车被压缩成了电视机大小的金属块，然后装进一个集装箱被送到罗马尼亚去了，在那里它会被做成有用的东西。

九月初，我清空了银行账户，搬到巴西，在那里，我以假名找到了一份设计师的工作。

目前为止我母亲的戒指还没有出现。但是有时候我会满身大汗、心惊肉跳地从睡梦中惊醒，也不知道下次她会用什么方式把戒指送回来。

十月故事

"感觉太好了。"我伸长脖子摆脱最后一个枷锁。

不只是感觉好,这感觉真是太棒了。我被关在那盏油灯里很长时间,甚至开始怀疑再也不会有人去擦它一下了。

"你是神灯精灵。"那个年轻女士拿着抛光布。

"没错。你真是个聪明姑娘。你怎么猜出来的?"

"冒出一阵烟。"她说,"而且你看起来就像个神灯精灵。你戴着缠头,穿着尖头鞋。"

我抱着胳膊眨眨眼睛。现在我穿着蓝色牛仔裤,灰色运动鞋和褪色的灰色套头衫:此时此地常见的男性服装。我抬起手扶着额头深深地鞠躬。

"我是神灯精灵。"我对她说,"幸会,幸运的女士。我可以为你实现三个愿望。但不要提'我想许更多愿望'这种要求——它不会实现,而你会失去一个愿望。好了,说吧。"

我再次抱着胳膊。

"不用了。"她说,"谢谢你,但是不用了。我现在就挺好。"

"亲爱的。"我说,"美女,甜心。也许你没听明白。我是个精灵。你要许三个愿望。我们说的是你想要的东西。你有没有梦想过飞行?我可以给你翅膀。你想变得富有吗?比克里萨斯王[1]还富有如何?你想要权力吗?说出来就行了。三个愿望,要什么都可以。"

"我说了。"她回答,"谢谢,不用了。你想喝点东西吗?在

---

1 古代吕底亚国王,大约于公元前五六〇年至五四七年在位,后来被波斯人打败。

油灯里面待了那么久，你肯定快被烤焦了吧。酒？水？茶？"

"嗯……"确实，她说对了，我很渴，"你有薄荷茶吗？"

她泡了薄荷茶，泡茶用的茶壶跟我蹲了快一千年的那个油灯一样大。

"谢谢你的茶。"

"不客气。"

"但我不明白，我之前遇到的每个人都想要东西。豪宅、美女如云的后宫——当然你可能不需要这个……"

"也可能需要。"她说，"你不能随便替别人作假设。哦，不要叫我美人或者甜心或者别的什么绰号。我叫黑兹尔。"

"啊！"我懂了，"你想要一个美丽的女人？对不起。你只需要许愿就行了。"我抱起胳膊。

"不。"她说，"我现在就挺好。不需要许愿。茶怎么样？"

她问我，从什么时候起我开始替别人实现愿望，还问我是不是特别渴望满足别人。她问我，我的母亲是谁，我跟她说，不要用凡人的标准来衡量我，我是个神灯精灵，我强大又睿智，充满魔法、神秘莫测。

她问我喜不喜欢鹰嘴豆泥，我说我喜欢，于是她烤了皮塔饼，切开来让我蘸鹰嘴豆泥吃。

我用皮塔饼蘸着鹰嘴豆泥吃得很开心。忽然我有了个主意。

"随便许个愿吧。"我建议道，"然后我给你变出一顿苏丹吃的豪华大餐。每一道菜都比前一道菜更加美味，所有食物都盛在金盘子里。吃完了你可以把盘子留下。"

"也不错。"她笑着说，"你想出去散散步吗？"

我们一起在城里走着。在油灯里头待了这么多年，出来活动活动感觉真好。我们走到一个公园，坐在湖边的长椅上。天气温暖，不过有风，风一吹，秋天的树叶就纷纷落下。

我对黑兹尔说起我的精灵童年，我们偷听天使谈话，天使发现我们在偷听就会朝我们扔彗星。我跟她说起精灵战争的黑暗时代，苏莱曼大帝把我们囚禁在狭小的物品中，比如瓶子、油灯、陶罐之类的东西。

她跟我讲了她父母的事情，他们在一次空难中丧生，只给她留下这座房子。她跟我说了她的工作，为童书画插图，她是偶然开始从事这项工作的，因为她在某个时候忽然意识到自己当不了医学绘图员，而且每一次开始为一本新书画插图的时候，她就非常开心。她对我说，她还教成年人画画，每周一次，就在本地社区大学里。

我觉得她的人生没什么大缺陷，没有需要通过许愿来弥补的空洞，只有一个。

"你的生活很美好。"我对她说，"但是没有人和你分享。许愿吧，我会给你一个完美的男人，或者女人。电影明星。非常富有的人……"

"不用了。我现在就很好。"她说。

我们走回她的房子，附近的屋子都挂上了万圣节装扮。我对她说："这样不对劲。人们总想要各种东西。"

"我不想。生活所需的东西我都有了。"

"那我该做什么？"

她想了一下，然后指着前院说："你能去清理一下落叶吗？"

"这是你的愿望吗？"

"不是。只是在我准备晚餐的时候给你找点事情做。"

我把落叶扫成一堆堆在篱笆旁边，免得风再把它们吹散。吃完晚餐，我洗了餐具。晚上我睡在黑兹尔的客房里。

并不是她不想让人帮忙。她让我帮忙了。我帮她跑腿，帮她买颜料和其他各种东西。有一天她画了很长时间的画，就让我帮她按摩脖子和肩膀。我的双手温和而有力。

感恩节前不久，我搬出了客房，穿过大厅，搬进了主卧，来到黑兹尔的床上。

早晨她还没睡醒的时候，我看着她的脸，我看着她熟睡时嘴唇的形状。一缕阳光照在她脸上，她醒了，看见我之后她笑了。

"你知道吗，有一件事我从来没问过。"她说，"你的愿望是什么？如果我让你许三个愿望，你想要什么？"

我想了一会儿，伸手搂住她，她的头靠在我肩上。

"没什么。"我回答，"现在就很好。"

十一月故事

那个火盆很小，是方形的，也不知道是用黄铜还是青铜做成的，总之都被火烧黑了。在车库大甩卖的时候，它吸引了埃洛伊丝的目光，火盆的把手是某种动物，可能是龙，也可能是海蛇。其中一条的头没有了。

火盆只卖一美元，埃洛伊丝买了，一同买下来的还有一顶带羽毛的红帽子。回家后她就开始后悔买了这顶帽子，觉得也许该作为礼物送给别人。但是她回家的时候收到了医院寄来的信，于是她把火炉放在后院，帽子放在柜子里，就跟你回家时的做法一样，再后来她就忘了这两样东西。

几个月过去了，她越发不想出门。她一天比一天虚弱，她的生命力每天都在流失。因为走起路来很疼，她又太虚弱没办法爬楼梯，以及在楼下比较方便，她把自己的床搬到了楼下。

到了十一月，她明白自己过不了圣诞节了。

总有些东西是你没法扔掉，也不能让你爱的人在你死后见着的。有些东西必须销毁。

她拿着装满文件、信件、旧照片的黑色文件夹来到后院。在火盆里装满枯枝和牛皮纸的购物袋，然后用烧烤点火器点燃。火烧起来之后，她打开文件夹。

她先烧那些信，尤其是她不想让别人看到的那些。她念大学的时候，跟一个教授有过一段恋情——姑且把它叫作恋情吧，那段关系很黑暗，完全错误，而且很快就结束了。她曾经把那个教授写的信夹在一起，现在她把信一封一封地投入火中。有一张他们两人的合影，她最后扔进火盆，看着它蜷曲变黑。

她继续从文件夹里拿东西，忽然她发现自己已经忘了那个教授的名字，也忘了他教的是什么课，也不知道为什么那段关系让她很受伤，当时那一整年她都想自杀。

接下来是一张照片，那是她以前养的狗，名叫莱西。莱西趴在她背上，她站在后院的橡树旁。莱西七年前就死了，但是橡树还在，现在十一月，叶子掉光了。她把照片扔进火盆。她曾经很爱那条狗。

她望着橡树，回忆起从前……

后院没有树。

连树桩都没有，十一月只有光秃秃的草坪，上面铺满了隔壁树落下来的叶子。

埃洛伊丝看着树，她并不担心自己是不是疯了。她艰难地站起来走回屋子。镜子里的影子吓了她一跳，最近她总是被镜子里的影子吓到。她头发稀疏，都快掉光了，脸也异常憔悴。

她拿起临时床铺旁边桌子上的文件：最上面的文件来自她的肿瘤医师，下面是十几页各种数据和术语。下面还有更多文件，第一页上全都带着医院标志。她拿起文件，接着又拿起医院的账单。

大部分都有保险赔付，但有些没有。

她转身向外走去，中途在厨房里歇了一会儿。

火盆还在燃烧，她把医疗文件全部扔进火中，看着它们变黄变黑，然后变成灰烬，消失在十一月的风中。

最后一份医疗文件也烧完了，埃洛伊丝站起来走回屋里。镜子里映出的那个埃洛伊丝既熟悉又陌生，她有着浓密的棕色头发，她对着镜子里的自己微笑，仿佛她热爱生活，并在醒来后回味着梦境。

埃洛伊丝去了衣帽间。架子上有一顶被她遗忘的红色帽子，她戴上那顶帽子，很担心红色会显得她的脸色灰黄。她照了照镜子，看起来很不错。她稍微把帽子拨歪了一点。

屋外，最后一丝烟从那个黑蛇缠绕的火盆飘出，消散在十一月寒冷的空气中。

十二月故事

城里的夏天不好过，但是夏天你可以睡在公园里，不必担心像冬天一样被冻死，冬天很危险。就算不会冻死，寒冷依然会把无家可归的你当作它的一位特殊朋友，它会挤进你生活的每一个角落。

唐娜从前辈那里学到不少东西。他们告诉她，关键在于白天找个地方睡觉——地铁上很不错，买一张票，坐一整天车，在车厢里打瞌睡。便宜的咖啡馆也不错，他们不介意一个十八岁女孩花五十便士买一杯茶，然后在角落里睡上两三个小时，只要她穿得还算整齐就行——但是晚上要一直走动，那时候气温很低，暖和的地方都关门熄灯了。

现在是晚上九点，唐娜走着。她一直走在光线明亮的地方，她不怕开口要钱。现在她已经不会害羞了。人们一般都拒绝，绝大部分都拒绝。

街角那个女人看起来非常陌生。如果有一点点眼熟她也不会靠近，那将是她的噩梦。万一哪个从比登登来的人看到了她，她会觉得很丢人，也害怕他们告诉她的妈妈（妈妈一向话不多，据说奶奶死了的时候妈妈只说了一句"总算解脱了"），她的妈妈就会告诉她的爸爸，然后他就会到这里来找她，把她带回家。这会让她崩溃。她不想再见到他。

街角那个女人站在那里，很疑惑地四下张望，似乎迷路了。迷路的人很适合乞讨，只要你给他们指路他们就会给钱。

唐娜走上前说："有零钱吗？"

那女人低头看着她。她的表情忽然一变，她看起来好像……唐娜忽然明白了那句老话，明白了为什么人们会说"她看起来像是遇到鬼了一样"。她就是那个样子。那女人说："你？"

"我？"唐娜说。如果她认出了这个女人，她也许会后退，她甚至会逃跑，但是她根本不认识这个人。这个女人有一点点像唐娜的母亲，但是更和蔼，更温柔，略丰满，唐娜的母亲很瘦。很难看清她的模样，因为她穿着厚厚的黑色冬装，戴着厚厚的毛线帽，帽子之下她的头发和唐娜一样是橙色的。

那个女人说："唐娜。"唐娜本该逃跑，但是她没跑，她站在那里，因为这件事太疯狂，太不可能，太难以言喻了。

那个女人说："天啊，唐娜，是你，是你吗？我记得是。"然后她不说话了，似乎是在忍住眼泪。

唐娜看着那个女人，一个离奇到不可理喻的念头出现在她脑子里，她说："你是我想的那个人吗？"

那个女人点点头说："我是你。我将会是你。总有一天会的。我在这里走着，回想以前我曾经……你曾经……"她又不说话了，"听着，你不会永远是这样。甚至不会这样持续太久。不要做傻事。不要做任何永久性的事情。我保证会好起来。就像网络短视频一样，你知道吗？会好起来的。"

"网络短视频是什么？"唐娜问。

"啊，你啊。"那个女人抱住唐娜，紧紧地抱着她。

"你会带我回家吗？"唐娜问。

"不能。"那个女人说，"你暂时还没有家。你还没有遇到帮你离开这条街道，帮你找工作的人。你没有遇到会成为你的伙伴的人。你们会为彼此、为你们的孩子创造一个安全的地方。一个温暖的地方。"

唐娜忽然觉得愤怒。"你为什么跟我说这个？"她问。

"让你知道一切都会好起来。给你希望。"

唐娜后退几步。"我不需要希望。"她说，"我需要一个温暖的地方。我需要家。我现在就想要。不是二十年后。"

痛苦的表情从那张平静的脸上掠过："不到二十……"

"我不管！反正不是今晚。我没地方可以去。我很冷。你有零钱吗？"

那女人点头。"给。"她说着打开钱包拿出二十镑。唐娜接过来。但是那钱似乎不是她熟悉的钞票。她看着那个女人想问她一点事情，但是对方消失了，唐娜低头看自己的手，钱也不见了。

她瑟瑟发抖地站在那里。钱不见了，仿佛从来没有存在过一样。但是她留下了一样东西：她知道未来某一天一切都会实现。最终，她知道了不要做任何蠢事情。不要去买末班车的地铁票，然后等到车子进站，近得停不下来的时候跳到铁轨上。

冬天的风越来越冷，仿佛在啃她的骨头，但是她看到商店门口有个东西，她蹲下捡起来，是一张五英镑的钞票。也许明天会好过些。她不用去做那些之前以为不得不做的事情了。

你在街上流浪的话，十二月很危险。但今年没问题。今晚没问题。

死与蜜奇案

多年来那个白色鬼影，那个肩上扛着大口袋的野蛮人，那人身上到底发生了什么一直是个谜。有些人认为他被谋杀了，但是后来，人们挖开山上那间属于老高的小窝棚的地板想找些钱财，却什么都没发现，只找到一堆灰烬和被火烧黑的锡盘子。

老高失踪后，他儿子从漓江赶来接管了山上的蜂箱。你要知道，事情就是在他失踪之后，他儿子来之前发生的。

一八九九年，福尔摩斯写道：倦怠，这就是问题所在。缺乏兴趣。或者说，一切都太简单了。解决案件的乐趣就在于它具有挑战性，在于你可能解决不了的可能性，不然罪案还有其他什么能引起你的注意呢。但是如果每一个案子都能破解，都能轻易破解，那还有什么必要去破案呢？

看，这人被谋杀了。嗯，有人谋杀了他。他是因为一个或多个不起眼的原因被杀的：他给某人造成了不便，他有别人想要的东西，他惹怒了某人。这究竟有什么难度呢？

我会在日报上读到某个警方尚未破解的案子，然后不等我读完文章，我就发现我能破这个案子，就算不能从细节上完全说明，至少整体上能搞清楚。案件太容易破解了。它本身就瓦解了。为什么要打电话给警方告诉他们谜底呢？我一次又一次地将案子当作挑战留给他们，那些对我而言都不是挑战。

我只有在接受挑战的时候才活着。

那些云雾缭绕的小山其实很高，有时候它们被称为山峰，山上的蜜蜂在苍白的夏日阳光里嗡嗡作响，从山坡的这朵花上飞到那朵花上。老高听着蜜蜂的声响，内心没有丝毫喜悦。山谷对面，他的表亲有好几十个蜂箱，里头早早地装满了花蜜，那些花蜜白得像白玉。老高不认为白色的蜂蜜味道比自家黄色或淡棕色的蜜更好，不过他的蜜蜂产出的蜜品质并不好，他表亲的白色蜂蜜价格比他家最好的蜜都要贵两倍。

山那边他表亲家的蜜蜂非常勤恳，工作很努力，仿佛一群金棕色的工人，把大量的花蜜和花粉带回蜂巢。而老高的蜜蜂则脾气很坏，仿佛一群漆黑油亮的子弹，产出的蜜只够它们自己过冬，顶多再多出一点点，只够老高挨家挨户卖给村民，一次只能卖一小块蜂巢。有幼虫的蜂巢卖得贵一些，那种蜂巢里装满幼虫，吃起来有种蛋白质的香甜味。但是带幼虫的蜂巢很少，因为蜜蜂脾气很坏，不管它们生产什么，产出得都很少，就连生产幼虫也不例外，老高知道，自己每卖掉一块带幼虫的蜂巢，下一年为他产蜜的蜜蜂就更少。

　　老高和他的蜜蜂一样愠怒，不好惹。他以前有个妻子，但是她难产死了。她生下来的那个孩子只活了一个星期。因此没有人会在老高的葬礼上发言，没有人会在节日为他扫墓、摆上供品。他死了也没人想起，就像他的蜜蜂一样，无人怀念也无人想起。

　　那年晚春，路刚一通，就有一个年老的白皮肤陌生人来到山上，他肩上扛着一个很大的棕色包裹。在见到他之前，老高就听说过他了。

　　"有个野蛮人在看蜜蜂。"他的表亲说道。

　　老高什么都没说。他去找他的表亲买了一桶质量不好的蜂巢，那蜂巢破损不堪，封口的蜂蜡都没有，很快就会坏。他以很便宜的价格买来喂养自己的蜜蜂，如果他在自己村里卖一些次等蜂蜜，大家也不会发现。他们两个坐在老高表亲位于山坡上的小棚子里。从晚春开始，蜜蜂飞出去忙碌，一直忙到第一场霜降为止。因为怕有小偷，老高的表亲不住在村里的家中，他住在山坡的小棚子里，吃住都和蜜蜂在一起。他的妻子和孩子负责把蜂巢和一瓶瓶白色的蜂蜜拿到山下去卖。

　　老高不怕小偷。老高那些黑色的蜜蜂绝不会放过任何打搅它们的人。他住在村里，只在收集蜂蜜的时候才上山。

　　"我会让他去找你。"老高的表亲说，"他问什么你就答什么，给他看你的蜜蜂，他会给你钱。"

　　"他会说我们的话？"

　　"他口音很重。据说是跟水手学的，那些人都说粤语。虽然他年龄大，但是他学得快。"

老高哼了一声，他对水手不感兴趣。上午已经过去大半，他要顶着这大热天走四个小时才能回到村子里。他喝完了茶。他表亲喝的都是老高买不起的好茶。

老高走到自己的蜂巢的时候天还亮着，他把大部分次等蜂蜜倒进了没有蜜的蜂箱。他有十一个蜂箱。他表亲有一百多个。老高倒蜂蜜的时候被叮了两次，一次被叮在手背上，一次被叮在脖子后面。他这辈子被叮了上千次。他自己都数不清到底多少次了。被别的蜜蜂叮他都不觉得疼，但是他自己的黑蜜蜂叮人真的很疼，就算不肿不发烫，但还是疼。

次日，一个男孩来到村里老高家门口，男孩说有人——一个高大的外国人——找他。老高哼了一声。他步伐平静地跟着男孩穿过村子，男孩跑在前头，很快就没了踪影。

那个陌生人正坐在张寡妇家的门廊上喝茶。五十年前，老高认识张寡妇的母亲，他妻子跟张寡妇的母亲是朋友。现在她死了。所有认识他妻子的人都死了。张寡妇给老高倒了茶，给他介绍了那个老蛮子，那人挪了挪包，坐在小桌子旁。

他们喝着茶。那个野蛮人说：“我想看看你的蜜蜂。”

米克罗夫特死了帝国就完了，此事除了我们两个，其他人谁都不知道。他躺在苍白的房间里，盖着一块薄薄的白布，仿佛已经变成了流行文化中描绘的幽灵，只需要再往白布上画两个黑眼睛就行了。

我想是疾病拖垮了他，但是他看起来比平常任何时候都要大，他的手指肿得像白色的牛油香肠。

我说："晚上好，米克罗夫特。霍普金斯医生说你还能活两周，还明令禁止我告诉你。"

"那人是个傻瓜。"米克罗夫特呼哧呼哧地喘着气说道，"我坚持不到星期五。"

"至少也等到星期六。"我说。

"你一直都很乐观。不，星期四晚上，我就会变成霍普金斯和葬礼承办人的测量对象，辛斯比和马尔特森的人可有得折腾了，门和走廊这么窄，要怎么把我的尸体搬出房间再搬到屋外呢。"

"确实不好办。"我说，"楼梯那段尤其麻烦。但是他们可以把窗框取下来，像吊钢琴一样把你从楼上放到街道上去。"

米克罗夫特哼了一声，然后说："我五十四岁了，夏洛克。我脑子里装的全是英国政府。不是投票选举那一套胡说八道，而是关键的东西。"

以前，尤其是我还小的时候，每次米克罗夫特说了什么浮夸的言论，我就会说些故意激怒他的话。但现在，他奄奄一息了，我不会说那种话。而且我确定他说的英国不是现在这个由满是缺陷的人组成的谬误百出的国家，而是那个存在于他脑海中的大英帝国，一个有着辉煌的文明且无比繁荣的国家。

我以前不相信帝国，现在也不信。但我相信米克罗夫特。

米克罗夫特·福尔摩斯。五十四岁。他见到了新世纪到来，女王比他要多活几个月。而且女王比他老三十多岁，是个非常健壮的老人。我暗想，这悲惨的结局不知能否避免。

米克罗夫特说："你当然是对的，夏洛克。要是我当初努力锻炼。要是我多吃粗粮和卷心菜，少吃上等腰肉牛排。要是我结婚，养个孩子，跟他们一起去参加乡村舞会，要是我多做各种违背我天性的事情，也许还能再活上十几年吧。但那和大计划相比算什么呢？什么都不算。而且我早晚都会老糊涂。不。我认为要花两百年才能建立起有效的政府机构，更不要说秘密机构……"

我没说话。

这间苍白的屋子的墙上没有丝毫装饰。没有米克罗夫特的奖章。没有插画、照片、油画。我曾把他简朴的居所和我在贝克街那杂乱的屋子作过比较，并不止一次地对米克罗夫特的精神世界感到好奇。他不需要外部的东西，一切都在他内心里——他所见过的一切、他经历过的一切、他读过的一切。他可以闭着眼睛走过国家画廊，闭着眼睛浏览大不列颠博物馆的阅览室，但更多时候是将来自帝国边境的情报和威根的羊毛价格以及霍夫的失业统计数据作对比，以此为依据——唯一的依据——提拔某人或秘密处死某个间谍。

米克罗夫特大口喘气，然后他说："这是犯罪，夏洛克。"

"你说什么？"

"犯罪。这是犯罪，我的弟弟，和你调查过的那些廉价惊悚案件一样凶险可恨。是对世界、对自然、对秩序犯下的罪行。"

"我必须承认，亲爱的哥哥，我没听明白。什么是犯罪？"

"具体来说，就是我的死。"米克罗夫特说，"一般意义上的死亡。"他看着我的眼睛，"我是说真的。这不是一起值得调查的犯罪吗，夏洛克老弟？这个案子绝对能长时间吸引你的注意，比海德公园里的那家伙更能耗费你的时间——他想要组建铜管乐团，结果被第三小号手用事先准备好的番木碱毒死了。"

"是砒霜。"我下意识地纠正道。

"我以为你会发现。"米克罗夫特喘了口气，"砒霜其实是从舞台的绿色油漆上一片一片落下来，掉在他的晚餐上的。砒霜中毒会呈现出完美的鲑鱼粉。不，是番木碱毒死了那个可怜的人。"

那一天剩下的时间米克罗夫特都没有再和我说话。他的呼吸持续到下周四下午晚些时候，星期五，辛斯比和马尔特森的人把那白色房间的窗框拆下来，将我哥哥的尸体从窗户上放了下去，就像吊装大钢琴一样。

出席他葬礼的有我、我的朋友华生、我们的表亲哈丽雅特，按照米克罗夫特的遗嘱，再无其他人参加。行政机构、外事部门、第欧根尼俱乐部等机构及其代表人都没有出席。米克罗夫特活着的时候离群索居，死了也一样不需要热闹。因此就只有我们三个，那个牧师不认识我哥哥，因此他不知道此时被他送进坟墓的其实是英国政府那无所不能的臂膀。

四个健壮的人抓着绳子将我哥哥的遗体放进长眠之处，我敢说，他们肯定是竭尽全力才没有在那份重压下骂人。我给了他们每人半克朗当小费。

米克罗夫特殁年五十四岁，当他被放进墓穴时，我仿佛依然能听见他用那吃力而清晰的喘气声说："这不是一起值得调查的犯罪吗？"

那个陌生人的口音不难听懂，只是词汇有限，他说着很类似本地方言的话。他学得很快。老高朝街边的灰土里啐了一口。他什么都没说。他不想把陌生人带到山上，他不想打搅他的蜜蜂。根据老高的经验，越是少管他的蜜蜂，它们产的蜜就越多。再说，万一这个蛮子被叮了，那怎么办？

　　那个陌生人的头发是银白色的，很稀疏，他的鼻子又高又弯，这是老高第一次看见蛮子，他觉得那鼻子好像老鹰的嘴壳。那人的皮肤晒得和老高一样黑，脸上皱纹很深。老高觉得蛮子的表情不太容易看懂，和一般人不一样，但是他觉得这个人非常严肃，而且不愉快。

　　"为什么？"

　　"我研究蜜蜂。你的兄弟告诉我你养着又大又黑的蜜蜂。与众不同的蜜蜂。"

　　老高耸耸肩。他没说那是表亲，不是亲兄弟。

　　陌生人问老高吃了饭没有，老高说没有，于是陌生人让张寡妇把家里的好菜拿出来。结果她端出来的是炖木耳、蔬菜还有透明的小鱼，只比蝌蚪大一点。两人默默地吃完饭，陌生人说："如果能看看你的蜜蜂，我真的非常感激。"

　　老高没说话，不过陌生人给了张寡妇不少钱，接着他把包背在身上。然后他等着，老高起身的时候，陌生人也跟着他。他背着自己的包，似乎那东西一点也不重似的。作为一个老人，他真的很强壮了，老高心想，接着又想是不是蛮子都很强壮。

　　"你从哪里来的？"

　　"英国。"陌生人说。

　　老高想起父亲曾经跟他提起过和英国的战争，跟贸易和鸦片有关，但那是很久以前的事情了。他们来到一座很高的山上。山路很陡，山坡上岩石太多没办法开垦成田地。老高想试试陌生人的脚程，于是走得比平时快，陌生人背着行李，走得一点也不比他慢。

但陌生人中途停顿了几次。他停下来查看周围的花朵——那是种白色小花，早春时能开遍山谷，暮春时节就只开在这个地方了。一朵花上停着一只蜜蜂，陌生人跪下来观察。他从衣服兜里掏出一个放大镜研究那只蜜蜂，之后在衣兜里的小笔记本上作了记录，他写的字老高完全看不懂。

老高从没见过放大镜，他靠近去看那只蜜蜂，只见那蜜蜂很黑，很强壮，和山谷里别的蜜蜂截然不同。

"这是你的蜜蜂吗？"

"可能是。"老高说，"也可能只是同类。"

"那就让她自己飞回家吧。"陌生人说。他没有打搅那只蜜蜂，接着把放大镜收起来。

克罗夫特酒店
东迪恩，苏萨克斯，一九二二年八月十一日
亲爱的华生：

我一直想着我们今天下午的讨论，我认真思考了一番，打算修正我之前的看法。

我同意你出版关于一九〇三年那些事件的文稿，尤其是我退休前的最后一个案子，但是有如下条件：

除了你通常对真实人物、地点作的那些改动以外，我建议你将我们遇到的整个事件都修改一下（我说的是珀斯博利教授的花园。后面我就不再提了），改成神秘外国人送来猴子的腺体或者猩猩的睾丸提取物或者狐猴的。也许可以写成是猴子的提取物让珀斯博利教授行动像猿猴——可以写他就是个"行动诡异的人"如何？——让他能够爬上建筑物外墙、能上树。也许他可以长尾巴，也许就算是华生你本人也会觉得这点过于夸张了，但是也不如你为我的贫乏生活和案件添加的复杂剧情来得夸张。[1]

另外我写了一些话，希望以我自己的语气附在你的故事后面。请一定要加上这些话，我在里面痛斥想要长寿的想法，也抨击了那些蠢人为了延长他们愚蠢的生命而凭着一些愚蠢的冲动去做蠢事。

对人类来说这是真正的危险。如果人可以永生，如果青春是唾手可得的东西，那么物质、感官以及一切世俗的东西都会毫无意义地被延长。精神就不可避免地要追求更高层的东西，那将是最难以忍受的生存。谁知道届时我们的世界会变成什么样的粪坑呢？

我希望写下这些东西能让我安心。

你的文章写完后，在拿去出版前请让我看一下。

挚友，我依然是你最忠实的仆人。

夏洛克·福尔摩斯

下午比较晚的时候，他们来到老高的蜂箱前。蜂箱是灰色的木头箱子，堆在一个非常简陋的窝棚后面。那窝棚就是四根柱子和一个屋顶，四面挂了些油布，可以遮挡春天的大雨和夏天的风暴。还有一个小火盆可以取暖，窝棚

---

1 指福尔摩斯系列小说中《新探案》系列里的《爬行人》一案。

中间有个木板，你可以在上面铺张毯子，自己再盖一条毯子，再加一个旧瓷枕头，这就是床了，偶尔老高留在山上照顾蜜蜂的时候就睡在这里，这种情况经常发生在秋天收获蜂蜜的时候。跟他表亲的蜂巢相比，那点蜂蜜根本不算什么，但是值得他花上两三天碾压蜂巢，将收集到的糖浆过滤之后装进他专程搬上山的桶和罐子里。剩下来的残渣他会融化掉，那里头是黏稠的蜂蜡、花粉颗粒和蜜蜂幼虫，这些东西他会装进一个罐子里，提取出蜂蜡后，把糖水喂给蜜蜂。然后他会把蜂蜜和蜂蜡块拿到山下的村里卖掉。

老高带那个陌生人看了十一个蜂箱，他冷漠地看着陌生人带上面纱打开蜂箱，透过放大镜检查里面的蜜蜂，又看了幼虫盒里的东西，最后看了蜂后。他一点也不害怕，也没有不适，这个陌生人的每一个行动都缓慢轻柔，他没有被叮，没有伤害到一只蜜蜂。这点令老高印象深刻。他之前跟这个蛮子说，他的蜜蜂都暴躁蛮横、喜怒无常，但是这个人却似乎很高兴见到老高的蜜蜂。他的眼睛都在发光。

老高点起火盆烧了些水。水还要等很久才开，陌生人从自己的包中拿出一个由金属和玻璃制成的精巧装置，在这东西的上半段灌满河里打来的水，然后点上火，很快玻璃罐里的水就冒泡烧开了。然后陌生人从包里掏出两个锡制的杯子，将纸包着的绿色茶叶放进杯子里，倒上水。

这是老高喝过的最好的茶，比他表亲的茶还要好。他们盘腿坐在地上喝茶。"今年夏天我打算住在这里，就在这间屋子里。"陌生人说。

"这里？这里根本不算间房子。"老高说，"住村子里吧。张寡妇家有空屋。"

"我就住在这里。"陌生人说,"我想租一个你的蜂箱。"

老高很多年没笑过了。村里有些人觉得他根本就不会笑。但是此时他还是笑了,发出惊讶又好奇的大笑。

"我是认真的。"陌生人说。他把四枚银币放在他面前。老高不知道他是从哪里拿到这些钱的,三枚是墨西哥比索,一枚是多年前在中国流通的大银圆。老高卖一年蜂蜜差不多就挣这么多钱。陌生人说:"这些钱是用来请人帮我送饭的,购买一日三餐应该足够。"

老高没说话。他喝完茶站起来,掀开油布去了山上的开阔地。他来到那十一个蜂箱旁,每一个蜂箱都包括两个装满幼虫的盒子,有些甚至有三个或者四个。他带陌生人来到有四个幼虫盒子的蜂箱旁,盒子里满是蜂巢。

"你就用这个蜂巢。"他说。

它们是植物提取物。显然是的。它们以自己的方式在很短暂的时间发挥了效力,它们有剧毒。但是看到可怜的珀斯博利教授临终时的样子——他的皮肤、眼睛、走路的样子——我相信这条路不完全是错的。

我拿到了箱子,里面有种子、种荚、根、干掉的提取物,我开始思考。我思考了很久。我反反复复地慎重思考。这是个理性的问题,可以通过理性思考解决,我以前的数学老师就是这样教我的。

它们是植物提取物,它们有剧毒。

我用了一些方法让它们变得无毒无害。

不应该说这件事复杂，我认为应该说它极其错综复杂，但后来我总算想通了一个最基本的问题——也许可以算是一个概念——一种处理这些植物，让它们变得可食用的办法。

这项调查很难在贝克街完成。因此，在一九〇三年秋天，我搬去了苏萨克斯，整整一个冬天我都在阅读各种关于养蜂的书籍、手册和专著。到了一九〇四年四月初，带着大量理论知识，我从本地农夫处购买了第一窝蜜蜂。

有时候我觉得华生可能完全没起疑心。不过华生那份伟大的迟钝确实令我惊讶不已，其实有些时候我很依赖这份迟钝。即便如此，他知道我没有工作、无案可破、思想无所事事的时候是什么样子。他知道我无事可做的时候，会产生各种懒散阴郁的情绪。所以他怎么可能相信我真的退休了？他知道我做事的方法。

其实，当我收到第一窝蜜蜂的时候，华生也在苏萨克斯。

他从安全的地方远远看着我把蜜蜂从包裹里倒进准备好的空蜂箱里，仿佛在倒一包嗡嗡作响的蜜。

他看到我兴奋的样子，但又什么也不明白。

几年过去了，我们眼见帝国分崩离析，政府无力统治，英勇的年轻人被派到弗兰德斯的战壕里送死，这一切都让我更加确定：我正在做的事情并不正确，我正在做的是唯一能做的事情。

我的脸变了模样，我的手指关节肿胀疼痛（不过没有预料的那么疼，这要归功于我刚开始养蜂的那几年被叮过很多次），至于勇敢、迟钝又亲切的华生，他渐渐老了，变得苍白，身形缩小了不少，皮肤也越发灰白，他的胡子也变成了跟皮肤一样的灰色。我要完成研究的决心却没有丝毫减退，甚至还更坚定了。

我在南唐斯丘陵处对我最初的设想进行了验证，我使用自己的蜂群，每个蜂箱都按照朗氏蜂箱的样子建造。我肯定是犯了所有新手养蜂人都犯过的错误，而且由于之前那些调查的缘故，我肯定还犯了一个前所未有的巨大错误，那个错误今后肯定也不会有人再犯。《蜂箱投毒案》——华生大概会起这样的标题，也许《呆若木鸡的女人的研究所奇案》这个标题会为我的研究吸引来更多关注——如果有人对这项调查研究感兴趣的话。（说起来，我曾经责怪特尔福德太太不问我一声就从架子上拿走了一罐蜂蜜，后来我给了她好几罐可以用于烹饪的普通蜂蜜，用来做实验的蜂蜜每次采集完了就被锁进实验室。这种事情没什么好评论的。）

我用荷兰蜜蜂、德国蜜蜂、意大利蜜蜂、卡尼鄂拉蜜蜂和高加索蜜蜂做实验。英国本土蜜蜂没落了，我很遗憾，那些还被饲养着的英国蜜蜂大多也是近亲繁殖，我买来一小窝进行研究，那些是从圣奥尔本斯一座古老修道院的一架蜂巢上分出来的，还包括了一个蜂后卵，在我看来那个地方是英国家养蜜蜂的发源地。

我的实验进行了约二十年时间，终于确定我要找的蜜蜂——如果它们存在的话——不在英格兰，也不可能经受住国际邮政包裹的长时间物流运输。我必须到印度去验证那些蜜蜂的效果。我还要去比印度更远的地方做实地考察。

我对语言略有一些研究。

我有花种，有植物的提取物，还有糖浆酊剂。我不需要别的东西了。

我把这些东西收起来，让人把唐斯丘陵的小屋收拾干净，每周通风一次，然后让威尔金斯少爷看好蜂箱，定时收获蜂蜜去伊斯特本市场出售，并且打理好蜂箱准备过冬。其实我习惯了叫他"小瓦力金斯"，他每次听了都很沮丧。

我告诉他们我也不知道自己何时返回。

我是个老人了。也许他们没指望我会回去。如果我真的回不去了，严格来说他们也照样能生活下去。

　　老高不禁觉得惊讶。他一辈子都和蜜蜂生活在一起。但是看着那个陌生人将蜜蜂从蜂箱里抖落出来，他还是觉得非常惊讶，那人手法娴熟，动作干脆利落，黑蜜蜂们似乎都惊呆了，甚至不怎么生气，它们只是在周围飞着，有些想爬回蜂箱。陌生人将满是蜂巢的盒子放在一个比较弱势的蜂箱顶部，这样老高还是可以从陌生人租用的蜂箱里收获蜂蜜。

　　老高有了一个房客。

　　老高给了张寡妇的孙女一点钱，让她每周给那个陌生人送三次饭，主要都是米饭和蔬菜，还有瓦罐装的汤，女孩送上去的时候汤还是滚烫的。

　　每隔十天，老高自己上山。他本来是想去检查蜂箱，结果发现陌生人将十一个蜂箱都照顾得非常好，蜜蜂从没这么繁盛过。事实上现在有十二箱蜜蜂了，因为陌生人在山上散步的时候又抓到了一群。

　　老高带了些木头上去，下一次他去窝棚的时候，花了好几个下午和陌生人沉默地工作，他们做了好几个盒子扩大蜂箱，又做了好几个框子放进蜂箱。

　　一天下午，陌生人告诉老高，他们做的这种养蜂的框子是七十年前一个美国人发明的。在老高看来这真是胡说八道，他是照着他父亲的手艺做蜂箱的，山谷那边的人也是这么做的，他确定他的祖父，祖父的祖父都是这样做的，不过他没说话。

他喜欢和陌生人在一起。他们一起做蜂箱，老高想这个陌生人要是更年轻一些就好了。这样他们在一起的时间就更长一些，老高也可以在自己死后把蜜蜂留给他。但是他们都是老人，他们一起钉箱子，两个人都头发花白，满脸皱纹，都只剩下十一、十二年可活了。

老高注意到，陌生人在租用的那箱蜜蜂旁种了一小片花园，他把那箱蜜蜂摆在离别的蜜蜂较远的位置。他在蜂箱上罩了个网子，还开了个"后门"，这样就只有他租用的蜜蜂能够采到他种的花。老高还注意到，在网子下面有几个盘子，盘子里装的似乎是糖水，一个是鲜艳的红色，一个是绿色，一个是亮蓝色，还有一个是黄色。他指着那些盘子，但是那个陌生人点头笑了笑没说话。

蜜蜂吃着糖水，它们聚集在锡盘子旁边用舌头舔食，吃到再也吃不下为止，然后就回到蜂巢。

陌生人为老高的蜜蜂画了素描。他给老高看了那些画，想解释这些蜜蜂跟别的品种有什么不同，他想说说古代那些在石头里保存了上百万年的蜜蜂，但是陌生人的中文说不了这么多，而且老高对这种事情也不关心。到他死为止，这些都是他的蜜蜂，等他死后，这些就成了山上的野蜜蜂。他在这里也养过别的蜜蜂，但是它们都病死了，或者被黑蜜蜂杀死了，黑蜜蜂抢了它们的蜜，它们饿死了。

老高最后一次上山是在夏末，下山后，他就再也没有见过那个陌生人了。

事情结束了。

它起效了。我一方面充满胜利感，另一方面又很失望，仿佛是失败了一般，又仿佛是某种遥远的积雨云在刺激我的心情。

我的双手看起来很奇怪，不是我现在熟悉的样子，而是我年轻时候的手：关节一点也不肿，有黑色的汗毛，手背也并不苍白。

这个难题挫败过很多人，这仿佛是个无解的难题。三千年前中国的第一个皇帝为了求解它，几乎摧毁了自己的帝国，最终还是死了，而我却只花了二十年？

我不知道自己是否做了正确的事情（但是"退休"生涯不用来做这种事真的会让人发疯）。这是米克罗夫特给我的任务。我调查了这个难题。最终得到了答案。

我会告诉全世界吗？不会的。

但是我的包里还有半罐深棕色的蜂蜜，这半罐蜂蜜的价值超过无数个国家。（本来我想写"价值超过全中国所有的茶叶"，但是按照我目前的状况来说，华生恐怕会笑话我在说一些陈词滥调。）

说起华生……

现在只剩一件事可做。我剩下的那个目标是一件小事。我要去上海，然后坐船绕过半个地球到南安普顿。

一旦我到了南安普顿，我就去找华生，如果他还活着——我猜想他应该还活着。我知道这个想法很不理性，但是我觉得要是华生死了我应该会知道。

我要买些油彩化妆成老年人，免得吓到他，我要邀请这位老朋友来喝茶。

我猜想，下午茶时间会有涂满蜂蜜的黄油面包片。

有传闻说一个野蛮人穿过村子往东走了，但是人们跟老高说，那人应该不是租住老高窝棚的那个人。这个人很年轻、很强壮，头发是黑的。不是春天那个老年人，但是有一个人对老高说，他们仿佛背着同一个包。

老高上山查看，但上山之前他就怀疑自己可能什么都找不到。

陌生人和他的包都不见了。

到处都有烧过的痕迹。什么都没剩下。纸张都被烧了——老高只认出了陌生人画蜜蜂的那张纸的边缘，其他的纸张都化为灰烬，黑得什么都看不出来，不过老高本来就不认识那些蛮子的文字。被烧掉的还不只纸张，被陌生人租用的那个蜂箱也只剩灰烬了，有好些黑色扭曲的锡块，肯定是当初盛放彩色糖浆的盘子。

陌生人有一次跟他说过，糖浆里是特意加了色素，这样才能区分开来，但是老高没问他为什么要区分。

他像个侦探一样检查了整个窝棚，寻找陌生人的身份信息和他此行的目的。在那个瓷枕头下面有四块银币，是专门留给他的——两个银圆，两个比索，他收了起来。

在窝棚后面他找到了很多过滤后剩下的糊状物，还有些蜜蜂爬在那黏稠的蜂蜡表面吃着甜味的东西。

老高认认真真想了好久，最终把那些糊状物收起来，轻轻裹在布里，放进一个装满水的罐子。他用火盆把水烧开。很快蜂蜡浮上表面，死蜜蜂、蜂巢碎屑、花粉以及蜂胶就留在了布里。

他把这些东西放凉。

然后他走出屋外看着月亮。快到满月了。

他估计已经很少有村民记得他的儿子夭折了。他记得自己的妻子，但是她的长相也很模糊，他没有妻子的照片或画像。他觉得对他来说世界上没有比在这高山上养子弹一样的黑蜜蜂更合适的工作了。没有人像他一样了解这些蜜蜂的秉性。

水冷了。他把凝固的蜂蜡捞出来，放在床板上继续晾凉。然后把那块沾满残渣碎屑的布也捞出来。某种程度上来说他也是一个侦探，一旦排除了各种不可能的情况，剩下的无论多么难以置信也一定是真相，他喝下了罐子里的那些糖水。就算用布滤过了，那里头还剩下很多蜜。尝起来有烟、金属、陌生的花朵以及奇怪的香味。老高觉得它仿佛性的味道。

他把所有的蜜都喝了，然后枕着自己的瓷枕头睡去。

醒来之后，他想着要怎么应付他那个表亲，如果老高失踪，他肯定想来继承那十二箱蜜蜂。

也许他可以假装自己是老高的私生子，时机正好合适，他就回来了。也许就是亲生儿子，小高。那件事谁还记得呢？没关系。

他会去城里，然后再回来，然后他会在山上养蜜蜂，只要环境合适就一直养下去。

那个忘了雷·布拉德伯里的人

我忘了一些事情，这让我很恐慌。

我忘了词语，不过思想还没忘。我希望我不要忘了思想。要是我忘了思想，我也不会知道。忘了思想我自己怎么会知道呢？

这是很奇怪的，因为我的记忆力一直很好。什么事情都记得住。有时候简直记得太清楚了，我似乎甚至记得自己尚不知道的事情。提前记忆……

我觉得应该没有什么词来描述这种情况对吧？记得尚未发生的事情。我从来没有过现在这种感觉，就是在头脑中找不到合适的词的感觉，仿佛有人半夜里来把词语都偷走了。

我还年轻的时候，住在一间很大的合租屋里。我当时还是个学生。我们在厨房里各人有各人的架子，上面都标明了我们的名字，冰箱里也有我们各自的格子，专门存放各自的鸡蛋、奶酪、酸奶、牛奶。我只严格使用属于自己的东西。其他人就有点……那什么。我忘了那个词。就是"小心遵守规则"的那个词。合租屋的其他人就……不太这样。

我打开冰箱，发现鸡蛋不见了。

我想到布满太空船的天空，那里的飞船实在太多，看起来如同蝗灾。银色的蝗虫飞在明亮的紫色的天空上。

那时候我的屋子里也有各种东西失踪。靴子。我记得我的靴子丢了。或者说"处于丢失状态中"，因为我没有看到它们消失的情况。靴子不仅仅是"丢了"。是有人"让"它们"丢失"。就和我的大辞典一样。同样是在那间房子里，同个时期。我来到床边的小书架（所有东西都放在我床边，那里虽然是我的房间，但是放进去一张床之后只剩下衣柜大小的空间了）。我来到架子旁，发现字典不见了，架子上有个字典大小的洞，字典却不见了。

书和其中所有的词都不见了。下个月，他们拿走了我的收音机和一罐剃须泡沫，一本笔记本和一盒铅笔。还有我的酸奶。另外在停电时，我发现蜡烛也不见了。

此时我想到一个穿着全新网球鞋的男孩子，他相信自己可以永远奔跑。不，那孩子不是我。一个干燥的镇子，里面一直在下雨。一条路穿过沙漠，善良的人在路上能看到海市蜃楼。一头恐龙是电影制作人。那海市蜃楼是忽必烈可汗的辉煌宫殿。不……

有时候，当词语离去时，我可以从另一个方向慢慢靠近它们，找到它们。于是我从另一个方向去找——比如说我讨论火星上的居民，我意识到描述它们的那个词不见了。我还发现很多句子和标题都没了这个词。比如《××编年史》《我最爱的××》。如果想不起这个词，我就换一个方向思考。小绿人，或者高个子、深色皮肤、性格温和、金色的眼睛、皮肤黝黑……突然"火星人"这个就出现了，它就像劳累的一天之后正在等我的朋友或恋人一样。

我的收音机消失时，我离开了那间合租屋。太累了，我认为那些物品毫无疑问都是我的，但是它们慢慢消失了，一件一件，一个一个，一点一点，一个词一个词地消失了。

我十二岁的时候，有位老人给我讲了个故事，我一直没忘。

一天夜里，一个倒霉蛋发现自己在一片森林里，他没带祈祷书所以没法做晚祷。于是他说："无所不知的上帝啊，我没带祈祷书，也不记得祈祷文。但是你知道所有的祈祷文。毕竟你是上帝嘛。所以我决定这么办，我背字母表，你把单词组合起来。"

有些东西正从我的脑海中消失，我很害怕。

伊卡洛斯！我并没有忘记所有的名字。我还记得伊卡洛斯。他飞得离太阳太近了，但是在故事里，这么做完全值得。永远应该去尝试，即使失败了，即使像陨石一样坠落，也要尝试。在黑暗中点燃火焰、鼓舞他人、奋力生活，这一切都好过坐在黑暗中咒骂那些拿了你的蜡烛还不还回来的人。

我也弄丢过人。

那件事情很奇怪。其实也不是真的弄丢了人。不是失去了父母或者孩子走丢了那样的事情，不是你自以为拉着妈妈的手走在人群中，结果一抬头看到那人不是妈妈……而是你在葬礼或者什么纪念活动上想要讲几句关于他们的话，或者是将骨灰撒进花园或大海的那种时候。

有时候我想象把自己的骨灰撒进图书馆。但是图书馆员第二天必须很早就来，赶在有人进馆之前把骨灰扫掉。

我希望能把自己的骨灰撒进图书馆，或者游乐场。二十世纪三十年代风格的游乐场，你可以骑着黑色的……黑色的……我忘了那个词。行李传送带？过山车？你骑着那个东西，然后就能变得年轻。摩天轮。对了。一家流动游乐园来到镇上，邪恶的东西也来了[1]。"我觉得拇指刺痛……"

莎士比亚。

我记得莎士比亚，我记得他的名字，知道他是谁，他写了什么。他暂时安全。也许有忘记莎士比亚的人。他们会说"就是写'生存还是毁灭，这是个问题'的人"——不是杰克·本尼演的那部电影，其实他真名叫本杰明·库贝尔斯基，在伊利诺伊州沃基根长大，那地方距离芝加哥约一小时车程。后来有个美国作家写了一系列故事，沃基根市成了有名的伊利诺伊绿城，那个作家离开沃基根搬到了洛杉矶。我说的当然是我心里想的那个人。我闭上眼睛就能看到他出现在我的脑海中。

我曾看过印在书封底上的他的照片。他面带微笑，看起来和蔼又睿智。

他写过一个关于爱伦·坡的故事，免得大家忘了坡。那个故事发生在未来，大家烧了书然后忘了书的内容。那个故事里的人们生活在火星上，当然也可以是在沃基根或者洛杉矶，我们可能是评论家，可能是忘记书籍的镇压者，可能是将来把所有词语、文字、字典、充满文字的收音机拿走的人，我们可能走进别人家里被猩猩杀死，被陷坑和钟摆杀死，看在上帝的份上，还有蒙特雷索[2]，一个一个都被杀死……[3]

坡。我知道坡。也知道蒙特雷索。还知道本杰明·库贝尔斯基

---

1 指布拉德伯里的小说《必有恶人来》。
2 爱伦·坡的短篇小说《一桶阿蒙蒂拉白葡萄酒》中的凶手，杀人前曾喊"看在上帝的份上"。
3 《火星编年史》中《厄舍古屋的续篇》一章。

和他妻子，萨迪·马克斯，她和马克思兄弟毫无关系，她扮演过玛丽·利文斯通。这些名字我全都记得。

我当时十二岁。

我读各种书，看各种电影，当纸烧起的那一刻，我知道这是我记住此事的关键。如果有人烧书、忘记书，那就必须有人记住书。我们要把书籍都放在记忆中。我们会成为书。我们成为作者。我们成为他们的书。

很抱歉。我忘了一些事情。仿佛我走的路是一条死胡同，现在我孤身一人迷失在森林里，我人在这里，却不知道这个地方到底是哪里。

你必须读一部莎士比亚戏剧：我觉得你就是《泰特斯·安特洛尼克斯》，或者可以是其他角色，你可以读一读阿加莎·克里斯蒂的小说：你能成为《东方快车谋杀案》。还有人可以读读约翰·威尔莫特（罗切斯特伯爵），还有你，不管在读这本书的你是谁，你可以读狄更斯的书，当我想知道《巴纳比·拉奇》我就可以去找你，你能告诉我。

烧毁文字的人，把书从架子上拿走的人，纵火者和无知的人，害怕故事、文字、梦想、万圣节的人，害怕一生都与文字纠缠的人和男孩子们！你们去地下室里种蘑菇吧！文字就是人，是时间，是我的人生。只要你的文字活着，你就活着，你就是永生的，你就能改变世界，而我还是不记得你的名字。

我读过你的书。把它们烙进了我的思想里。纵火者来了也烧不掉它们。

但是你已经离开了。我等着那个名字回到我心里。就好像我等着我的字典、收音机、靴子回来一样，这是个无望的结果。

我的脑海中只有一片你离开之后留下的空白。我现在甚至不确定还有没有空白了。

我和一个朋友说了此事。我说："这些故事你觉得耳熟吗？"我把自己记得的内容全部告诉了他，关于怪物进入有小孩的家庭里的故事，关于穿闪电衣服的推销员和邪恶嘉年华的故事，关于火星人和他们衰落的玻璃城市、他们完美的运河。我全部都跟他讲了，他说他从来都没听说过。它们不存在。

我很不安。

不安之余我一直牢记着它们。就像在那个故事结尾的人们，他们走来走去，重复着故事里的词语，牢记着那些故事，同时给自己做饭。

我想这是上帝的失误。

他也不能记得每一件事，上帝也不行。他太忙了。所以也许他只是选一些事情做，有些事就干脆不管了。"喂！我想要你记住百年战争的日期。你，你记住玀㹭狓。你别忘了杰克·本尼本名叫本杰明·库贝尔斯基，来自伊利诺伊沃基根市。"然后，当你忘记什么事情的时候，上帝就会帮你回忆起来。再也没有玀㹭狓了。世界上只剩下介于长颈鹿和羚羊之间的一个玀㹭狓形状的洞。再也没有杰克·本尼了。没有沃基根。只在你的脑海中留下一个人形或某个概念形状的洞。

我说不清。

我不知道要去哪里找。我是不是像弄丢了字典一样弄丢了一个作者？也许情况更糟糕：上帝给了我一个小考验，而我没能完成，因为我忘了他，他离开了书架，离开了参考作品目录，现在他只存在于我们的梦中……

我的梦中。因为我不知道你的梦。也许你不会梦见只存在于墙纸上的草原，不过那草原吃掉了两个小孩。也许你不知道火星是天堂，我们死去的亲人在那里等我们，然后在夜里把我们杀死。你不会梦见有人因步行而获罪。

我梦见这些东西。

如果他存在过，那我确实失去他了。失去了他的名字。失去了他的书本标题，一个一个地全都没有了。失去了所有的故事。

我担心我会发疯，因为我不能徒然变老。

如果这个考验我失败了，上帝啊，那我只能做一件事了，请你让那些故事回到世界上。

因为如果这样有用的话，他们就会想起他。他们所有人都会想起他。当万圣节到来，落叶像受惊的鸟一样掠过人行道时，他的名字会再一次伴随那座美国小城变得家喻户晓，或者是伴随着火星，或者伴随着爱。我的名字则会被忘记。

如果在我离开人世前，我脑海中书架上的空当能被填补起来的话，我愿意付出这样的代价。

亲爱的上帝，我向你祈祷：

A、B、C、D、E、F、G……

耶路撒冷

我绝不会停止精神斗争
我手中的剑不会沉睡
直至我们在英格兰绿色宜人的土地上
建成耶路撒冷

——威廉·布莱克

耶路撒冷就像个深潭，莫里森心想，时间在里面沉积得太深了。它吞没了他，吞没了他们两个，他能感觉到时间的压力正把他往上、往外推，就好像潜泳潜到很深处的那种感觉。

他很高兴能出去。

明天他要再次回去工作。工作是好事。工作能让他专注某件事。他打开收音机，一首歌放到一半，他关上收音机。

"我喜欢那首歌。"德洛雷斯说。她收拾干净冰箱，然后把新鲜食物放进去。

他说："对不起。"他没办法一边听音乐一边思考。他需要安静。

莫里森闭上眼睛，有那么一瞬间，他又回到了耶路撒冷，感觉到沙漠的热浪扑面而来。他凝望那座城市，首次意识到它真的很小。两千年前，真正的耶路撒冷城比英国乡村小镇还小。

他们的导游是个五十多岁、又瘦又结实的女人，她指着某处说："那就是登山宝训发生的地方。那边是耶稣被捕的地方。他被关押在那里。在那里接受比拉多的审讯。在那座山上被钉上十字架。"她指的其实就是一处山坡，顶多几个小时就走完了。

德洛雷斯拍照片。她和导游很合得来。莫里森不想游览耶路撒冷。他希望假期去希腊，但是德洛雷斯坚持要去耶路撒冷。耶路撒冷是神圣的，她对莫里森说，是历史的一部分。

他们从犹太人区开始，穿过旧城区、石板路、关门的商店、便宜的纪念品。一个戴着黑色大皮帽子、身穿厚外套的人从他们身边经过。莫里森挤挤眼睛："他肯定热得冒烟了。"

"他们过去在俄罗斯这样穿戴。"导游说，"他们在那里这样穿。皮帽子是假期戴的。有些人的帽子比这还大。"

德洛雷斯把一杯茶放在他面前。"你在想什么？"她说。

"回忆假期。"

"别想了。"她说，"还是随它去吧。你不如出去遛遛狗？"

他喝了茶，给狗套上绳套，狗满怀期望地看着他，仿佛它想说什么似的。"走了，狗子。"莫里森说。

他往左走，沿着大道往草地走去。到处一片翠绿。耶路撒冷是金色的，那是一座由沙子和岩石组成的城市。路边熙熙攘攘的商店里堆满了甜食、水果还有颜色鲜亮的衣服。

"然后床单就都不见了。"导游对德洛雷斯说，"耶路撒冷综合征。"

"我没听说过。"她随即转向莫里森，"你听说过吗？"

"我没注意。"莫里森说，"那扇门上的那些图案是什么意思？"

"那是表示欢迎从麦加朝圣回来的人。"

"原来如此。"德洛雷斯说，"对我们来说，朝圣要来耶路撒冷。但也有人去了别处。即使是在圣城还是有人要去别处朝圣。"

"没人去伦敦朝圣。"莫里森说，"肯定没有。"

德洛雷斯没理他，而是对导游说："这么说，他们走了。妻子买好东西、参观博物馆回来之后发现床单不见了。"

"没错。"导游说，"她到了前台，告诉工作人员她丈夫不见了。"

德洛雷斯挽着莫里森的胳膊，仿佛是要确定一下他人在这里。"他去哪里了呢？"

"他出现了耶路撒冷综合征。他跑到路边一个拐角处，只披着那条床单当作袍子。他在布道——大体上就是要行善，要顺从上帝，要爱彼此之类。"

"来耶路撒冷发疯。"莫里森说，"快赶上广告词了。"

导游严厉地看了他一眼。"确实。"她说道，莫里森觉得她说不定对此还挺自豪的，"唯一一种因地点而发作的精神病，也是唯一一种能轻松治愈的疾病。你知道怎么能治好吗？"

"没收他们的床单？"

导游犹豫了一下，然后笑起来："差不多。让病人离开耶路撒冷就行了。他们立刻就好了。"

"下午好。"马路尽头的一个人说。十一年来他们一直互相点头致意,不过他一直不知道对方的名字。"你晒黑了点,出去度假了吧?"

"去了耶路撒冷。"莫里森回答。

"哎呀,我肯定不会去。你看起来就好像遇到了爆炸或者被人绑架了一样。"

"这倒是没有。"莫里森说。

"那还好。还是在家更安全哈。"

莫里森犹豫了一下,急匆匆地说:"我们住在一家青年旅舍,在地下,嗯……"他想不出合适的词了,"那个蓄水的地方,从希律王时代就有了。他们将雨水储存在地下,这样就不会蒸发掉。一百年前还有人划船从地下经过耶路撒冷。"

那些失落的词就悬在他意识的边缘,仿佛词典上的破洞。四个字,跟水有关,意思是幽深有回音的地下蓄水场所。

"哦,再见。"邻居说。

"再见。"莫里森说。

草地里一片翠绿,蔓延到了缓坡上,其中夹杂着橡树、山毛榉树、栗子树和杨树。他想象着一个虚构的世界,伦敦被分裂,被十字军入侵,在战争中不断地获胜又失败。

也许这不是疯狂的幻想,他心想。也许裂痕只是在更深的地方,又或者天空非常薄,薄得可以听见上帝说出神谕。只是谁都不会停下来去听。

"地下水宫。"他大声说。

绿色的草地变得干燥金黄,热浪灼烧着他的皮肤,他就像置身于一个开放式的烤箱里。他仿佛根本没有离开过耶路撒冷。

"我的脚疼。"德洛雷斯停了一下又说，"我要回旅馆了。"

导游似乎很在意。

"我想稍微休息一下。"德洛雷斯说，"要参观的东西实在太多了。"

他们经过了耶稣牢房商店，那里头卖纪念品和毯子。"我想洗洗脚。你们两个去逛吧。午饭之后来接我。"

莫里森本来想要反对，不过他们确实是雇了那个导游一整天。她皮肤很黑很粗糙，笑容却显得格外白。她带莫里森去了咖啡馆。

莫里森说："生意好吗？"

"其实游客不多。"她说，"叛乱发生之后游客就少了。"

"德洛雷斯。我妻子。她一直都想来看看圣城的景物。"

"有很多这样的游客。信基督教、伊斯兰教、犹太教的都有。这里就是圣城。我一辈子都坚信这点。"

"你肯定希望他们能解决这一切问题。"他说，"嗯，就是巴勒斯坦局势，政治问题。"

导游耸耸肩，"跟耶路撒冷无关。"她说，"人们来了。人们怀着信仰，然后互相残杀，以证明上帝爱他们。"

"嗯。"他说，"你会如何解决呢？"

她露出纯白的微笑回答："有时候我觉得最好是把这里炸掉。如果炸成充满放射性的沙漠，还有谁会想要呢？接着我又想，他们会跑来收集含有圆顶清真寺或所罗门神殿原子的放射性尘埃，还有耶稣背着十字架行走时候靠过的墙壁。只要那片沙漠是耶路撒冷，人们就会为了那些剧毒的沙子打仗。"

"你不喜欢这里？"

"你们那里没有耶路撒冷，你应该感到庆幸。没有人想要把伦敦分成几半。没有人想去圣地利物浦朝圣。没有哪位先知会跑到伯明翰。你们国家太年轻了。它还是绿色的。"

"英国不年轻了。"

"在这里，他们依然为两千年前作的决定争斗。三千年来，自大卫王从耶布斯人手中占领耶路撒冷，他们就为谁拥有这城而争斗。"

他淹没在时间中，能感觉到时间正重重地压着他，仿佛远古的森林在高压之下变成了石油。

她说："你有孩子吗？"

这个问题让莫里森很惊讶："我们想要孩子，但是一直没有。"

"你妻子，她是想寻求神迹吗？有时候人们会这样。"

"她……她有信仰。"莫里森说，"我则是不信。但是我觉得她不是想要神迹。"他喝了一口咖啡。"那……嗯，你结婚了吗？"

"我没有丈夫了。"

"是因为爆炸？"

"什么？"

"你丈夫怎么了？"

"遇到了一个美国游客，从西雅图来的。"

"哦。"

他们喝完了咖啡。"我们去看看你妻子的脚好了没有。"

他们穿过狭窄的街道，朝着酒店走去，莫里森说："我真的很孤独。我做着一份自己不喜欢的工作，回到家见到的妻子虽然爱我却和我没什么共同点。有时候我觉得自己动弹不得，我只想让整个世界消失。"

她点头："嗯，但你不住在耶路撒冷。"

导游在旅馆大堂里等着，莫里森去了他的房间。不知何故，看到德洛雷斯不在卧室也不在小浴室，早晨铺好的床单也不见了，他一点都不觉得惊讶。

他的狗可以在草地里一直走下去，但是莫里森累了，而且下起了小雨。他在这片绿色的世界中走着。绿色宜人的世界，他心想，但同时他知道事实并非如此。他的脑子就像一个从楼梯上滚下来的文件柜，所有信息都乱七八糟，毫无头绪。

他们在十字架苦路上找到了他妻子。她披着床单，但是看起来意识清醒，并没有疯。她很平静，甚至有些害怕。

"一切都是爱。"她对周围的人说，"一切都是耶路撒冷。上帝是爱。耶路撒冷是爱。"

一个游客拍了一张照片，但是本地人都没理她。莫里森拉着她的胳膊。"走吧，亲爱的。"他说，"我们回家。"

她看着他身后。莫里森不知道她在看什么。她说："我们在家。在这里，世界的墙壁壁垒很薄。我们可以听见他在墙壁的另一边呼唤我们。听，你能听见他。听！"

人们把她拉回酒店的时候，德洛雷斯没有反抗也没有争论。德洛雷斯看起来不像先知，她看起来像一个将近四十岁、身上只裹了一条床单的女人。莫里森猜想导游会不会有点想笑，不过他看着她的时候，发现她的眼神很是关切。

他们开车从耶路撒冷到了特拉维夫，在睡了二十四小时之后，他们来到酒店前面的海滩上，德洛雷斯恢复了，只是还有一点点迷糊，不太记得前一天的事情。他想跟她说自己看到的情景以及她当时说过的话，但是德洛雷斯似乎不安起来，于是他不说了。他们假装那件事没发生过，不再提起。

　　有时候他很好奇在那一天德洛雷斯脑子里有什么感受，听着上帝的声音从金色的石头里传来是什么感受，但是说实话，他其实不想知道。最好不要知道。

　　这是本地特色，只要带那人离开耶路撒冷就行了。也不知道特拉维夫算不算足够远——这几天他想这个问题已经想过好几百次了。

　　他很高兴返回英格兰，很高兴回家，英格兰的时间并不足以把你压碎，让你窒息，将你化为齑粉。

　　莫里森冒着细雨穿过街道，经过人行道上的树，路过屋外的花园、夏日的花朵以及美丽的绿色草坪，他觉得冷。

　　他知道自己转过街角，在看到被风吹得砰砰响的大门之前她就已经离开了。

　　他会跟着她。他会找到她，想到这里他有些开心。

　　这一次他会好好听着。

咔咔作响的咔咔袋

"在你陪我去睡觉之前，能给我讲个故事吗？

"你真的需要我陪你去睡觉吗？"我问那个男孩。他想了一下，然后非常严肃地说："是的，我真的需要。因为我写完了作业，所以接下来是我的睡觉时间，而我又有点害怕。不是非常害怕，只有一点点。但是这座房子很大，很多时候灯都不亮，有点黑。"

我伸手揉了揉他的头发。

"我理解。"我说，"这是一座很大的老房子。"他点点头。我们在厨房，这里明亮又温暖。我把杂志放在厨房的桌子上："你想让我讲个什么样的故事？"

"好吧，"他认真地想了想回答，"我觉得故事不能太吓人，不然等我上床去睡觉的时候就会一直想着怪物什么的。但要是故事完全不吓人，我又觉得没意思。你编过恐怖故事对不对？她说你会的。"

"她说得太夸张了。我只是写一些故事，但是都还没真正发表过。我写过很多不同类型的故事。"

"那你确实写过恐怖故事？"

"写过。"

男孩从门口的阴影中抬头看着我，他一直站在那里等着："你知不知道关于会咔咔作响的咔咔袋的故事？"

"不知道。"

"那可是最好看的故事。"

"你是从学校里听来的吗？"

"差不多吧。"他耸耸肩。

"咔咔作响的咔咔袋是什么故事？"

他是个早熟的孩子，对于他姐姐的男朋友的无知也不太惊讶。你可以从他的表情上看出来。"大家都知道。"

"我真的不知道。"我努力不笑。

他看着我，仿佛想知道我是不是在跟他开玩笑。他说："我觉得你还是陪我去卧室吧，然后在我睡前讲个故事。最好不要吓人，不然我会睡不着。楼上真的有点黑。"

我说："我给你姐姐留张字条吧，跟她说我们在哪里。"

"好的。但是他们回来的时候你能听见。大门关门的声音很响亮。"

我们离开温暖舒适的厨房，穿过这座大房子的走廊。走廊真的很冷、很黑，还飕飕地刮着风。我去开灯，但是大厅依然很黑。

"灯泡坏了。"男孩说，"经常这样。"

我们的眼睛适应了黑暗。月亮接近满月，淡蓝色的月光透过楼梯上面高高的窗户照进来，照到了大厅里。"不开灯也没关系。"我说。

"好吧。"男孩冷静地说，"我很高兴你在这里。"他现在看起来没那么老成了。他轻轻握住我的手指头，很信任我，好像认识我很久了似的。我觉得自己果然是个有责任感的成年人了。我对他姐姐，也就是我的女朋友的那种感情算不算爱，至少那时候还不知道，但是这个孩子对待我的态度仿佛家人。我觉得自己就像他的哥哥，我站得笔直，如果屋里确实有什么不安分的东西，我绝不会让它出现。

楼梯在磨旧的地毯下面吱嘎作响。"咔咔怪是最好的怪物。"男孩说。

"是电视里的角色吗？"

"应该不是。任何人都不知道它们是从哪里来的。绝大部分是从黑暗中来的。"

"那地方可是怪物的老家。"

"是啊。"

我们沿着楼上阴暗的走廊走着，从一块月光走进另一块月光。这真是一座很大的房子。我要是有手电筒就好了。

"它们是从黑暗中来的。"男孩抓着我的手说，"我觉得它们多半是由黑暗构成的。它们趁你不注意就进来了。它们就是在那个时候进来的，然后它们会把你带去……不是窝，那个像是窝又不是窝的词是什么？"

"房子？"

"不。不是房子。"

"巢穴？"

他想了一下，说："对，应该就是巢穴。"他紧紧抓着我的手不说话了。

"好吧，它们趁人不注意溜进来，把人带去它们的巢穴。然后做什么，你的那种怪物，它们会把人的血吸干吗？就像吸血鬼那样？"

他不屑地哼了一声："吸血鬼不会把你所有的血吸干。他们只吸一点。够他们到处飞行就可以，你知道吧。咔咔怪比吸血鬼可怕多了。"

"我不怕吸血鬼。"我对他说。

"我也是。我也不怕吸血鬼。你知道咔咔怪会干什么吗？它们会把你喝了。"男孩说。

"就像喝可乐一样？"

"可乐对你有害。"男孩说，"你把一颗牙齿放进可乐里，过一夜，牙齿就会被溶解了。可乐对你非常有害，所以你要好好刷牙，每天晚上都刷。"

我小时候也听过这个可乐的故事，长大后知道它是假的，但是一个促进牙齿健康的谎言是个好谎言，所以我没纠正。

"咔咔怪把你喝了。"男孩说，"它们首先咬你，然后你的身体里就都变成糊糊了，你的肉、脑子，除了骨头、皮肤以外所有的东西都变成了液体，像奶昔一样黏糊糊的东西，然后咔咔怪就从眼窝开始把你整个吸干。"

"真恶心。"我说，"是你编的吗？"

我们走上楼梯最后一级，走到大房子深处。他说："不是。"

"我觉得小孩子确实编不出那种事情。"

"你没问我咔咔袋的事情。"他说。

"对。咔咔袋又是什么？"

"嗯。"他睿智而清醒地说，"一旦你只剩下骨头和皮肤了，它们就把你挂在钩子上，被风一吹你就咔咔作响。"他小小的声音在我身旁的黑暗中回响。

"那么这些咔咔怪看起来是什么样子？"刚一问出口，我就后悔了，希望能把这个问题收回来。我想的是：巨大的蜘蛛怪物，就像今早在浴室里看到的那只。我怕蜘蛛。

男孩说："它们的样子十分出人意料，是你从来不加关注的那种样子。"我松了口气。

我们爬上木质楼梯。我的左手扶着楼梯栏杆，右手拉着男孩的手，他走在我旁边。在屋里这么高的地方，周围有股灰尘和旧木头的味道。尽管月光稀疏，但是男孩步伐稳定。

"你打算在我睡前给我讲什么故事？"他问，"我说了，不一定要吓人。"

"不吓人。"

"也许你可以给我讲讲今天晚上的事情，说说你做了什么？"

"对你来说可能不算一个故事。我的女朋友刚搬进了镇子旁的新家。那座房子是从她姑妈还是什么人那里继承来的。那是一座很大很老的房子。今晚，在这里的第一个晚上我要和她一起度过，所以我等了她一个小时，等她和她的室友带着葡萄酒和印度外卖回来。"

"你还没发现？"男孩说。他又露出那种老成的笑意。不过小孩子总会在某些时候让人觉得难以忍受，在他们觉得自己知道一些你不知道的东西时。也许这对他们有好处。"你全都知道，却不去思考。你脑子里全是空白。"

他打开通往阁楼的门。那里面非常黑，不过打开的房门搅动了空气，我听见有东西在轻微地咔咔作响，仿佛干燥的骨头装在薄袋子里被风吹动的声音。咔咔。咔咔。咔咔。

我很想走开，但是那小小的手指坚定地拉着我，无情地把我拉进黑暗中。

冷漠咒语

佛罗里达到处都有跳蚤市场，这一家不是最差的。这里曾经是飞机机库，但是本地机场二十年前就关闭了。跳蚤市场里的一百多个卖家站在金属桌子后面，大部分人卖的都是假货：太阳镜、手表、包、皮带。有一家非洲人卖木雕的动物，他们后面是个嗓门很大的邋遢女人在卖没封面的书和旧的廉价杂志，那些书都褪色了，还皱皱巴巴的，那女人名叫善人帕罗特（我真是忘不了这个名字）。她旁边角落里有个墨西哥女人在卖电影海报和卷边的电影剧照，我一直不知道这人叫什么名字。

有时候我会从善人帕罗特那里买几本书。

那个卖电影海报的女人很快就走了，她的摊位上换成了一个戴太阳镜的小个子男人，他在金属桌子上铺上灰色的桌布，上面摆满小雕像。我停下来看了看——一整套很特别的小动物雕像，材料是灰色的骨头、石头和深色木头——随后我又看了看他。我猜想他会不会是经历过严重的事故，必须要经过整形外科手术才能修复：

他的脸整个都错位了，严重倾斜变形。他的皮肤极其苍白。他的头发又太黑了，肯定是假发，也许是用狗毛做的。他的太阳镜颜色很黑，把眼睛完全遮住。他看起来与佛罗里达跳蚤市场的氛围十分契合，每个摊位上都是奇怪的人，奇怪的人在这里买东西。

我没有在他那里买东西。

下一次我去的时候，善人帕罗特挪了位置，她的摊位让给了一个卖水烟袋和烟具的印度家庭。那个戴太阳镜的小个子依然在市场后排的角落里，面前铺着灰色的桌布，上面摆了很多小动物雕像。

"这些动物我都不认识。"我对他说。

"确实。"

"是你自己做的吗？"

他摇了摇头。跳蚤市场上你不能问卖家这些东西是从哪里来的。在跳蚤市场上很少有什么忌讳，但问东西的来源是绝对不允许的。

"你卖了很多吗？"

"足够养活我自己。"他说，"让我有地方住。"接着他又说："它们的价值远高过这点钱。"

我拿起一座好像是鹿但又像是肉食动物的雕像："这是什么？"

他低头看了看。"这是原始索恩兽，很难说。"接着他又补充一句，"是我父亲的。"

忽然传来一阵铃声，提醒大家跳蚤市场快结束了。

"你想吃点什么吗？"我问。

他警惕地看着我。

"我请客。"我说，"你不用顾虑。路那边有丹尼餐厅，那边还有酒吧。"

他想了一下。"丹尼餐厅吧。"他说，"我稍后跟你在那边见面。"

我在丹尼餐厅等着。过了半小时，我觉得他不会来了，但让我吃惊的是，在我到那里五十分钟后他居然真的出现了，一个棕色的皮口袋用长绳挂在他的手腕上。我猜想袋子里装的是钱，因为那袋子似乎轻飘飘的，应该不会是装了那些雕像。他很快吃完了一盘松饼，喝完了咖啡，开始说他的故事。

正午之后太阳略微暗了下去。太阳的一侧先是闪了一下，接着迅速变黑。黑影很快爬上鲜红的太阳表面，渐渐黑透了，仿佛从火里面取出来的一块煤炭，世界进入夜晚。

胖子巴尔萨泽匆忙从山上下来，他的网子留在了树林里，网子没被人看见，里面装着东西。他大口喘气，一时没说话，只是在他笨重的身躯允许的范围内尽可能加快脚步，最终来到山脚下他的单间小木屋前门。

"喂！时间到了！"他喊道。然后他跪下来点燃鱼油灯，伴随着一团橙色的火焰，灯芯噼啪作响散发着臭味。

木屋门开了，巴尔萨泽的儿子走出来。儿子比父亲高一点，而且瘦得多，没留胡子。这位青年以自己的祖父的名字命名，他的祖父还在世时这孩子叫小法法尔，不过现在大家都叫他倒霉蛋法法尔，甚至当着他的面这么叫。要是他把一只下蛋的家禽拿回家，那它转眼就不下蛋了；要是他拿着一把斧子去砍树，树倒下去准会惹出大麻烦，而且绝不会带来半点好处；要是他找到一笔古代宝藏，半埋在田野边缘上了锁的箱子里，那他开箱子的时候钥匙绝对会扭断，箱子也会瞬间变为沙砾，只留下淡淡的歌声仿佛遥远的唱诗班的歌声一样在空中回荡。他喜欢的年轻女子要么喜欢上其他人，要么变成了格鲁怪或者被强盗劫走。每次都是这样。

"太阳暗下去了。"胖子巴尔萨泽对儿子说。

法法尔说："那就这样吧。这就是末日了。"

天气更冷了，现在太阳熄灭了。

巴尔萨泽说："很快就完全熄灭了。我们只有几分钟时间。我早就准备好迎接这一天了。"他高举着鱼油灯走进木屋。

法法尔跟着父亲走进小屋，屋里有一个大房间，房间尽头是一扇上锁的门。巴尔萨泽走向那扇门。他把油灯放在门口，取下挂在脖子上的钥匙，打开了那扇门。

法法尔目瞪口呆。

"这颜色。"他说，"我不敢过去。"

"傻孩子。"他父亲说，"进去，非常小心地走。"法法尔没敢迈步，他父亲把他推进门，接着自己也进去关上了门。

法法尔站在那里，在陌生的光芒中眨眨眼睛。

他父亲把手放在自己圆滚滚的肚皮上，环顾着他们所处的房间说道："如你所见，这个房间并不存在于你所知道的那个世界里。它在早于我们那个时代数百万年前的时间里，属于蕾茉兰帝国末期，这个时代最有名的就是完美的鲁特琴音乐，精致的烹饪技术，以及美丽顺从的奴隶阶层。"

法法尔揉揉眼睛，看着屋子中间那个木头箱子，他们刚才就是从箱子里出来的，仿佛那是一扇门似的。他说："我开始明白你之前为什么一直忙着了。我曾好几次看到你穿过那扇门进入这间屋子，却从没细想过，只是乖乖地等着，直到你回来。"

胖子巴尔萨泽脱下黑色的麻布衣服，光着身子，他是个留着长长的白胡子的大胖子，白头发剪得参差不齐，接着他穿上色彩鲜亮的丝绸长袍。

"太阳！"法法尔透过房间的小窗往外看喊道，"看哪！是橙色的，还有着新鲜的跳跃的火光！它多暖和啊！"接着他又说，"父亲，为什么我从来没想到要问你在我们那个单间木屋的第二个房间里待那么久干什么？我甚至都没注意到还有这么一个房间？"

巴尔萨泽把最后一颗扣子扣好，用一块绣满了精美怪兽图案的绸缎围住自己圆滚滚的肚子。"确实。"他说，"这是因为我用了恩普萨的冷漠咒语。"他从脖子上取下一个黑色小盒子，盒子上有小窗和小栏杆，像间小屋子，不过大小只够装一只甲虫。"只要使用方法得当就能让我们不受任何人注意。就好像你对我去了哪里，从哪里回来一点都不好奇一样，这个时代这个地方的人也不会对我感到奇怪，我做任何跟蕾茉兰帝国十八王朝抑或末代王朝习俗相反的事情他们也绝不会在意。"

"太神奇了。"法法尔说。

"重点不是太阳熄灭了，而是在几个小时，最多几个星期之内，地球上的一切生物都会死，而此时此刻在这里，我是智者巴尔萨泽，坐飞船来的商人，做一切关于古董、魔法物品、神秘物件的生意——而你，我的儿子，你就待在这里。任何人要是打听你的身份，就说你是我的仆人。"

"你的仆人？"倒霉蛋法法尔说，"为什么我不能是你儿子？"

"原因很多。"他父亲回答，"太琐碎了，这次就没必要讨论了。"他把那个黑盒子挂在房间角落的钉子上。法法尔觉得自己似乎看到了一条腿或者一个头，好像某个甲虫般的生物在那个盒子里朝他挥手，他继续一个劲儿地往里看。"在这个时代我还有好几个儿子，是我和妾室们生的，他们可能不想再见到另一个儿子。而且考虑到你出生的日期，你要继承遗产的话，可能要等到一百万年之后了。"

"财产多吗？"法法尔好奇地看着这个房间。他这辈子都生活在世界末日的一座小山脚下的单间小木屋里，靠着父亲用网子在空中捕到的东西填饱肚子——通常只有海鸟或者飞蜥，有时候网子也能网到别的东西：自称是天使的生物、妄自尊大的蟑螂形生物，头上戴着高高的金属王冠，此外还有巨大的青铜色水母。它们都会被网住，要么放了要么吃了，要么拿去跟少数几个路过的人作交易。

他父亲得意地笑着，抚摩着他那令人赞叹的长长的白胡子，仿佛那是他的宠物。他说："多啊。世界末日的地球出产的鹅卵石和小岩石在这个时代很受欢迎，用在咒语、符咒、魔法物品上是不可替代的。我就卖这些东西。"

倒霉蛋法法尔点头。他说："如果我不想当仆人，只想回到我来的地方，穿过那个箱子回去，会怎么样？"

胖子巴尔萨泽说："我没考虑过这种问题。太阳已经熄灭了。几小时，甚至几分钟之后世界就毁灭了。或许宇宙也终结了。别再想这些事情了。对了，我必须给箱子找个上锁咒语，去下面的飞船市场找吧。我去找咒语，你可以整理一下柜子里的东西，把它们擦亮，不要用手直接拿那个绿色的长笛（它会自动演奏音乐，然后让你的灵魂充满无法满足的渴望），也不要把那个缟玛瑙做的波噶祇打湿了。"他亲切地拍了拍儿子的手，这是一个穿着五颜六色的绸缎的辉煌灿烂的生物。"孩子，我把你从死亡手中救了出来。"他说，"我及时把你带回到这个时代重获新生。在这一次新生中你不当我的儿子，当个仆人又有什么关系呢？生命就是生命，绝对比死了好，至少我们是这样认为的，毕竟没有哪个死人来反驳我们。这是我的座右铭。"

他说着在箱子里摸索了一会儿，掏出一块灰色的抹布递给法法尔。"给，去干活！好好干，待会儿我让你见识富裕的古董商的美食，那可比烟熏海鸟和盐渍鳌萨柯根好多了。无论遇到任何情况都绝对不要挪动那个箱子。它的位置是精心调试过的。动了之后就不知道通向哪里了。"

他用一块编织布把箱子盖起来，这样在一间屋子的正中间有一个大木头箱子似乎也不那么显眼了。

胖子巴尔萨泽从法法尔此前没有注意到的一扇门出去了。门"砰"的一声关上。法法尔拿起抹布没精打采地开始了打扫擦拭。

几小时后他看到箱子里面发出一阵光亮，非常明亮，那光亮甚至穿透了盖在箱子上的布，接着很快就熄灭了。

智者巴尔萨泽将法法尔作为仆人介绍给全家人。他见到了巴尔萨泽的五个儿子和七个妾（但是不能和她们说话），接着还被介绍给管家卡尔，此人管着钥匙，还有几个女仆和男仆忙里忙外，这些人都听卡尔指挥，除了法法尔以外就没有比女仆和男仆地位更低的仆人了。

那些女仆和男仆都很讨厌法法尔，讨厌他苍白的皮肤，因为除了主人以外他是唯一进入"密室"，也就是巴尔萨泽老爷的那间奇迹小屋的人。迄今为止巴尔萨泽老爷都是一个人打理那间屋子的。

时间一天天过去，又过去了好几周，法法尔已经不再为那明亮的橙红色太阳惊叹了，也不觉得白昼里天空的色彩有什么奇怪了（主要是鲑鱼粉和淡紫色），满载神奇货物从其他世界来的飞船到达飞船市场他也不会大惊小怪了。

即使被奇迹包围，即使在这样一个被遗忘的时代，即使在这个充满奇迹的世界里，法法尔还是过得很不好。巴尔萨泽又一次穿过那扇门进入密室的时候，他说："这不公平。"

"不公平？"

"我把这些神奇又贵重的玩意儿擦干净，你和你的儿子却到处吃吃喝喝参加宴会，结识朋友，总之你们就是在这个时代享乐。"

巴尔萨泽说："最小的儿子肯定不能享有和兄长们一样的权利，他们都比你年长。"

"红头发的那个才十五岁，黑皮肤的那个十四岁，双胞胎都没到十二岁，而我已经十七岁了……"

"他们都比你年长一百万岁。"他父亲说，"我不想再听这种胡话了。"

倒霉蛋法法尔咬咬嘴唇没说话。

这时院子里传来一阵喧哗，仿佛一扇大门被撞破，动物的叫声、鸟叫声突然传来。法法尔跑到小窗前往外看。他说："有好多人。我看到他们拿着闪闪发亮的武器。"

他父亲似乎一点也不惊讶，他说："对啊。现在我有个任务要交给你，法法尔。因为我过于乐观，犯了大错，作为我财富来源的石头快要用完了，而我这时候发现自己居然很受约束，实在太可气了。所以我们必须返回故乡尽可能多地收集石头。如果两个人去的话会比较安全。重点是什么时间去。"

"我会帮你。"法法尔说，"但是你必须答应我将来对我好些。"

院子里传来喊声："巴尔萨泽！坏蛋！骗子！奸商！我的三十个石头呢？"声音低沉又有穿透力。

"我将来一定对你好。"当爹的说道，"我发誓。"他说着走到箱子旁，掀开盖布。里面没有丝毫亮光，木箱里面什么都看不见，只有深不见底的黑暗。

"也许世界已经完全毁灭了。"法法尔说，"现在那边什么都没有了。"

"从我们来的时候算起，那边的时间才过了几秒钟。"他父亲对他说，"这是时间的本质。你年轻的时候时间过得快，时间流本身狭窄，到世界末日的时候万事万物的时间流都变得很宽很慢，就像油洒在平静的池塘里。"

接着他把当作锁头挂在箱子上的那个迟缓的符咒生物取下来，推开箱子盖，盖子慢慢打开了。一阵冷风吹进来，法法尔不禁抖了起来。"父亲，你会害死我们两个的。"他说。

"我们都死过了。"他父亲说，"但是现在你在你出生前的一百万年，依然还活着。我们两个都是由奇迹构成的。好了，儿子，拿上这个包，这包里全是'斯万的大容量灌输质'，你往里面放什么它都能装下，不管多大多重都可以。我们到了那边，你就尽量把所有的石头都放进包里。我就跑上山去检查我的网子，那里面都是宝物——它们在这个时代都会被当作宝。"

"我先去？"法法尔拿着包问道。

"当然。"

"太冷了。"

他父亲没说话，一把就把他推了进去。

"太糟糕了。"法法尔说。他们走出木屋来到末日世界，法法尔开始捡石头。他把一块石头放进包里，那石头闪着绿光。接着他继续捡。天空很黑，仿佛有某种无形的东西填充在天上。

一道不像是闪电的光亮闪过，亮光中法法尔看到父亲将网子从山顶的树上拽下来。咔嚓一声。网子燃起火光接着消失了。巴尔萨泽手忙脚乱，上气不接下气地跑下山。他指着天上说："是'无物'，'无物'吞没了山顶！'无物'占据了一切！"

忽然刮起强风，法法尔看见父亲匆忙之中被刮上了天，接着消失了。他后退着躲开那个"无物"，那东西比周围的黑暗更黑，却有些细小的闪光勾出它的轮廓，接着他转身狂奔进屋里，跑向通往另一个空间的那扇门。然而他没能进入那第二扇门。他站在门口，忽然又转身退回到濒死的地球。倒霉蛋法法尔看着"无物"吞没墙壁、远处的山、天空，接着他目不转睛地看着"无物"吞没了冰冷的太阳，最终除了无形的黑暗铺天盖地以外别的什么都没有了，似乎不安占据了一切。

这时候法法尔才走进小木屋里面的那扇内门，进入了他父亲在一百万年前的密室。

外头有人大力敲门。

"巴尔萨泽？"院子里传来那个声音。"你说要等几天，我等了，你这个浑蛋。给我那三十个石头。给我石头，不然我就不客气——我要把你儿子送到边境去，去特尔比的没药矿山做苦工，你们家的女人要被送去鲁苏斯·黎穆的宫殿当乐伎，让她们演奏音乐，而我鲁苏斯·黎穆就唱歌跳舞，跟我的娈童寻欢作乐。我就不费力气跟你说你们家仆人会怎么样了。你的躲藏咒语根本没用，因为我很容易就找到了这个房间。给我那三十个石头，不要等我冲进来，否则我把你拿去熬成油，把你的骨头拿去喂狗。"

法法尔吓得发抖。时间，他心想，我需要时间。他尽可能把嗓音压低："稍等，鲁苏斯·黎穆，我正在完成一项很复杂的魔法操作，好清除你这些石头上的负能量。如果我被打断，后果将是灾难性的。"

法法尔环顾四周。唯一的一扇窗户太小了，没法爬出去，而唯一的门也已经被鲁苏斯·黎穆堵住了。

"真倒霉。"他叹了口气。然后他拿出父亲给他的那个包，把屋里一切小玩意儿、小摆件、各种杂七杂八的东西全部装进去，能拿的全部拿走，不过他依然很小心地不去碰到那个绿色的笛子。所有的东西消失在包里，而包丝毫没有变重，里面依然像是空荡荡的。

他看着屋子中心的木箱。唯一的出路却通向"无物"，那是一切的终结。

"够了！"门外的声音喊道，"我的耐心有限，巴尔萨泽。我的厨子今晚就把你拿油炸了。"接着门上传来一声巨响，仿佛什么又大又重的东西在撞门。

接着有人尖叫，随后一片寂静。

鲁苏斯·黎穆的声音问："他死了？"

另一个声音——法法尔觉得好像是他同父异母的兄弟——说："我觉得那扇门受到魔法保护。"

"那么。"鲁苏斯·黎穆坚决地大声说，"我们就穿墙。"

法法尔确实倒霉，但他不傻。他把父亲挂在墙上的黑色漆盒取下来，盒子里似乎有东西在窸窸窣窣地挪动。

"老爸说不要动这个箱子。"他对自己说。于是他肩膀顶住箱子拼劲全力去推那个沉重的东西，足足推动了半寸多。箱子里的黑暗渐渐发生了变化，现在那里面充满了珠灰色的光。

他把黑漆盒挂在脖子上。"这就行了。"倒霉蛋法法尔说。此时什么东西狠狠砸在屋子的墙上，他找了一块布把那个装满智者巴尔萨泽的小玩意儿的口袋绑在胳膊上，然后走进了箱子里。

周围一片光明，亮得他睁不开眼睛，他就这样穿过箱子。

法法尔掉了下去。

他在空中挥舞四肢，眼睛紧闭，抵挡那刺眼的光线，风在他耳边呼呼地吹。

有什么东西扑上来吞没了他，是水，咸味的、温暖的水，法法尔扑腾着，惊讶得难以呼吸。他浮上水面探出头，大口吸气。接着他在水里游动，最终抓住了某种植物，他手脚并用脱离了绿色的水，爬上了岸，来到松软干燥的地上，身后留下一串水痕。

在丹尼餐厅，那个人说："虽然太阳还没升起，但那光线太刺眼了。不过我有这个，"他拍了拍太阳镜，"我要尽量远离阳光，免得被晒伤。"

"现在呢？"我问。

"现在我卖木雕。"他说，"同时寻找另一个箱子。"

"你想回到你自己的时代吗？"

他摇头。"那边已经结束了。"他说，"我所知道的一切和所有像我这样的人都没有了。死了。我不会回那个黑暗的世界末日去。"

"那你想做什么？"

他挠了挠自己脖子后面。透过他衬衣的领口我看到他脖子上挂着一个黑色的小盒子，就是一个项链坠的大小，盒子里有个在动的东西，我觉得是甲虫。但是佛罗里达有很多大甲虫，不是稀罕东西。

"我想回到一切的开始。"他说，"回到世界诞生时。我想去看唤醒宇宙的第一缕光，去看一切的黎明。如果我会瞎，那就瞎吧。我想去看太阳诞生的时候。这里的光对我来说不够明亮。"

他把用餐巾包住的手伸进袋子里。隔着布，他拿出一个像是笛子的东西，大约一尺长，用绿色的宝石或者类似材质制成，他把这东西放在我面前。"谢谢你的招待。"他说。

　　然后他站起身走了，我坐在那里看着那支绿色的笛子，过了好久，我拿起来，那东西摸起来冰冷，接着我把它轻轻凑到嘴边，但是不敢吹响，我不敢奏出来自世界末日的音乐。

"哭吧，像亚历山大一样"

那个矮个子冲进喷泉酒吧，点了大杯威士忌。他对酒吧里的所有人说："因为这是我应得的。"

他看起来很累，大汗淋漓，整个人乱糟糟的，仿佛一连数天都没睡觉了似的。他虽然系着领带，但是已经快散开了。他的头发以前可能是红色的，现在已经变成了灰色。

"你确实该喝一杯。"布赖恩说。

"没错！"那人说，他啜了一口威士忌，仿佛是想知道自己究竟爱不爱喝，接着他满意地一口气喝了半杯。他一动不动地站了好一会儿，仿佛雕像一样。"听，你听见了吗？"他问。

"什么？"我说。

"某种像背景白噪声一样的低语，当你稍微仔细听的时候，它就成了你想听的任何歌曲。"

我听了一下，回答说："没有。"

"这就对了。"那个人似乎特别满意，"很美，对吧？昨天喷泉酒吧的所有人都在抱怨'随心背景音'。麦金托什教授说皇后乐队的《波西米亚狂想曲》一直在他的脑子里回荡，甚至跟着他穿过了整个伦敦城。今天就没有了，就像从来没有过一样。你们都不记得了。多亏了我。"

"我怎么了？"麦金托什教授说，"皇后乐队怎么了？"接着他又问，"我认识你吗？"

"我们见过面。"那个矮个子说，"但人们会忘记我。因为这是我的工作。"他掏出钱包，抽出一张名片递给我。上面写着：

奥贝迪亚·波尔金霍恩

下面还有一行小字，

反发明家

"我想问一下。"我说，"什么是反发明家？"

"就是撤销别人发明出来的东西的人。"他说。他举起空酒杯。"啊，抱歉，萨莉，再来一杯大杯威士忌。"

这天晚上酒吧里的其他人都把这个小矮个当作疯子，谁也不理他。大家又各自聊天。我却对他很有兴趣。我问："你当反发明家很久了吗？"没办法我就是爱聊天。

"我还很年轻的时候就干这个了。"他说，"十八岁的时候我就开始撤销发明。你有没有想过为什么到现在我们也没有喷气式背包？"

这个我还真想过。

"我小时候在《明日世界》里看过。"酒吧老板迈克尔说，"人背着就能飞上天，然后再下来。雷蒙德·伯尔觉得我们很快就能发明出来。"

"但是却没有。"奥贝迪亚·波尔金霍恩说，"因为我二十年前把它反发明了。我必须那么做。那东西看起来特别有吸引力，又便宜，大家都为那东西发了疯。但是好几千个无聊的青少年背着那玩意儿嗡嗡嗡地到处飞，悬在别人家卧室窗口，或者跟飞行汽车撞个正着……"

"等一下。"萨丽说，"根本没有飞行汽车。"

"对啊。"小矮个说，"因为飞行汽车也被我反发明了。你简直想不到它们造成了多么严重的交通堵塞。我每次一抬头，从这边的地平线到那边的地平线全是该死的飞行汽车底盘。有时候连天空都看不见。大家从车窗里往下扔垃圾……那些车子跑起来确实很方便——它们用的当然是重力太阳能能量——一开始我还没意识到飞行汽车必须消失，但后来我听到四号电台一个女士谈起它们，她一直在说'为什么？为什么我们不一直使用不能飞的汽车？'她说得对。必须要采取措施。于是我反发明了它们。我列了一个'世界没了它们会更美好'的发明清单，我把这些发明全部反掉了。"

此时他的周围聚集了一些听众。我很高兴自己先占了个座。

"工作量很大。"他接着说，"因为一旦你发明了流明灯泡，发明飞行汽车就是不可避免的了。所以最终我不得不把流明灯泡也反发明掉。我想念个人用的流明灯泡：那是一种无重力便携光源，就飘在你头上半米左右的高度，你想让它亮多久都可以。真是了不起的发明。反正已经被反发明了，再说什么都没用了，舍不得孩子套不到狼嘛。"

"你说这些真的很难让人相信。"有个人说。我估计她名叫乔斯琳。

"是啊。"布赖恩说，"接下来你是不是要说你反发明了太空船。"

"确实是我。"奥贝迪亚·波尔金霍恩说。他似乎对自己特别满意。"而且是两次。没办法啊。每次我们一旦进入太空，离开这个星球探头往外看，我们就开始想出各种各样千奇百怪的发明。瞬时偏光传输器，这是最糟糕的。莫科特感应传送装置也一样差劲。但是任何东西都不如飞上月球的火箭来得更糟糕，我必须让一切都在可控范围内。"

"那你到底是如何反发明一个东西的呢？"我问。

"很难。"他说，"关键在于要拆散构成某种创造物所有可能性的线。有点像是从一堆干草垛里拆出一根针。但是这件事本来就需要很长时间，各方面关系也很复杂，有点像意式细面条。所以准确来说是从干草垛里拆出一根意式细面条。"

"那可是很麻烦的工作。"迈克尔说，我示意他再来半品脱苹果酒。

"非常烦琐。"那个矮个子说，"真的。不过我对于自己的工作成绩很自豪，每天我醒来，我都会想，奥贝迪亚·波尔金霍恩，多亏你反发明了那些东西，世界变得更美好了。即使我反发明了一些很不错的发明我也不后悔。"

他看着自己杯里剩下的酒，把酒水晃得起了漩涡。

他接着说："麻烦的事情是，随心背景音没有了，一切都结束了。我的职业生涯结束了。所有的东西都被反发明了。不再有地平线等着我去发现，不再有高山等着我去攀登。"

"核能如何？"鸟嘴佩斯顿说道。

"在我出生前，它就存在了。"奥贝迪亚说，"我不能反发明掉在我出生前就已发明的东西。不然我有可能会消除掉导致我出生的契机，然后我会在哪里呢？"谁都没再说话。"难不成要在喷气式背包和飞行汽车里？"他对我们说，"更不要说还有莫里森火星治疗仪。"他忽然很郁郁不乐，"唉。那东西太糟糕了。还有治愈癌症的方法。但是说实话，考虑到海洋的事情，我倒是宁愿得癌症。"

"唉。我把清单上的所有东西都反发明了，我该回家了。"奥贝迪亚·波尔金霍恩露出英雄的神情。"回家，哭一场，像亚历山大一样，因为再也没有世界可供他征服了。还有什么发明可以被反发明呢？"

喷泉酒吧里一片寂静。

在那片寂静中，布赖恩的iPhone响了。他的铃声是Rutles的歌，"起司洋葱。"布赖恩接起来："喂？我稍后打给你。"

很不幸，掏出一部手机会对周围的人产生很大的影响。有时候我觉得这是因为我们还记得可以在酒吧里抽烟的情景，而大家掏出手机就好比一起掏出香烟。也许这是因为人都很容易觉得无聊。

不管是什么原因吧，反正大家都掏出手机。

克朗·贝克给大家拍了照片，发在推特上。乔斯琳开始看她的消息。鸟嘴佩斯顿发推说自己在喷泉酒吧遇到了生平第一个反发明家。麦金托什教授开始查看测试的匹配数据，还跟我们解释了一下是什么意思，接着发邮件给他在因弗尼斯的兄弟抱怨数据的事。手机一出现谈话就结束了。

"那是什么？"奥贝迪亚·波尔金霍恩问。

"iPhone5。"雷·阿诺德举起自己的手机说，"克朗用的是Nexus X。那是安卓系统的。手机、互联网、照相机、音乐。都是手机应用。你知道吗，光是在iphone上就有上千个模仿放屁音效的App？你想不想听破解版的辛普森一家放屁App？"

"不用了。"奥贝迪亚说，"我绝对不想听。不听。"他放下尚未喝完的饮料。拉紧领带，穿好外套。"这事情可不简单。"他似乎在自言自语。"但是为了大家好……"他不说话了，只是笑起来。

"跟你们聊天真是太好了。"他朝所有人这么说了一句，就离开了喷泉酒吧。

无点钟

I

时间领主[1]建造了一座监狱。对于从未离开过养育自己的太阳系的生物来说，这座监狱在时空之中的位置非常难以想象，同样，那些只能一秒一秒体验未来之旅、一秒一秒慢慢前进的生物也想象不出那座监狱的位置。这座监狱是专为金建造的。它不可能被攻破，那是一组排列紧密复杂的小空间，安置在宇宙的现阶段相位之外。（毕竟时间领主也不是坏人。只要条件允许，他们也是很仁慈的。）

在那个位置，空间都是这样的：微秒之间不可逾越的间隙。实

---

1 英国最长寿科幻剧《神秘博士》中的一个高度发达的外星文明种族。剧中主角神秘博士就是一位时间领主。时间领主掌握了有关时间和空间的一切技术，而且可以在受到致命伤害时重生，以全新面貌完全恢复健康生命。电视剧播放至今，神秘博士已经重生了十三次，本故事中出现的"戴领结的高个子年轻人"是第十一任博士。

际上那些空间自己形成了一个宇宙，其中的光、热、重力都是从别的造物那里借来的，它与宇宙总是间隔了片刻。

金在它的空间里爬行，它是不死的，它很有耐心，它一直在等待。

它在等一个问题。它可以一直等到时间尽头。（但就算到了时间终结之时，金也是感觉不到的，因为它被囚禁在时间的一微刻之外。）

时间领主花费巨大的能量来维持这座监狱，他们在黑洞之中建造了巨大的引擎，任何人都不能到达那里：除了时间领主自己，谁也到不了引擎所在的地方。此外还有数个引擎作为防故障装置。绝不会出半点差错。

只要时间领主存在，金就会一直被关在监狱里，全宇宙都是安全的。事情就是这样的，并且应该一直这样持续下去。

要是出现了纰漏，时间领主们就会知道。即使所有的引擎全部失效——这是难以想象的情况——加利弗莱星[1]上的警报装置也会赶在金返回我们这个宇宙当下的时间之前发出信号。时间领主把一切都计划好了。

他们安排好了一切，却忽略了一点：有一天，时间领主们不存在了，加利弗莱星也不存在了。宇宙中的时间领主只剩下最后一个了。

因此当那个监狱遭遇了如同地震般天翻地覆的崩塌后，金被甩了下去，它从自己的监狱里抬起头，看见了上空银河系和众多恒星的光芒，未经中转，未经过滤，它知道自己返回了宇宙之中，它知

---

1 加利弗莱星是时间领主们居住的星球。在和另一个外星种族戴利克的战斗中，时间领主和加利弗莱星都消失了。

道只要假以时日，那个问题就会被再次问起。

由于金非常谨慎，它仔细观察了它们所在的这个宇宙。它没想到要复仇，它天性中没有复仇的概念。它只想得到它一直想要的东西。此外……

宇宙中依然存在着一个时间领主。金需要处理此事。

II

星期三，十一岁的波莉·布朗宁在父亲的办公室门口探头。"爸爸，门口有个戴兔子面具的人说他想买这座房子。"

"别傻了，波莉。"布朗宁先生坐在所谓的办公室的一角，这位房产经纪人乐观地把这个房间算作是三号卧室，其实这个屋里勉强只能放进来一个文件柜和一张小牌桌，桌子上放了一台全新的阿姆斯特拉德电脑。布朗宁先生正小心地将一堆收据上的数目输入电脑，一边输入一边直咧嘴。每半小时他就保存一下已经完成了的内容，而电脑没过几分钟就发出刺耳的声响，因为它正把一切内容都保存在软盘上。

"我没犯傻。他说他要出七十五万英镑买这座房子。"

"你这可是真的在犯傻了。这座房子的售价是十五万。"按如今的行情能卖十五万就算是运气好了，这句话他只在心里想了想，没说出来。此时是一九八四年的夏天，布朗宁先生非常希望找个买家把这座位于克拉文沙姆路尽头的小房子脱手了。

波莉若有所思地点点头："我觉得你还是去跟他说说吧。"

布朗宁先生耸耸肩。总之他需要保存一下到目前为止输入的内容。电脑在轰隆隆地响着，布朗宁先生下楼去了。波莉本来想回卧室写日记，但转念一想还是坐在楼梯上看接下来会发生什么事情。

一个戴着兔子面具的高个子站在前院。戴这么一个面具很难让人信任。他整张脸都被遮住了，两只长耳朵从头上伸出来。他拿着一个很大的棕色皮包，布朗宁先生想起童年时代医生拎的那种包。

"啊，你好。"布朗宁先生说。那个戴兔子面具的人竖起戴着手套的指头放在画出来的兔子嘴上，布朗宁先生不说话了。

"问我现在是什么时间。"一动不动的兔子面具嘴后面传来一个沉闷的声音。

布朗宁先生说："我听说你对这座房子有兴趣。"房屋出售的牌子就挂在门口，被雨水淋得脏乎乎的，流下一条条污渍。

"差不多。你可以叫我兔子先生。问我现在是什么时间。"

布朗宁先生觉得现在该联系警察。必须把这个人赶走。什么样的疯子才能戴着一个兔子面具到处走？

"你为什么要戴一个兔子面具？"

"这个问题不对。我戴兔子面具是因为我代表一位非常有名、非常重要的人物，那位客户的隐私必须得到保护。问我现在是什么时间。"

布朗宁先生叹了口气。"兔子先生，现在是什么时间？"他问。

戴兔子面具的人站得笔直。他的肢体语言是愉快的。"现在是你成为克拉文沙姆路上最富有的人的时间。"他说，"我要买你的房子，现金支付，开价是这座房子市价的十倍，因为它完全符合我的需要。"他打开黑色的皮包，掏出几大捆钞票，每捆是五百张簇新的五十镑纸币，"数吧，数吧。"然后又拿出两个超市购物袋，他把那几捆钞票放进袋子里。

布朗宁先生看着那些钱。像是真的。

"我……"他犹豫了一下。他该做点什么呢？"我需要几天时间，把它存进银行。确保都是真币。然后我们就签合同，保证。"

"合同已经拟定好了。"戴兔子面具的人说，"在这里签字。如果银行说钱不对，钱和房子就都归你。我星期六过来接手房产。你把所有东西都搬出去，可以吧？"

"我不知道。"布朗宁先生说完又立刻改口，"我是说，肯定行。当然行。"

"那我就周六来。"戴兔子面具的人说。

"这样子做生意可不常见。"布朗宁先生说。他站在大门口，拎着两个购物袋，里头装了七十五万英镑。

"确实。"戴兔子面具的人说，"不常见。那么我们周六再见。"

他走了。布朗宁先生松了口气。他刚才一直有种特别不安的想法——要是那人摘掉面具，底下会不会没有任何东西？

波莉上楼，把刚才看到听到的一切都写进了日记里。

星期四，一个身穿粗花呢外套、戴领结的高个子年轻人来敲门。没人在家，也没人应门，他绕着房子走了一圈，就离开了。

星期六，布朗宁先生站在空荡荡的厨房里。他顺利把钱都存进了银行，还清了所有债务。他们想要留下的家具都搬进了面包车里，送到了布朗宁先生的叔叔家，他叔叔家里有个闲置的大车库。

"万一这是恶作剧呢？"布朗宁夫人问。

"什么恶作剧会送给别人七十五万英镑？"布朗宁先生说，"银行说钱没问题。也没有哪里报过失窃。就是一个古怪的有钱人想高价买我们的房子而已。"

他们在本地酒店里订了两个房间，其实酒店房间比布朗宁先生预计的难订。同时他也安慰当护士的布朗宁夫人说，他们付得起酒店的费用。

"要是他再也不来了怎么办呢？"波莉问道。她坐在楼梯上读书。

"你可真是在犯傻了。"布朗宁先生说。

"别说你女儿傻。"布朗宁夫人说，"她问得有道理，你连那人的名字和电话都不知道。"

这么说可不公平。合同已经签了，买家名字清清楚楚地写在上面：N. M. 德·普卢姆。地址也写了，是伦敦的一家律师事务所，布朗宁先生打电话去问过，这合同完全合法。

"他就是古怪而已。"布朗宁先生说，"一个有怪癖的大富豪。"

"我觉得戴兔子面具的人就是他。"波莉说，"那个古怪的大富豪。"

门铃响了。布朗宁先生去开门，他的妻子和女儿也跟着去，她们都想知道房子的新主人是谁。

"你好。"一个戴着猫咪面具的女士说道。这个面具看起来也很不真实。波莉看到她的眼睛在面具后面闪烁。

"你是房子的新主人吗？"布朗宁夫人问。

"也许是，也许我只是新主人的代理人。"

"你的……朋友呢？戴兔子面具那个。"

隔着猫咪面具，这位年轻女士依然显得很有活力，甚至有些没礼貌（她年轻吗？至少声音听起来很年轻）。"你们所有的家具都搬走了吗？任何留在屋子里的东西都会成为新屋主的财产。"

"我们要的所有东西都搬走了。"

"很好。"

波莉说："我可以来花园玩吗？酒店没有花园。"后花园的橡树上有一架秋千，波莉喜欢坐在那里看书。

"别傻了，孩子。"布朗宁先生说，"我们会有新房子的，你会有新花园、新秋千。我会给你做新的秋千。"

戴猫咪面具的女士蹲下来："波莉，我是猫太太。问我现在是什么时间。"

波莉点头。"猫太太，现在是什么时间？"

"是你和你全家人离开这座房子，再也不回来的时间。"猫太太态度温和地说道。

波莉走了，到花园小路尽头的时候，她向那位戴猫面具的女士挥手告别。

III

他们在塔迪斯[1]的控制室里，正在回家路上。

"我还是不懂。"埃米说，"为什么一开始骷髅人对你那么生气。我以为他们想摆脱蛤蟆王的统治。"

---

1 神秘博士的飞行器，可以去往任何时间、任何地点。Tardis这个词是"时间和空间的相对维度"的缩写。

　　"他们不是因为那件事生我的气。"穿粗花呢外套戴领结的年轻人说。他抓了抓自己的头发。"其实我觉得他们很高兴获得自由。"他双手在塔迪斯操作面板上忙活，拉动挡杆调整旋钮。"他们只是对我有一点点不满，因为我拿走了他们的那个什么弯弯的东西。"

　　"那个什么弯弯的东西？"

　　"就在那边那个……"他挥动胳膊大概比画了一下，整个动作看起来毛手毛脚的。"在那边那个放东西的东西上面。我把它没收了。"

　　埃米很不耐烦。其实她没有不耐烦，但是有时候她就会拿出不耐烦的表情，主要是为了让他知道谁才是老大。"你为什么总是不好好称呼每个物品？'那个放东西的东西'算什么？那叫桌子。"

　　她走到桌旁。"那个什么弯弯的东西"看起来光滑精致：大小和形状看起来都像是个手镯，不过它奇怪地扭曲着，让人很难看清。

　　"真的吗？啊，好。"他很高兴地说，"我记住了。"

　　埃米拿起那个弯弯扭扭的东西。它很冷，比外表看起来重得多。"你为什么没收它？你为什么要用没收这个词？老师才没收东西，你把一些不该带的东西带到学校来就会被没收。我的朋友梅尔被没收过的东西堪称学校之最。有天晚上她让我和罗里放哨，她自己去撬老师的储物柜，因为她被没收的东西都在那里。她爬到房顶上，从通气窗进去……"

　　但是博士对埃米那些老同学的冒险活动一点兴趣也没有。他一直都没兴趣。他说："没收。也是为了他们自己的安全。那种技术他们不该有。也许算是偷的。靠时间循环和引导可以做很多厉害的事情。"他拉下一根挡杆，"我们到了。全变了。"

周围传来一阵有节奏的摩擦声，仿佛宇宙的引擎正在发出抗议，错位的气流乱窜，接着一个很大的蓝色盒子出现在埃米家的后花园里。现在是二十一世纪第二个十年的开始。

博士打开塔迪斯的门看了看，说道："真奇怪。"

他站在门口，没打算要出去。埃米来到他身边，但他伸手阻止埃米离开塔迪斯。外面是个艳阳天，天空万里无云。

"怎么了？"

"全都不对劲。"博士说，"你能感觉到吗？"埃米看着自己家的花园。院子无人打理，荒草丛生，不过从她记事时这个花园就是这样。

"没有。"埃米说。接着她又说："太安静了。没有车。没有鸟。什么都没有。"

"没有无线电。"博士说，"没有四号电台。"

"你能听见无线电波？"

"当然不能。没有人能听见无线电波。"但是他这么说也很没说服力。

一个声音说：外来者注意。你们进入了金的空间。这个世界是金的财产。你们非法闯入。这个声音很奇怪，像耳语一样，埃米觉得它就在自己脑海中。

"这里是地球。"埃米说，"它不属于你。"她说，"你对这里的人干了什么？"

我们从当地人手中买下来了。他们不久后都自然死亡了。很遗憾。

"我不信。"埃米大声说。

我们没有违反任何银河系法律。这个星球是被合理合法地买下来的。影子协议[1]彻底调查后承认我们合法拥有此地。

"这里不是你的！罗里呢？"

"埃米？你在跟谁说话？"博士问。

"那个声音。我脑子里的那个声音。你听不见吗？"

你在和谁说话？那个声音问道。

埃米关上塔迪斯门。

"你怎么了？"博士问。

"太奇怪了，我脑子里有个声音。说他们买下了整个星球。还说影子协议承认他们合法。它还说所有人都自然死亡了。你听不见。它不知道你在这里。太奇怪了。关门。"在压力大的环境下，埃米·庞德的效率很高。现在她就觉得压力很大，不过你们不会知道。而她手里那个弯弯扭扭的东西此时正扭曲成难以想象的形状，似乎要逃到另一个维度去。

"他们说了自己是谁吗？"

埃米想了想。"'你们闯入的金的空间。世界是金的财产'。"

博士说："可能是任何人啊。金。这就像……你把自己称为人。这只是个种族名。不过戴立克[2]除外。戴立克的意思是'斯卡罗星上可恶的金属盒装死亡机器'。"然后他跑到控制台边。"像这样的事情。不可能一夜之间就完成。人不会突然就死了。现在是二○一○，也就是说……"

"也就是说他们对罗里做了些什么。"

---

1 《神秘博士》系列作品中虚构的一个高等文明共同承认的执法机构，主要职责是维护宇宙空间的文明秩序。
2 《神秘博士》系列作品中最大的反派，总想消灭其他种族。他们原本是人形的外星人，但在经历核战争后进化（或者说退化）成了形同章鱼的模样，只能住在状如胡椒罐的机器内。

"也就是说他们对所有人都做了些什么。"博士在一个古董打字机键盘一样的东西上按下几个键,一些图形从控制台上方的屏幕上飘过。"我听不见……他们也听不见我。你能听见我们双方说话。啊哈!一九八四年夏天!这就是出现分歧的地方……"他双手忙碌着,推拉挡杆、气泵,调整开关,接着出现轻微的"叮"的一声。

塔迪斯进入时间和空间之中,埃米问道:"罗里呢?我现在就想见他。"之前博士见了她的未婚夫罗里一面。她觉得博士根本不知道她看上了罗里什么。有时候她自己也不是很确定自己看上了罗里什么。但是有一点她很确定:谁也不能把她的未婚夫带走。

"问得好。罗里在哪里?另外七十亿人在哪里?"他问道。

"我要找罗里。"

"嗯,他肯定和另外七十亿人在一起。你本来也该跟他们在一起。我猜想,你们两个可能根本没有出生。"

埃米低下头看着自己,检查了自己双脚、双腿、胳膊肘和手(那个弯弯扭扭的东西戴在她手腕上闪着光,看起来如同莫里茨·埃舍尔[1]的噩梦。她把那东西放在了控制台上)。接着她抬手抓起自己赤褐色的头发。"要是我没出生,我为什么在这里?"

"你是一个独立的瞬时联结,以同向纪年形式建立起相反的……"他看到埃米的表情,于是不说了。

"你又在说那种时间这样那样的东西了吧?"

"是啊。"博士严肃地说,"确实是。没错。我们到了。"

他仔细调整了一下自己的领结,让它潇洒地歪向一边。

"但是博士,人类种族并没有在一九八四年灭亡。"

---

1 莫里茨·埃舍尔(一八九八年——一九七二年),荷兰版画家,其绘画作品中充满扭曲和错乱的空间和视错觉结构。

"新时间线。这是个悖论。"

"你是专治悖论的博士？"

"就是博士而已。"他又把领结调整回之前的样子，整个人站直了些，"整个事情有点熟悉的感觉。"

"什么？"

"我也不知道。嗯。金。金。我老是想到面具。谁戴面具？"

"抢银行的人？"

"不。"

"特别丑的人？"

"不。"

"万圣节？万圣节的时候大家都戴面具。"

"对！大家都戴！"

"这有什么呢？"

"完全没什么。不过是事实。时间流中出现了巨大的分歧。影子协议不可能认同谁占领一个五级行星，除非……"

"除非什么？"

博士不动了。他咬咬下嘴唇："嗯，他们不会。"

"不会什么？"

"他们不能。我是说，那就完全……"

埃米理了理自己的头发，尽量保持好脾气。朝博士大喊大叫是没用的，真的没用。"完全什么？"

"完全不可能。你不可能去占领五级行星。除非手段完全合法。"塔迪斯的控制台上有个东西转了一下，另一个东西发出"叮"的一声，"我们到了。就是这个联结点！去一九八四年探险啦！"

"你很高兴。"埃米说。"我生活的世界被一个神秘声音占领了。人类全部灭绝了。罗里消失了。你却很高兴。"

"没有,我没有。"博士一边说,一边努力不露出很高兴的神情。

布朗宁一家住在酒店里,其间布朗宁先生去找新住所。酒店住满了人。布朗宁一家从早餐时跟其他住客的闲聊中偶然得知,他们也都卖掉了自己的房子和公寓。但是大家都不太愿意说究竟是谁买了自己的住宅。

十天之后,他说:"这真有意思。城里没有任何待售的房产。附近也都没有。所有的地产都关闭了。"

"肯定有空房才对。"布朗宁夫人说。

"这附近没有了。"布朗宁先生说。

"房产经纪人怎么说?"

"不接电话。"布朗宁先生回答。

"嗯,我们直接去跟她谈吧。"布朗宁夫人说,"波莉,你来吗?"

波莉摇头回答:"我要看书。"

布朗宁夫妇就去了城里,他们在店门口找到了房产经纪人,那家店贴了张通知,写的是"转型升级"。橱窗里没有待售的房产,只有很多贴着已售牌子的公寓和房子。

"要关店了吗?"布朗宁先生问。

"有人开了个价,我实在难以拒绝。"房产经纪人说。她拎着一个重重的塑料购物袋。布朗宁一家猜得出那是什么。

"是一个戴兔子面具的人吗?"布朗宁夫人问。

他们回到酒店，经理正在大堂等他们，告诉他们不能再继续住在酒店里了。

"因为有新老板。"她解释说，"他们要关闭酒店重新装修。"

"新老板？"

"他们买下了。据说付了好多钱。"布朗宁一家并不觉得惊讶。他们到了酒店房间才真正惊讶起来——波莉不见了。

IV

"一九八四。"埃米·庞德说，"真奇怪，我觉得会更有历史感一些呢。但是感觉却不太古老。我父母都还没见面呢。"她犹豫了一下，似乎是想说点父母的事情，却改变了主意。他们穿过马路。

"你的父母，他们是什么样的人？"博士问。

埃米耸耸肩不假思索地回答："很普通。就是爸爸妈妈。"

"听起来不错。"博士回答得太快了，"现在我需要你睁大眼睛。"

"睁大眼睛看什么？"

这是一座英国小镇，在埃米看来就是一座普通的英国小镇。就像她刚才离开的那座英国小镇一样，只是少了几家咖啡店或者手机店。

"很简单。我们要找不该出现在这里的东西。或者找一些本该出现但却没有的东西。"

"比如说什么东西？"

"不确定。"博士说着揉了揉下巴，"西班牙冷汤吧，也许。"

"什么是西班牙冷汤？"

"就是西班牙番茄冷汤。但是必须是冷的。所以如果我们在一九八四年到处找过了，却没有找到任何西班牙冷汤，可能就是一个线索。"

"你老是这样。"

"老是哪样？"

"一个疯子，开着一架时间机器。"

"啊，不是的。我花了好多年才得到这个时间机器。"

他们穿过小镇中心，寻找不同寻常的东西，结果什么都没找到，连西班牙冷汤都没找到。

波莉站在克拉文沙姆路的那个花园门口，看着自己以前的家，她七岁那年搬过来之后一直住在这里。她走到大门口按下门铃等着，没有人应门，她松了口气。她望着街上，然后绕着房子走了一圈，绕过几个垃圾桶进入后花园。

朝着后花园的那扇落地窗的插销有些松动。波莉觉得房子的新主人应该还没修理。如果他们修理了，她就会在主人在家的时候再来，到时候她只能提出要求了，那还是挺尴尬的。

藏东西就是这点麻烦。有时候你一着急就会忘了。甚至重要的东西也会忘。没有什么东西比她的日记更重要。

从他们搬到这个镇开始，波莉就开始记日记。日记是她的好朋友，她很信任日记，在日记里写了两个女孩欺负她的事情，还写了谁对她友好，还有她喜欢的第一个男孩子。有时候日记是她最好的朋友，遇到困难、麻烦或者痛苦的时候她就写日记。日记是她存放思想的地方。

日记藏在她卧室的大衣柜下面的一块松动的地板底下。

波莉用手掌拍了拍左边那扇落地窗，她敲打铰链窗侧面的位置，左边的落地窗晃了晃，开了。

她走进去，惊讶地发现新主人并没有搬进来任何新家具。那味道闻起来依然像她的家。屋里很安静：没有人。很好。她上楼，不过有些担心万一兔子先生和猫太太突然回来了怎么办。

她上了楼，楼梯平台上有什么东西蹭到了她的脸——感觉很柔和，像丝线，或者蜘蛛网。她抬起头。很奇怪。天花板似乎毛茸茸的：毛发一样的丝线，或者丝线一样的毛发垂下来。她犹豫了一下，想要逃跑——但是她已经看见自己的卧室门了。杜兰·杜兰乐队的海报还贴在门上。他们为什么不把海报取下来？

她努力不去看天花板上的毛发，推开了卧室门。

房间里有变化。没有家具，原本放了她的床的地方铺了几张纸。她低头一看：是报纸上的照片，放大到了一比一大小。人像的眼睛被挖掉了。她认出了罗纳德·里根、玛格丽特·撒切尔、教皇若望·保禄，女王……

也许他们打算开派对。原来那些面具又不好看。

她来到房间尽头的壁橱旁。她的"人生要务日记本"还在地板下面的黑暗中。她打开橱柜门。

"你好啊，波莉。"橱柜里那个人说。那个人戴着面具，和其他人一样，也是动物面具：好像某种灰色的大狗。"你好。"波莉说。接下来她就不知道说什么才好了。"我……我把日记落在这里了。"

"我知道，我正在看呢。"他举起日记。这个人不是戴兔子面具的人，也不是戴猫面具的那个女人，但是他们留给波莉的那种印象，那种哪儿不太对劲的感觉变得更强烈了。"你想拿回日记吗？"

"嗯，请给我。"波莉对戴着狗面具的人说。她觉得难过又生气：这个人看了她的日记。但是她想要回日记。

"要拿回日记的话，你知道自己该干什么吧？"

她摇头。

"问我现在是什么时间。"

她张张嘴。嘴里很干。她舔舔嘴唇，低声说："现在是什么时间？"

"要加上我的名字。"他说，"说我的名字，我是狼先生。"

"现在是什么时间，狼先生？"波莉说道。她忽然想起他们在学校玩的一个游戏。

狼先生笑起来（面具为什么会笑？）他嘴张得很大，露出一排排尖利的牙齿。"晚餐时间。"他对波莉说。

狼先生走过来，波莉尖叫起来，但是她没有尖叫很久。

V

塔迪斯停在一个长满了草的地方，那里太小了，肯定不是停车场，而且很不整齐，肯定不是广场，但这里是镇中心。博士坐在塔迪斯外面的折叠躺椅上回忆过去。博士记得很多东西。问题就在于，实在太多了。他度过了十一次生命（还不止，另外还有半次生命，他努力不去回想那一段），每次生命的记忆都有不同的记忆方式。

像他这么大的年龄，最麻烦的事情就是有时候想起来的事情和它原本的意义不一样。（他早就放弃计算自己的年龄，这种事情对别人来说重要，对他没用。）

面具。这是一部分内容。还有金。这也是一部分。还有时间。

一切都和时间有关。是的，那就是……

一个古老的故事。是他出生前的事——他确定。那是他小时候听说的事情。他努力回忆自己还是小男孩的时候在加利弗莱星上听说的故事，那时候他还没进入时间领主学院，他的生活还没有发生彻底改变。

埃米从镇上找了一圈回来。

博士朝她喊："马西梅洛和三个奥格隆！"

"奥格隆怎么了？"

"一个太坏，一个太傻，还有一个刚刚好。"

"这跟现在有什么关系？"

博士心不在焉地揪了揪自己的头发："可能没有任何关系。只是在回忆我小时候的故事。"

"为什么？"

"不知道。忘了。"

"你啊。"埃米·庞德说，"你真是烦人。"

"是啊。"博士开心地说，"确实挺烦的。"

他在塔迪斯前头挂了个牌子，上头写着：

发生神秘故障？

只需敲门！解决一切小事。

"如果它不来，我就去找它。呸，瞎说。让它来找我。我把里头重新装修了一下，这样才不会吓到人。你找到什么了？"

"两件事情。"埃米说，"一个是查尔斯王子，他在报亭里。"

"你确定是他？"

埃米想了想。"嗯，他看起来很像是查尔斯王子，但是要年轻得多。卖报纸的人问他下一个皇室宝宝要起什么名字。我提议叫罗里。"

"查尔斯王子出现在报亭里。另一件事呢？"

"没有待出售的房子。我走访了镇上的每一条街。没有待出售的牌子。很多人在找房子住，因为周围都没有空房子了。真奇怪。"

"是啊。"

他基本上明白了。埃米打开塔迪斯的门往里头看了看。"博士……这里头和外面一样大[1]。"

博士笑了，右手一挥，让她去参观新办公室，办公室主体就是一个门厅。一张书桌占据了大部分空间，上面还放了一部老式电话，还有一台打字机。后面有一面墙。埃米很有经验地去推那面墙（眯着眼睛似乎很难靠近那面墙），接着她闭上眼睛，头穿过了那面墙，接着她就看到了塔迪斯的控制室和里头的各种铜或玻璃制成的东西。她退回来，回到那间小小的办公室里。

"是全息投影吗？"

"算是吧。"

塔迪斯外面传来犹豫的敲门声。博士开了门。

"抱歉，我看到门口的牌子。"一个满脸疲惫的人出现在门口。

他头发稀薄，看着那个小屋子，屋里都快被桌子填满了，他没打算进去。

"哦，你好！请进。"博士说，"我们解决一切小事情。"

---

1 塔迪斯的最大特点就是从外部看起来只是一个电话报警亭，而内部空间却非常大。"里面比外面大（bigger on the inside）"是描述塔迪斯的一句经典台词。

"呃，我名字叫雷吉·布朗宁。我女儿，波莉。她本来是要在酒店等我们的。但是她不见了。"

"我是博士。这位是埃米。你找过警察了吗？"

"你不是警察吗？我以为你是呢。"

"为什么？"

"这是个电话报警亭啊。我不知道这东西又重新启用了。"

那个戴领结的高个子年轻人说："对我们中的有些人来说，它们从没离开。你跟警察是怎么说的？"

"他们说会注意找她。但是说实话，警察有点忙。接待的警官说警察局的租约到期了，突然就到期了，他们得找别的地方。接待的警官还说租约这个事情让他们措手不及。"

"波莉长什么样子？"埃米问，"会不会她和朋友去玩了？"

"我问过她的朋友了。大家都没见过她。我们目前住在温斯伯里路的玫瑰酒店。"

"你在旅游吗？"

布朗宁先生说了上周一个戴兔子面具的人花高价现金买下他们的房子那件事。他说一个戴猫面具的女人来收了房子……

"哦，对。嗯，这就说得通了。"博士似乎确实想明白了。

"是吗？"布朗宁先生问，"你知道波莉在哪里了吗？"

博士摇头："布朗宁先生，雷吉。她会不会是回到你们家里了呢？"

那人耸耸肩："有可能。你认为——"

但是那个高个子年轻人和红头发苏格兰女孩"砰"的一声关上报警亭的门，穿过草地跑走了。

VI

埃米跟着博士，边跑边问："你觉得她在那座房子里？"

"恐怕是的。我大概有主意了。埃米，如果有人让你问他们时间，你千万不能问。如果他们要求了，你不要回答。这样才安全。"

"你是认真的吗？"

"认真的。小心面具。"

"好。我们是在对付危险的外星人吗？他们戴面具，还会问你现在是什么时间？"

"差不多就是这样。对。很久以前我们的人对付过他们。那是很难想象的……"

他们在克拉文沙姆街停下来。

"如果是我想的那种，我认为它——他们——它——是……那我们只能做一件事。"

"什么？"

"逃跑。"博士说着按下门铃。

一阵寂静之后，一个女孩打开门看着他们。她应该还不到十一岁，梳着一条小辫子。"你好。"她说，"我是波莉·布朗宁。你们叫什么？"

"波莉！"埃米说，"你父母在到处找你，他们很着急。"

"我来拿我的日记。"女孩说，"它放在我旧卧室一块松动的地砖下面。"

"你父母找你一整天了！"埃米说。她很奇怪为什么博士不说话。

那个小女孩——波莉——看了看自己的腕表。"真奇怪。我感觉自己只在这里待了五分钟。我明明是早晨十点到这里的。"埃米知道现在是下午比较晚的时间了。她问："现在是什么时间？"

波莉高兴地抬起头。此时埃米觉得这孩子有点奇怪。有些扁平，仿佛就像一个面具……

"是你该进入我的房子的时间。"女孩回答。

埃米眨眨眼睛。在她看来，她似乎根本没有动过，她和博士就已经站在进门的大厅里。女孩站在楼梯上看着他们。她的脸刚好和他们齐平。

"你是什么？"埃米问。

"我们是金。"女孩说。它不是女孩。它的声音更低沉、更黑暗，而且充满喉音。在埃米看来，它似乎是某种蹲伏着的巨大东西，只是戴了一个女孩脸的纸面具。埃米不明白自己刚才为什么会把这东西当成真正的脸。

"我听说过你们。"博士说，"我的族人认为你们——"

"令人厌恶。"那个戴着纸面具蹲在地上的东西说，"违反了一切时间法则。他们把我们和其他造物隔绝开来。但是我逃走了，我们都逃走了。我们准备重新开始。我们已经开始购买整个世界了……"

"你通过时间把钱循环收集起来，买下全世界。"博士说，"就从这座房子、这座小镇开始……"

"博士？怎么回事？"埃米问，"你能解释一下吗？"

"其实我比较希望自己不能解释这一切。"博士回答，"它们是来占领地球的。它们将会成为这个星球上的生物。"

"啊，不是的，博士。"戴纸面具蹲在地上的那个大家伙说，"你不明白。我们并不是为这个目的占领地球的。我们占领这个世界，让人类灭绝，只是为了把你吸引过来。"

博士抓住埃米的手喊道："跑！"他冲向大门——

——结果发现自己竟然站在楼梯上面。他大声喊："埃米！"但是没有人回答。有什么东西拂过他的脸，感觉好像毛发。他把那东西拨开。

有人开了门，他走过去。

"你好。"屋里的人说，那是个轻快的女声，"很高兴你能来，博士。"

是玛格丽特·撒切尔，大不列颠的首相。

"你知道我是谁吧，亲爱的？"她问道，"不认识的话那可是你的错。"

"金。"博士说，"由一个生物组成的一个物种，可以轻松地穿越时间，就像人穿过马路那么简单。就只有你。你会在时间里反复移动，最终周围会出现成百上千，甚至数百万个你，每一个都在时间线上的不同节点和你自己交流，最终当地的时间结构就会像腐烂的木头一样崩塌。你需要别的生物问你现在是什么时间，至少在最开始的时候需要，这样就能制造出量子超位，供你定位时间地点。"

"非常好。"撒切尔夫人说，"你知道时间领主吞并我们的世界时是怎么说的吗？他们说我们中的每一个都是位于不同时间中的金，杀死任何一个都将造成灭绝种族的大屠杀。你不能杀死我，杀死我就是杀死我们全部。"

"你知道我是最后一个时间领主吗？"

"当然知道，亲爱的。"

"你看，造币厂刚印出钱，你就拿走，用它去买东西，过一会儿再把钱还回去。就这样在时间中循环利用这些钱。面具……我估计它是用来增加说服力的。如果是国家领袖亲自要求购买房产，那么大家会很愿意出售……结果你就把整个地方卖给了你自己。你杀死了人类吗？"

"没必要，亲爱的。其实我们还给人类准备了保留地：格陵兰、西伯利亚、南极……反正他们都会灭亡。几千万人住在不够几千人生活的地方。嗯……那情景可不好看，亲爱的。"撒切尔夫人动了一下。博士集中精神想看到她的本体。他闭上眼睛，然后睁开，看到一个巨大的生物戴着粗糙的黑白面具，面具上印着玛格丽特·撒切尔的脸。

博士伸手把面具扯下来。

博士能在人类无法欣赏之处察觉到美，他喜爱一切生物，金的脸却实在难以恭维。

"你……你讨厌你自己。"博士说，"天啊。怪不得你戴面具。你不喜欢你的脸，对不对？"

金没说话。它的脸——如果那算是脸的话——扭动抽搐起来。

"埃米在哪里？"博士问。

"你问太多了。"他身后出现一个和刚才类似的声音。一个戴兔子面具的瘦子说："我们放走她了。我们只需要你，博士。时间领主的监狱实在令我们痛苦，我们被困在里面，不得不减少到只剩一个。你也只剩你自己了。你要永远待在这座房子里。"

博士从这个房间走到那个房间，仔细检查周围的东西。房子的墙壁很软，覆盖着薄薄一层毛。它们轻轻地一开一合，仿佛……

"它在呼吸。这是一间活着的屋子。如字面意思所说的活着。"

他说："让埃米回去。离开这个地方。我会找到适合你们生活的地方。你们不能一直在时间里一遍又一遍地反复循环。这样会把一切都打乱。”

“但是在别的地方，我们依然会再次开始循环。”戴着猫面具的女人站在楼梯上说，“你会一直被囚禁到死。你在这里一次又一次地变老、重生、死去。我们的监狱会一直矗立到最后一个时间领主死去。”

“你们真的以为可以这样轻易就抓住我？”博士问。不管他实际上有多焦虑不安，哪怕即将永远被关在这里，表面上显得能够控制局面总是好的。

“快点！博士！下面！”埃米的声音传来。他三步并作两步朝声音的来源跑去——那是在大门口。

“博士！”

“我在。”他用力推门。门锁住了。他掏出音速起子，对准门把手。

咣当一声门开了，外面的阳光灿烂得令人目眩。博士高兴地看到了他的朋友，还有那个蓝色的电话报警亭。他甚至不知道该先拥抱谁。

他打开塔迪斯的门问：“你为什么不进去？”

“没找到钥匙。肯定是他们追我的时候弄丢了。我们去哪里？”

“去安全的地方。呃，更安全的地方。”他关上门，“你有什么建议？”

埃米在控制室的楼梯底部停下脚步，看着周围闪闪发光的黄铜物件，又看看塔迪斯控制台上的玻璃柱子，还有门。

“她真美啊，是不是？”博士说，“这女孩我怎么看都看不腻。”

"是啊，这女孩。"埃米说。"我觉得我们应该去时间的源头，博士。越早越好。它们追不到那里，我们可以想想接下来怎么办。"她越过博士的肩膀看着控制台，看着他双手飞舞，似乎想要记住他的所有操作。塔迪斯离开了一九八四年。

"时间的源头？好主意，埃米·庞德。那地方我们还从没去过呢。按理说我们不可能到达时间源头。不过幸好我有这个。"他拿起那个"弯弯曲曲的什么东西"使用鳄嘴夹和看似绳子的东西把它连接在控制台上。

"好了。"他骄傲地说，"你看。"

"是啊。"埃米说，"我们逃离金的陷阱了。"

塔迪斯的引擎开始低鸣，整个房间剧烈晃动。

"这是什么声音？"

"我们正在去往一个塔迪斯本不该去的地方。没有这个弯弯曲曲的什么提供帮助外加时间泡，我也不敢去。这个声音是引擎在抗议的声音。现在就像驾驶一辆老爷车上陡坡。我们要多花几分钟才能上去。不过到了之后你肯定会喜欢，时间的源头。好建议，埃米。"

"我肯定会喜欢。"埃米笑着说，"逃离金的监狱感觉一定很好吧，博士。"

"这倒是很有趣。"博士说，"你问我逃离金的监狱的事情。那座房子。我确实逃走了，通过音速起子打开了门锁，这倒是很方便。但是万一陷阱不是房子呢？万一金不想囚禁并杀死时间领主？万一他们想要的其实是更重要的东西？万一他们是想要塔迪斯呢？"

"金为什么想要塔迪斯？"埃米说。

博士看着埃米。他看着埃米清澈的眼睛，里面没有丝毫憎恨或幻想。"金无法在时间中进行长途旅行。这对它们来说有困难。它们做事情其实很慢，要花很多工夫。为了彻底移民伦敦，它们必须在一亿五千万年的时间里反复穿行。"

"如果金可以在一切时间和空间中自由穿行会怎么样？如果我们回到宇宙起源，把它们放在那里会怎么样？它就可以移民到万事万物中。整个时间空间连续体中，唯一的智慧生物就是金。一个个体就能填满全宇宙，其他一切都无法存在，你能想象吗？"

埃米舔舔嘴唇说："能，能想象。"

"你只需要进入塔迪斯，控制一个时间领主，宇宙就变成你的游乐场了。"

"是啊。"埃米的笑容越发清晰了，"确实会这样。"

"我们快到了。"博士说，"时间的源头。不管埃米在哪里，告诉我，她安全吗？"

"我为什么要跟你说这个？"戴着埃米·庞德面具的金说，"这不是真的。"

VII

埃米听见博士跑下楼。她听见一个熟悉得出奇的声音在叫他，接着她听见一个令她万分绝望的声音——塔迪斯离开时那种逐渐消失的嗡嗡声。

门开了，她出去来到楼下的大厅。

"他丢下你跑了。"一个低沉的声音说，"被抛弃的感觉如何？"

"博士不会抛弃自己的朋友。"埃米对阴影中的那个东西说。

"他会的，这一次他显然是抛弃了你。你想等多久都可以，他不会再回来了。"那个东西说着从阴影中走出来，来到光线暗淡的地方。

它很大，形状像人，但是也有些像动物（狼人，埃米·庞德这样想着，不禁后退几步远离那个东西）。它戴着一个面具，是一个很假的木头面具，看起来仿佛是想刻成愤怒的狗的表情，或者狼的表情。

"他带着一个他以为是你的人驾驶塔迪斯走了。再过一小会儿，现实就要被改写了。时间领主让金的数量缩减至一个，然后把它和其他万物分隔开。因此必须要有一个时间领主帮我们恢复我们本该享有的权利，其他一切事物都为我们服务，都会成为我，或者成为我的食物。问我现在是什么时间，埃米·庞德。"

"为什么？"

这里还有更多影影憧憧的生物。一个猫脸女人站在楼梯上。一个小女孩站在角落里。兔子头的男人站在她身后说："因为这是一种干净的死法。一种简便方法。稍等一会儿你就不存在了。"

戴狼面具的生物来到她面前："问我，'狼先生，现在是什么时间？'"

埃米·庞德伸手揭下那个巨大东西脸上的狼面具，她看到了金。

人类的眼睛本不应该看到金。金的脸是一片抽搐蠕动的物质，戴面具反倒是保护了其他人。

埃米·庞德盯着金的脸。她说："你要是想杀我，那就动手吧。但是我不相信博士会抛弃我。我也不会问你现在是什么时间。"

　　透过那张噩梦般的脸，金说："真遗憾。"随后它朝埃米扑过来。

　　塔迪斯发出巨大的吱嘎声，然后安静下来。"我们到了。"金说。此时埃米·庞德的面具已经变成了一幅扁平的女孩脸部的绘画。

　　"我们现在到了一切起源之时。"博士说，"你想来这里。但是我想到另一个解决办法。我可以解决你的困境。帮你们所有人解决问题。"

　　"开门。"金低声说。

　　博士打开门。风吹进塔迪斯，吹得博士后退几步。

　　金站在塔迪斯门口："太黑了。"

　　"我们正站在一切的起源。此时光都没有出现。"

　　"我走进虚空之中。"金说，"然后你要问我'现在是什么时间？'然后我告诉我自己，告诉你，告诉宇宙万物，现在是金统治、占领、入侵一切之时，是宇宙中只剩我的时候，是宇宙成为我的东西，被我吞没的时候，是金的统治开始并结束之时，金统治着永恒时间中没有尽头的世界。"

　　"如果换作是我不会这么做。"博士说，"你改变主意还来得及。"

　　金把埃米·庞德的面具丢在塔迪斯地板上，从塔迪斯门口挤出去，进入虚空之中。"博士。"它喊道。它的脸仿佛一大堆蠕动的蛆虫。"问我现在是什么时间。"

　　"不用了。"博士说，"我可以告诉你现在是什么时间。现在没有时间，是无点钟，是大爆炸之前的一微秒。我们不在时间的起源。我们在时间的起源之前。"

"时间领主不喜欢种族大屠杀。我也不喜欢。你杀死了潜在的可能性。万一有朝一日出现一个善良的戴立克呢？万一……"他停了一下，"宇宙很大。时间更大。我会帮你找个地方，让你们住在那里。但是有个波莉的女孩还有她的日记。她被你杀了。这是个错误。"

"你根本不认识她。"虚空中的金喊道。

"她是个孩子。"博士说，"和别处的所有孩子一样，是潜在的可能性。我知道一切必需的消息。"连在塔迪斯控制台上的那个弯弯曲曲的东西开始冒烟冒火花。"你现在真真切切地在时间之外了。因为时间要等到大爆炸才开始。如果任何生活在时间之中的生物被挪动到了时间之外……嗯，你就离开了宇宙万物。"

金明白了。它此时此刻终于明白，一切时间与空间其实是一个微小的粒子，比原子还小，必须要等到一微秒之后，这个粒子爆炸，宇宙才会发生。否则不会有任何事情发生。而金在这一微秒的另外一端。

它从时间中被隔离开，所有其他的金也都不存在了。它们感觉到一阵非存在的感觉袭卷而过。

在起源之时——起源之前——有一个词。那个词是"博士！"

塔迪斯的门关上，然后彻底消失。金被独自留在了万物起始之前的虚空中。

它永远独自停留在那一刻，等待着时间开始。

VIII

那个穿条纹外套的年轻人来到克拉文沙姆街尽头的房子面前。他敲了门，但无人应答。他回到蓝盒子里，稍微摆弄了一下控制器：穿越二十四小时其实比穿越一千年还困难。

他又试了一下。

他能感觉到时间线慢慢散开。时间很复杂：发生过的事情并非不可改变。只有时间领主明白其中的原理，但他们自己也难以解释。

克拉文沙姆路尽头的那座房子的花园里有个待出售的破招牌。

他敲了敲门。

"你好。"他说，"你一定是波莉吧。我在找埃米·庞德。"那女孩扎了个小辫子。她十分怀疑地抬头看着博士问："你怎么知道我的名字？"

"因为我很聪明。"博士严肃地说。

波莉耸耸肩。她朝屋里走去，博士跟在后面。墙上没有毛，博士松了口气。埃米正在厨房里和布朗宁太太喝茶。第四电台正在播放节目。布朗宁太太在跟埃米说她当护士的事情，说她上班时间发生的事，埃米说她的未婚夫就是护士，她理解这份工作。

博士进来的时候，她严肃地抬起头，仿佛在说：你给我好好解释一下。

"我就觉得你肯定在这里。"博士说，"只要认真找找就能找到。"

他们离开了位于克拉文沙姆路的那座房子：蓝色报警亭停在马路尽头的几棵栗子树下。

"等一下。"埃米说，"本来我就要被那个怪物吃了。下一秒我就坐在厨房里跟布朗宁太太聊天，听《阿彻一家》[1]了。你怎么做到的？"

"我很聪明。"博士说。这句话很不错，他决定多说说。

"我们回家吧。"埃米说，"这一次罗里会在家吗？"

"全世界的每一个人都在家。"博士说，"包括罗里。"

他们走进塔迪斯。那个弯弯曲曲的什么东西已经从控制台上取下来了。塔迪斯再也不能去时间开始之前了，但是总的来说这是一件好事。

他决定把埃米直接送回家——不过要先去一趟骑士时代的安达卢西亚，在通往塞维利亚路边的一家小旅店里，他吃过最美味的西班牙冷汤。

博士确信自己能找到那家店……

"午饭之后，我们直接回家。"他说，"吃饭的时候我给你讲讲马西梅洛和三个奥格隆的故事。"

---

1 从一九五一年一月一日开播的一档广播剧。

钻石与珍珠：一个童话

很久很久以前，在树还会走路，星星还会跳舞的时候，有个女孩，她的妈妈死了。一个新妈妈和她爸爸结了婚，还把自己的女儿也带来和他们一起住。很快，爸爸跟着自己的前妻进了坟墓，留下女孩一个人。

这位新妈妈不喜欢女孩，对她很不好，一直偏向自己的亲生女儿，但那个亲生的女儿懒惰又粗鲁。有一天，继母给女孩二十元钱让她去买药，女孩这时候十八岁。继母说："别在路上逗留。"

因为路途很长，于是女孩拿着二十元钱的钞票，又往兜里揣了一个苹果才出门。她离开家，走到街道尽头，那边是他们城里很不好的一片区域。

她看到一条狗拴在路灯杆上，狗大口喘气，热得露出一副很难受的样子，女孩说："可怜的狗。"并给它喝了水。

电梯坏了。电梯一直都没修好过。走到楼梯的一半，她看到一个妓女，那女人的脸肿了，用黄色的眼睛盯着女孩。"给你吧。"

女孩说着把苹果给了妓女。

她来到药贩子的楼层，敲了三次门。药贩子打开门看着她，但没说话。她掏出那张二十元钞票给他看。

接着女孩说："看这地方乱的。"她匆忙走进屋，"你从来都不收拾吗？你的清洁工具呢？"

药贩子耸耸肩，然后指指柜子。女孩打开柜子找到扫帚和抹布。她把浴室的水槽装满水，开始打扫卫生。

房子扫干净之后，女孩说："把我妈要的东西给我。"

药贩子去了卧室，拿出一个塑料袋。女孩把塑料袋揣进兜里下楼了。

"小姐。"那个妓女说，"苹果很好吃。但是我现在疼得厉害，你有什么东西吗？"

女孩说："这是给我妈的。"

"求你了。"

"你这可怜人。"

女孩犹豫了一下，把那个小袋子给了她。"我相信我继母会理解的。"她说。

她离开了那栋楼。当她路过的时候，狗说："你像钻石一样闪闪发光，女孩。"

她回到家。继母正在客厅等她。"东西呢？"继母问道。

"抱歉。"女孩说。钻石从她嘴里掉出来，掉在地上嘎嘎作响。

她继母打了她。

"啊！"女孩发出红宝石般的痛苦叫声，一颗红宝石从她嘴里掉出来。

她的继母跪下来捡起珠宝。"真好看。"继母说，"是你偷来的？”

女孩摇摇头，不敢说话。

“你还有吗？”

女孩摇摇头，嘴巴紧闭。

继母揪住女孩细嫩的胳膊，狠狠地掐她，掐得她哭了起来，但是她什么也没说。于是继母把女孩锁在她没有窗户的卧室里，让她无法逃走。

那女人拿起钻石和红宝石去了位于马路拐角处的阿尔的典当行，阿尔给了她五百块钱，什么都没问。

接着这女人派另一个女儿去给她买药。

那个女孩很自私。她看到狗在太阳底下大口喘气，一旦她确认狗被链子拴着跟不上来，就踢了它一脚。上楼梯时，她一把推开那个妓女。然后她到了药贩子的公寓，敲了门。药贩子看着她，她没说话，只是拿出二十元钱。下楼的路上，妓女在楼梯上对她说："求你……"但女孩甚至没有放慢脚步。

"婊子！"妓女骂道。

路过人行道的时候，狗对她说："蛇。"

女孩回到家拿出药，张口对她妈妈说："给。"一只颜色鲜亮的小青蛙从她嘴里跳出来，跳到她胳膊上又跳到墙上，它就贴在墙上，一眨不眨地盯着她们。

"我的天哪。"女孩说，"这也太恶心了。"又有五只彩色树蛙和一条红黄黑条纹的小蛇掉出来。

"红底黑纹。"女孩说，"是毒蛇吗？"（又有三只树蛙、一只甘蔗蟾蜍、一条白色小盲蛇和一只小蜥蜴掉出来。）她赶紧后退几步。

她妈妈不怕蛇之类的东西,她把那条带条纹的蛇踢开,蛇咬了她的腿。她尖叫着又踢又打,她女儿也开始尖叫,那长长的尖叫声变成一条健硕的大蟒蛇从她嘴边掉下来。

另一个女孩,那个继女,她的名字叫阿曼达,听见外面有尖叫声,接着一切都寂静下来,可是她没办法出去看。

她敲门,没有人来开门。没有任何人说话。她只听见窸窸窣窣的声音,仿佛有什么巨大的、没有腿的东西从地毯上爬过。

阿曼达饿了,饿得几乎说不出话来,她终于开口了。

"汝依然是寂静纯洁的新娘。"她说道,"你这沉默与缓慢时间的养子……"

她说着话,但每个字都令她窒息。

"美是真实,真实是美——这就是你们在世上所知道的一切,也是你们所需知道的一切……"最后一颗蓝宝石滚过阿曼达房间的地板。

一片死寂。

瘦白公爵归来

他所见的一切都由他统治。夜晚他站在宫殿阳台上，一边听报告一边眺望夜空中清冷闪耀的群星和旋涡状的星系。他统治世界。长期以来，他努力当一个贤明的君主，当一个好国王，但是太难了，智慧也会令人痛苦。他发现，如果你是统治者，就不可能只做善事，你要建造什么东西，就必定会拆除一些别的东西，而且他不可能关注到每一个生命、每一个梦想以及这世界上的每一个人。

于是随着一次又一次死亡，他一点一点地、渐渐地，不再关注那些事了。

他不会死，只有劣等的人才会死，他不是劣等的人。

时间流逝。有一天，在深深的地牢里，一个脸上带血的人看着公爵，对他说他成了一个怪物。接下来，那个人就死了，成了史书里的一个注脚。

接下来的几天，公爵对此次对话思考良久，最终他点点头说："那个叛徒说得对，我成了一个怪物。啊，不知道我们中还有谁变成怪物了？"

很久以前，这里还有爱人，不过那是公国建立之初的事情了。现在是世界的黄昏，各种享乐无处不在（但我们必须付出难以估量的努力才能获得），根本无须担忧继承方面的事情（光是想象由其他人来继承公爵之位就已经是大不敬），再也没有爱人了，同样也没有挑战。他觉得自己就好像睡着了，只不过依然睁着眼睛，依然说着话，但是任何东西都叫不醒他。

当公爵意识到自己是怪物之后的第二天，正好是奇花节，公爵宫殿装饰着无数奇花异草，全都是从各个世界、各个位面送来的。公爵宫殿占据了一整片大陆。按照传统，在奇花节这天，宫殿里应该一片欢乐，所有人都放下忧虑和阴郁，然而公爵却高兴不起来。

"你要如何才能开心？"他肩头的传信甲虫问道，它可以将主人的一切奇想和愿望传达到数百个世界中去。"陛下，请您吩咐，无数王国崛起又毁灭都只为了博你一笑。星星爆炸也只是为了让你开心。"

"也许我需要一颗心。"公爵说。

"我这就让人准备成千上万的心，掏出来，挖出来，撕开，雕刻出来，切成片，或者从上万个完美的人类胸膛里摘出来。"传信甲虫说，"你希望如何料理这颗心？是否需要我叫来厨子、标本师、外科医生，或是雕塑家？"

"我需要学会关心别的东西。"公爵说，"我要珍惜生命。我要醒来。"

甲虫在他肩头叽叽喳喳地叫，它拥有上万个世界的智慧，却没办法在公爵情绪低落的时候提供意见，所以它什么也没说。它去找了前任的传令官，是一些更年长的甲虫和圣甲虫，现在它们沉睡在成千上万个世界上的漂亮小盒子里，圣甲虫们满怀懊悔地互相讨论，因为在无穷无尽的时间中，这件事曾经也是发生过的，它们有办法应对。

世界诞生之初时产生的一个早就被遗忘的子程序启动了。公爵主持奇花节最后一天的仪式，他瘦削的脸上没有任何表情，这个人看着自己的世界，就好像它们毫无价值似的。这时一个长翅膀的小生物从藏身的花丛中飞了出来。

"陛下。"它低声说，"我的女主人想见你。求你了，你是她唯一的希望。"

"你的女主人？"公爵问。

"这个生物来自外界。"他肩上的甲虫说，"来自一个不知道您是一位伟大的公爵的地方，那片土地远在生死之外，虚实之间。它一定是藏在从外世界进口的兰花之中。这番话完全是个陷阱，是骗局。待我去拆穿它。"

"不。"公爵说，"按它说的做。"他做了一件很多年都未曾做过的事情，用细长苍白的手指将甲虫掸了下去。它绿色的眼睛变黑了，喳喳叫了几声就完全沉默。

他捧起那个小东西，走回自己的住处，它向公爵讲了它睿智高贵的女王，还有那些巨人，他们一个比一个美丽，但也一个比一个巨大且危险，而且十分可怕。那些巨人囚禁着女王。

在它说话的时候，公爵想起了曾经有一个从星星上来的孩子，他来到这里追求财富（那时候到处都有财富，只等着被人发现），想起这件事之后，他忽然意识到自己的青春时代其实也没那么遥远。他的传令甲虫一动不动地停在他肩头。

"她为什么派你来找我？"他问那个小东西。但是它的任务已经完成，它不会再说话，接着它就消失了。它的存在短暂又永恒，就像那些曾经应公爵的命令而熄灭的星星一样。

他进入自己的房间，把那个停止工作的传令甲虫放进床边的盒子里。他来到书房，命令仆人拿来一个细长的黑盒子。他轻轻一碰，就打开了盒子，接着他启动了自己的首席顾问。它摇晃身体，蜿蜒而上，以蛇的形态爬上他的肩膀，蛇尾插进他脖子根部的神经接口里。

公爵对蛇说了自己要做的事情。

首席顾问可以读取历任公爵顾问的建议和情报，它短暂检索了一些先例之后回答："这样不明智。"

"我追求的是冒险，不是智慧。"公爵说。他嘴边露出一丝若有若无的微笑，在仆人们看来，这是他们有印象以来首次看到公爵笑。

"如果你坚持这样做，那就请骑上战马。"顾问说。这是个好建议。公爵让首席顾问停止工作，派人去找马厩的键。键已经一千年没用过了，上面布满了灰尘。

马厩里曾有六匹战马，每一匹都属于一位黄昏王公或贵妇。这些马聪明且俊美，无人能够阻拦它们，当公爵不无懊悔地被迫终结每一位黄昏统治者的生命时，他没有杀死那些战马，而是把它们关起来，让它们不能危害这个世界。

公爵拿起马厩的键，弹奏了开门的和音。门开了，一匹黑得如墨如炭且如玉一般的战马像优雅的狮子走出来。它抬起头用骄傲的目光打量着这个世界。

"我们要去哪里？"战马问道，"我们要和谁作战？"

"我们去外界。"公爵回答，"我们作战的对手……嗯，稍后才能知道。"

"我可以带你去任何地方。"战马回答,"我会杀死任何妄图伤害你的人。"

公爵骑上马,冰冷的金属像充满生机的血肉一样贴合他的腿部,他催马前进。

马轻轻一跃,冲进白浪翻涌的下界,他们颠簸着穿过各个世界之间疯狂的间隙。公爵放声大笑,不过此时没有任何人听见,他们一同在下界奔跑,在时底永恒地穿梭。(时底的时间不以人生的分秒计时。)

"这感觉很像是个陷阱。"战马说,此时星系下方的空间正在他们周围蒸发殆尽。

"是的。"公爵说,"我想一定是。"

"我听说过这位女王。"战马说,"或者是类似她的东西。她生活在生死之间,呼唤战士、英雄、诗人、梦人走向他们的末日。"

"确实如此。"公爵说。

"等我们返回现实空间,肯定会遭到伏击。"战马说。

"极有可能。"公爵回答。很快,他们到达了目的地,从下界跳出来返回现世。宫殿的卫兵就如那位信使说的一样,美丽又骇人,他们正在等待公爵。

"你在干什么?"他们叫喊着准备进攻,"陌生人不得入内你不知道吗?和我们在一起吧。让我们爱你吧。我们会用我们的爱吞没你。"

"我是来拯救你们女王的。"公爵对他们说。

"拯救女王?"他们笑了,"只怕你要把自己的脑袋放在盘子上才能去见她。这么多年了,很多人都跑来救她,他们的头就在她宫殿里的金盘子上。你是最新来的一个。"

　　这里有看起来仿佛堕落天使的男人，还有仿佛恶魔现身的女人。这里的人——如果他们是人的话——个个无比美丽，美得超过了公爵曾经的一切期望，他们靠近公爵，肌肤紧贴着他的盔甲，这样才能感受到他的冰冷，而他也能感受到他们的温暖。

　　"和我们在一起吧。让我们爱你吧。"他们低声说着，渐渐伸出利爪和尖牙。

　　"你们的爱对我毫无益处。"公爵说。其中一个女人有着金色的头发，眼睛是透明的蓝色，她令公爵想起了某个早已被遗忘的人，某个早就离开了他的生活的爱人。他想起了她的名字，想要大声叫出来，看她是否会回头，但是战马挥起尖利的蹄子，那双淡蓝的眼睛永远闭上了。

　　战马的速度快得好似猎豹，卫兵一个接一个地倒地，抽搐几下，死去。

　　公爵站在女王的宫殿前。他翻身下马站在新鲜的土地上。

　　"好了，我自己进去。"他说，"你等着，总有一天我会回来。"

　　"我认为你再也不会回来了。"战马说，"如果有必要，我会等到时间终结。但我还是为你感到担忧。"公爵亲了亲战马头上的黑色钢铁，和它告别。他走进宫殿去拯救女王。他想起有一个怪物曾经统治世界，那个怪物永远不会死，他露出微笑，因为他已经不是过去的那个他了。有生以来，他第一次觉得青春是应该失去的东西，认识到这一点又让他变得年轻了。他的心重新在胸膛里开始跳动，他穿过空荡荡的宫殿，一路大笑不已。

　　她正在花朵枯死的宫殿里等他。她与他想象的一模一样。她的裙子简朴洁白，她的颧骨很高，肤色很深，头发很长，那乌黑的头发仿佛乌鸦的翅膀。

"我是来救你的。"他对她说。

"你是来救你自己的。"她纠正道。她的声音轻如耳语，仿佛微风拂过枯死的花丛。

他低下头。其实女王和他一样高。

"三个问题。"她低声说，"回答正确，你所有的愿望都会得到满足。回答错误，你的头就会永远摆在金盘子上。"她的皮肤是死去的玫瑰花瓣一样的棕色。她的眼睛是琥珀般的暗金色。

"你问吧。"他带着自己都没有察觉到的自信回答。

女王伸出一根手指，指尖轻轻触摸他的脸颊。公爵不记得上一次有人未经允许就触摸他是什么时候了。

"什么东西比宇宙更大？"她问。

"下界和时底。"公爵回答，"这两处都包含了宇宙，但又不是宇宙。但我觉得你想听到一个更有诗意且不那么精确的答案。那么就是思想，思想可以包括宇宙，还能想象出从未存在也不可能存在的东西。"

女王没说话。

"是对还是错？"公爵问道。有那么一瞬间，他希望透过神经接口听到首席顾问那蛇一般的耳语，听到顾问们多年来积累的智慧，或者即使是听到传令甲虫的声音也好。

"第二个问题。"女王说，"什么东西比国王更伟大？"

"很显然，是公爵。"公爵回答，"一切国王、教皇、大臣、皇后全都服从我的意志。但是我认为你想听到一个不那么精确且更有想象力的回答。那还是思想，思想比国王伟大。比公爵伟大。因为虽然再也没有人比我更伟大，但是肯定有人能想象出一个世界，并想象出其中有比我更伟大的人物，以及比那些人物更伟大的东西等。不！等一下！我知道答案了。《生命之树》里写过，是Kether，王冠。君王这个概念，它比国王更伟大。"

女王用琥珀色的眼睛看着公爵，她说："最后一个问题。什么东西你永远收不回来。"

"我说的话。"公爵回答，"现在我开始意识到了，一旦我说出话来，有时候环境会改变，有时候世界会改变，改变的方式出人意料但又很是不幸。有时候甚至是我的语言必须改变一下才能适应现实。我应该说是死亡，但是实际上如果我发现自己需要某个已经被处理掉的人，我只需要把他们重组……"

女王有些不耐烦。

"吻。"公爵回答。

她点点头。

"你还有希望。"她说，"你认为你是我唯一的希望，其实我是你的希望。你所有的回答都是错的。但是最后一个错得不像前两个那么离谱。"

公爵想到自己就要被这个女人砍头了，然而这个事实并不如他预期的那么令人担忧。

风吹过花朵枯死的花园，公爵想起了芳香的幽灵。

"你想知道答案吗？"她问。

"当然想。"他回答。

"只有一个答案，那就是心。"女王回答，"心比宇宙更大，因为心里装着对宇宙万物的怜悯，宇宙自己是不会觉得怜悯的。心比国王更伟大，因为心知道国王的本质却依然可以爱他。一旦你交出了你的心，就拿不回来了。"

"我说是吻。"公爵说。

"这个答案不算错得太离谱。"女王对他说。风吹得更猛烈了，一时间风中满是枯死的花瓣。接着风骤然停止，破碎的花瓣掉了一地。

"我失败了，没能通过你的第一个考验。不过我的头摆在金盘子上一定很好看。"公爵说，"放在任何盘子上都好看。再给我一个考验吧，这样我就能证明自己是有价值的。让我把你从这个地方救出去吧。"

"我从来就不需要被拯救。"女王说，"你的顾问、圣甲虫还有那些程序都和你一起完成了。他们送你过来，就像他们很久以前送过其他人来一样，因为你最好让自己的意志消失，远强过它们趁你睡觉时杀了你好。而且也更安全。"她拉起他的手说，"来吧。"他们离开花朵枯死的园子，经过光之喷泉，那喷泉向着虚空喷出光芒，接着他们进入歌谣的城堡，那里充满了完美的声音，叹息、合唱、低吟、回响，然而却看不到一个唱歌的人。

城堡之外只有迷雾。

"到了。"女王对他说，"我们到了一切的尽头，这里不存在任何东西，除了我们通过意志和竭尽全力的行动创造的东西以外。在这个地方我可以畅所欲言。这里只有我们。"她看着公爵的眼睛。"你不必死。你可以和我在一起。你最终找到了幸福、心和存在的价值，你会高兴的。我会爱你。"

公爵忽然觉得迷惑又愤怒，他看着女王："我需要关照。我需要去关照别的东西。我需要一颗心。"

"他们给了你要的一切。但是你不能再当他们的王，不能再拥有那一切。你回不去了。"

　　"我……是我要求他们安排了这一切。"公爵说。他不再愤怒了。那个地方边缘的雾一片苍白，当他盯得太久望得太深时，眼睛会觉得疼。

　　大地震动起来，仿佛被巨人的脚踩踏。

　　"这里有什么真实的东西吗？"公爵问，"有什么恒久的东西吗？"

　　"每一样东西都是真的。"女王说，"巨人来了。它会杀死你，除非你打败它。"

　　"你到这里来过多少次了？"公爵问，"有多少个头被摆在金盘子上？"

　　"没有任何人的头被摆在金盘子上。"她说，"我被设置在此不是为了杀死他们。他们为我战斗，他们战胜我，和我在一起，一直住到他们闭上眼睛为止。他们很高兴留下来，或者说我让他们觉得满意。但是你……你需要那种不满，对吗？"

　　公爵犹豫了一下，点点头。

　　她搂住公爵，缓慢而温柔地吻了他。吻，一旦给出去，就再也收不回来。

　　"那么现在我必须打败巨人才能救你？"

　　"的确如此。"

　　他看着她。他又低头看看自己，看看那身刻有花纹的盔甲和武器。"我不是胆小鬼。我从未逃避任何战斗。我回不去，但是我也不会心满意足地和你在一起。所以我就在此等待，等着巨人杀死我。"

　　她看起来很警觉："留下来，跟我在一起。"

　　公爵看着自己身后那片空无的苍白。"那边有什么？"他问道，"雾的那边有什么？"

"你要逃跑？"她问，"你要离开我？"

"我要走过去。"公爵回答，"我不是要逃跑。我要迎面走过去。我想要一颗心。雾的那边是什么？"

她摇头："雾的那边是马尔库斯，王国。但是它尚不存在，除非你自己去建造。你创造它就存在。如果你敢走进那片迷雾，你就能建造一个世界，但也可能彻底消失。你可以过去。我不知道接下来会发生什么，我只知道，如果你离开了我，你就再也回不来了。"

他听见"砰"的一声，但似乎不像巨人的脚步声。仿佛什么东西在打拍子，砰砰、砰砰，像是他的心跳。

他转向那片迷雾，在改变主意之前走进了虚无之中，冰冷黏湿的东西紧贴着他的皮肤。每走一步，他都觉得自己的一部分消失了。他的神经接口没有了，再也接受不到新信息，他的名字、他的地位全都消失了。

他不知道自己究竟是在寻找某个地方还是在创造某个地方。但是他记得她深色的皮肤和琥珀色的眼睛。他记得星星——他觉得要去的地方应该有星星。必须有星星。

他继续前进。他觉得自己曾经似乎穿着盔甲，但是此时只觉得潮湿的雾沾在脸颊上和脖子上，他穿着自己的薄外套，在冰冷的夜里颤抖。

他跌跌撞撞地走了几步，脚撞上马路边沿。

他站直身体，透过雾气看着模糊的街灯。一辆车开过来，与他擦身而过，消失在雾中，红色的尾灯在雾中呈现出猩红色。

我的旧领地，他深情地想道，接着一阵强烈的疑惑涌上心头，他想到贝肯汉姆是什么陈年往事。他刚搬到这里。贝肯汉姆是曾经当作活动中心的某个地方，是某个必须逃离的地方。可是这又有什么意义呢？

但是某人逃走的这个想法仿佛一首歌的开头，盘旋在他的脑海中。（那个人是领主，或者是公爵，他心想，他挺喜欢这个想法。）

"比起统治世界，我还是更愿意写歌。"他大声说，口中品味着词语。他把吉他盒子靠在墙上，手插进呢绒大衣兜里，找出一截铅笔和一先令钞票，开始了创作。他希望自己能给"某个东西"找到一个恰当的双音节词。

接着他去了酒吧。那里温暖而带有啤酒味的空气迎接了他。酒吧里充满嘈杂的低声交谈。有人喊了他的名字，他朝他们挥了挥苍白的手，指了指自己的腕表，然后上楼。香烟的烟雾给空气带来了淡蓝的光彩。他嗓子深处咳嗽了一下，自己也点了一支烟。

楼上的地毯已经露出经纬线，他仿佛握着武器一样握着自己的吉他，在他走进街角之前，他脑海里想的东西就随着他的脚步消失了。他停在漆黑的走廊，然后打开通往酒吧楼上房间的门。从屋里嗡嗡的谈话声和玻璃杯撞击声，他判断出那里有几个人正在一边等待一边工作，有人在给吉他调音。

怪物？这个年轻人心想。这是个双音节词。

他将这个词在心里默念了几遍，然后觉得还能找到更好的词，更大、更适合这个他想要征服的世界的词语。他短暂地懊悔了片刻，就再无任何犹豫地走进了房间。

阴性后缀

亲爱的：

　　让我们正式地开始写这封信——这段邂逅的前奏——用那种经典的方式开头，就当它是一个声明：我爱你。你不认识我（但你见过我，你朝我微笑，把硬币递到我手中）。我认识你（但还没能如愿地深入了解你。每天早晨你睁开眼睛时，我希望自己在你身边，你看着我，朝我微笑。这真是天堂吧）。所以我用纸笔向你表明心迹，我要再说一次：我爱你。

　　我用英文写这封信，它是你的语言，一种我也能说的语言。我的英文不错。多年来我住在英格兰和苏格兰。整个夏天我都在考文特花园流连，不过其中一个月我去参加了爱丁堡音乐节，当时我恰好在爱丁堡。演员凯文·斯佩西先生、美国电视节目主持人杰里·斯普林格先生（他当时正在爱丁堡演出一部讲述他生平的歌剧）都往我的盒子里扔过硬币。

　　我已经很久不写东西了，虽然我想写，虽然已经数次打好腹稿，却没有写。我是先写你呢，还是先写我？

先写你吧。

我喜欢你红色的长发。第一次见到你的时候，我以为你是一个舞者，现在我依然坚信你有着舞者的身段。你的腿、姿态、头部摇摆的动作。你还没有开口，那微笑就让我知道你是外国人。在我的国家，大家笑得很短暂，仿佛太阳出来照耀大地，片刻后便退回到云层之中。这里的笑容太珍贵了，而且非常稀少。你却一直微笑，仿佛你所见到的每一样东西都让你感到快乐。你一见到我就露出微笑，甚至笑得更开心了。你微笑，而我却迷失了，仿佛一个小孩迷失在大森林里找不到回家的路。

我从小就知道，眼睛会透露出很多信息。我们的工作有时候会用到墨镜，甚至需要面具遮住整张脸（对此我只能报以苦笑，觉得他们都是外行人）。面具有什么用？我的办法是使用演出专用的隐形眼镜，它能覆盖整个虹膜，那是在一个美国网站以不到五百欧元的价格买的，可以遮住整个眼睛。眼镜当然是灰色的，看起来像石头。它们对我的价值远不止五百欧元，我买了无数次。你也许会想，我做这份工作一定很穷，其实不是的。你肯定会对我的收入感到惊讶。我需求不多，薪水很不错。

但下雨的时候就不行了。

有时候就算下雨也要工作。亲爱的，你也许会发现，下雨的时候其他人就撑着伞走了。我还坚持工作。一直如此。我就一动不动地等着。这样才能让表演更可信。

这是一种表演，和我当舞台演员、当魔术师的助手一样，事实上我也当过舞蹈演员（所以我很熟悉舞者的身姿），我一直都能清楚地分辨每个观众。所有演员、舞者都是这样，不过近视的那些不行，他们看观众都是一片模糊。我的视力很好，透过隐形眼镜都能看清。

我们经常说："你有没有看到第三排那个留小胡子的男人？他一直色眯眯地盯着米诺。"

米诺就回答："是啊。通道上的那个女人看起来就像德国总理。她实在是要打瞌睡了。"如果有人睡着了，你就失去了所有观众，所以我们剩下整个晚上都努力给那个打瞌睡的女人表演。

第二次你站在我旁边的时候，站得太近了，我甚至能闻到你的洗发水香味。那味道就像花朵和水果。我将美国想象成整个大陆都是充满花香和水果气味的女人。你和大学里的一个年轻人聊天。你抱怨说我们的语言对美国人来说太难了。"我理解男女是有性别差异的。"你当时这样说道，"但是为什么椅子是阳性，鸽子是阴性？雕像为什么有阴性后缀？"

那个年轻人笑着指了指我。但是的确如此，如果你从广场上走过，你肯定发现不了我。我的袍子看起来像旧大理石，历经年月，布满了水渍和青苔。皮肤好像花岗岩。只要我不动，我就是石头和青铜，我不想动就不动。我就站在那里。

有些人在广场上等得太久了，即使下雨也不离开，就想看看我会干什么。他们不搞清楚就觉得难受，直到确定了我是人不是雕像他们才满意。正是有不确定之处才能吸引人，就像粘鼠板能粘住老鼠一样。

也许我写了太多关于自己的话。我知道这既是一封介绍信又是一封情书。我应该写写你。写写你的微笑。你的眼睛那么绿。（你不知道我的眼睛是什么颜色，我会告诉你的，是棕色的。）你喜欢古典音乐，但是在你的iPod nano上也有ABBA和Kid Loco。你不喷香水。你的内衣大多是旧的，但很舒适，不过你有一套红色蕾丝边的胸罩和内裤，是在特别的时候穿的。

广场上的人会看着我，但是只在我动的时候他们才会被吸引。我的动作都非常轻微，轻微到路人很难确定自己是否看到我动了。是吧？大部分时候人们都不会看静止的东西。眼睛看见了却视而不见。所以为了让他们看我，为了让他们注意到我，不让他们的眼睛看向别处，不让他们忽略我，我必须做一些轻微的动作，这样才能吸引他们。只有这样他们才会看着我。但是他们常常不知道自己到底看到了什么。

我把你视为一段需要破解的密码，或者一道需要解答的谜题。或者是一套有待拼合的拼图。我从你的生活中走过，我一动不动地站在我的生活的边缘。我的动作——准确来说是我的雕像表演——常常被误解。我想要你。这点是毫无疑问的。

你有一个妹妹。她有一个MySpace账户和一个脸书账户。我们有时候会通过邮件交流。很多人觉得中世纪雕像只存在于十五世纪。事实并非如此。我有个房间，我有笔记本电脑。我的电脑还有密码。我懂得安全上网。你的密码是你的名字。这不安全。任何人都能看到你的电子邮件、照片，从你的浏览记录中猜出你的兴趣爱好。如果谁有这个兴趣并且愿意花时间的话，就能完整地整理出你的生活，比如将邮件里的人名和照片里的形象对应起来。从电脑或者手机信息里总结出一个人的生活并不难。就像玩填字游戏一样。

我记得自己确定你看着我的那个时候，当时你穿过广场，只看着我一个人。你停下脚步，看着我。你看到我为吸引一个小孩动了一下，你对旁边的女人说了，那说话声我刚好能听见，你说我可能是真正的雕像。我把这句话当作最高的赞美。我有不同的运动方式——我可以像上了发条似的动,采取一连串断断续续抽搐般的小动作;我也可以像机器人一样动。我可以像一座有数百年历史的雕像忽然获得了生命一样动。

我听见你无数次赞美这座小城十分优美。你说你站在有彩色花窗的古老教堂里时仿佛置身于宝石万花筒之中。仿佛身处太阳的中心。此外你还很担心你母亲的病情。

你大学时候当过厨师,手指上还有被厨刀割伤的无数伤痕。

我爱你,我对你的爱让我了解了你的一切。我越是了解你就越是接近你。你本想和一个年轻人一起来到我的国家,但是他伤了你的心,但你还是一个人来了,而且依然面带微笑。

我闭上眼睛就能看到你在微笑。我闭上眼睛就能看到你昂首阔步地穿过城市广场,鸽群在你身旁盘旋。这个国家的女人不会昂首阔步地走路。她们的姿态完全不同,只有舞蹈演员才会像你那样挺拔。你睡觉的时候眼睫毛会扇动。你的脸颊贴着枕头,你做梦的样子我都能看到。

我会梦见龙。我小时候,还住在家里的时候,他们对我说这座老城下面有一条龙。我想象龙像黑烟一样盘在建筑物下面,栖居在各个地窖之间的缝隙里,虚无缥缈,但又始终存在。我觉得龙就是这样的,过去和现在也是这样的。黑龙是由烟构成的。我有可能在表演的时候被龙吃掉,继而成为过去的一部分。事实上我已经七百岁了。历代国王来了又去。军队来到此地,有时候定居下来,有时候返回故乡,只留下破损的建筑物、窗户、私生子,但是雕像保留了下来,烟雾形成的龙保留了下来,过去也保留了下来。

话虽如此,但是我所模仿的那座雕像并不在这座城里。它矗立在意大利南部的一座教堂前,那里的人们认为它是施洗者约翰的姐妹，或者是当地一位领主，他为了庆贺自己没有在瘟疫中丧命，于是捐资建造了那座教堂，或者也可能是死亡天使的雕像。

我觉得你一定非常纯洁，亲爱的，和我一样纯洁，但是有次我在你的洗衣筐底部看到了那条红色蕾丝内裤，在近距离观察后，我确定你头一天晚上肯定不纯洁了。只有你知道那个人是谁，因为你没有在邮件里写这件事，也没有在在线日记里提到。

有次一个小女孩抬头看了看我，然后转头对她母亲说："为什么她如此不愉快？"（我将这句话翻译成英文。那个女孩说我是雕像，因此用了阴性后缀。）

"你为什么觉得她不愉快？"

"不然人们为什么要假装自己是雕像？"

她母亲微笑回答："也许她是因爱情而郁郁不乐。"

我没有因爱情而郁郁不乐。我准备等到一切都好起来，一切都变得不一样。

我有时间。时间一直很充足。这是当雕像的一大优势——优势之一。

你从我身旁经过，看着我微笑，然后走过去，其他一些时候你根本不会注意我，只当我是个寻常物件。你，还有其他人类，对静止的东西毫不在意，这点真的有些夸张。你夜里会醒来，起身，走到小厕所里去，小便，然后回到床上再次平静地入睡。你不会注意到完全静止的东西，对吧？何况是阴影中的东西。

如果可以，我想用自己的身体来为你写这封信。我考虑用自己的血或唾液与墨水混合，但是这样不行。事情往往过犹不及，但是伟大的爱情需要配上庄严的姿态，对吗？我不熟悉庄严的姿态。我主要练习细微动作。有次我把一个小男孩吓得尖叫，因为他坚信我是大力士雕像，而我却对着他微笑。永远是细微的动作才令人难忘。

我爱你，我想你，我需要你。我是你的，同样你也是我的。我在此说出对你的爱。

我希望很快能把这些话亲口告诉你。然后我们就再也不分开了。很快，在某一刻，我会转过身，放下信。即使现在，我也和你在一起，在这间挂着伊朗壁毯的旧公寓里。

你从我身旁经过了很多次。

无数次。

我和你在一起。我在这里。

当你放下这封信。当你转过身看着旧房子另一头，你带着放松、快乐甚至恐惧的心情扫视周围……

然后我就会移动。只是稍微动一下。最终你会看见我。

严守礼仪

你要知道，我没有被邀请去参加洗礼。你跟我说，要克服困难。
但是正是这些细枝末节的礼仪让世界维持运转。
我的十二个姐妹都收到了请柬，请柬上有刻花，
由脚夫送来。我觉得也许给我送邀请函的脚夫迷路了。

我很少收到什么邀请。如今人们也不再送出名片了。
就算他们送了，我也会说我不在家，好让最近这些没礼貌的晚
辈后悔。
他们吃饭大张着嘴。总是打断人说话。

礼貌很重要，礼仪必须周全。我们没了礼貌也就什么都没有了。
没有礼仪，我们就和死了一样。
是沉闷、没用的东西。年轻人应该好好学规矩，学会服从，
知道自己的分量，不要轻举妄动。好好待着，不要出声。

我最小的妹妹很爱迟到，总是打断别人说话。我则是十分守时。

我对她说，迟到没好处。

当初我们两个还会说说话。那时候她还会听。她还笑。

我们吵起来了，总之我不可能不受到邀请。

人必须受点教训才行。没有了教训，谁都不会学乖，

人们只会做梦、尴尬、发呆。总爱戳伤自己的手指。

然后就流血、打瞌睡，打呼噜。礼貌的做法应该是安静得像坟墓，一动不动，像没有刺的玫瑰，或白色的百合花。人们必须吸取教训。

我妹妹还是迟到了。守时是贵族的礼仪，

邀请所有的教母一起来参加洗礼也是。他们说他们以为我死了。

也许吧。我也想不起来了。

总之，必须要遵守礼仪。

我会让她的未来整齐又礼貌。十八岁就足够了。绰绰有余了。

那之后的生活就会变得乱七八糟。爱情和心都是不整洁的东西。

洗礼很吵，很喧哗，到处乱七八糟。

和婚礼一样烦人。请柬满天飞。

我们争论座次和礼物。

他们肯定会请我去参加葬礼。

睡美人与魔纺锤

照乌鸦飞行的路线来说，这里是距离女王的领地最近的国家，但乌鸦根本不往那里飞。高耸的山脉形成了两国之间的边境线，也阻断了乌鸦和人往来，那高山是不可逾越的。

在群山的两侧，不止一个富有冒险精神的商人请当地人去寻找可以翻山越岭的路，如果能找到这样的路，那控制了山路的人绝对能成为富豪。多利玛的丝绸再也不用花上几年时间运往坎塞莱尔了，只要几个月甚至几周就可以。但是迄今为止也没有人找到这样的路，虽然两国仅一山之隔，却从来没有人能跨越这条边境进入邻国。

就连坚韧的矮人也没办法翻越那些山岭，要知道矮人可不光是血肉之躯，他们体内充满了魔法。

那座山对矮人们来说并不是难题。他们不翻山而过。他们从山下面走。

三个矮人步履轻快地穿过山底阴暗的隧道。

"快点！快点！"走在最后面的矮人说，"我们得帮她买到多利玛最好的丝绸。不快点的话，好货就卖完了，就只能买次等货了。"

"知道！知道！"走在前面的矮人说，"我们还得给她买个装布料的盒子，这样才能干干净净，一尘不染地拿回去。"

走在中间的矮人没说话。他紧握着自己的石头，免得掉地上了或者弄丢了，他一心只想着这件事。那是一块鸡蛋大小的红宝石，是刚从岩层里凿下来的原石。要是打磨好了绝对价值连城，轻轻松松就能换到很多多利玛的上等丝绸。

矮人们根本不会考虑把挖出来的东西送给年轻的女王。那也太简单、太漫不经心了。矮人们坚信，遥远的距离才能让礼物变得充满魔力。

女王那天清晨早早开始工作。

"再过一周。"她大声说，"再过一周，我就要结婚了。"

这件事似乎很不现实，但又绝对不容更改。她想知道当一个结了婚的女人是什么感觉。她觉得应该像是生命的终点，如果生命是无尽的选择，那么这将是她生命的终点。再过一周，她就没有选择的余地了。她会统治自己的臣民。她会生孩子。她也许会死在分娩过程中，也许会活到很老才死，也许会死于战争。而随着一次又一次的心跳，通往死亡的路是不会改变的。

她听见城堡下方草地上的木匠在说话，他们正在搭建座席，好让人们来围观她的婚礼。

每一下锤打木头的声音听起来都好像巨大的心跳声。

　　三个矮人从河岸的一个洞口挤出来，一个接一个地爬上草地。他们来到一块花岗岩的顶部，伸展腰背，踢腿蹦跳，然后再伸展。接着他们全速向北跑去，冲向那片低矮的建筑物，那里是吉辅村，他们的主要目标是村里的旅店。

　　旅店老板是他们的朋友，他们送给老板一瓶坎塞莱尔的葡萄酒——这种酒是深红色的，香甜醇厚，别的地方产的那种苍白刺鼻的酒根本不能与之相比——他们每次都带这种酒。老板给他们吃的，送他们上路，还给他们说些注意事项。

　　旅店老板胸口壮得像个桶，胡子茂密得好像灌木丛，而且是狐狸尾巴一样的橙红色，他正坐在酒吧里。现在还是上午很早的时候，矮人们以前这个时候来店里人总是很少，然而今天店里居然挤了三十多个人，每个人看起来都不怎么开心。

　　矮人们原以为会走进空荡荡的酒吧，谁知道一大群人都盯着他们。

　　"福克森大老板。"个子最高的矮人向老板打招呼。

　　"小伙子们。"老板回答。他以为矮人还很年轻，其实矮人的年龄足有他的四五倍，"我知道你们才从山底隧道里出来，但是你们得赶紧离开这里。"

　　"怎么了？"最矮的矮人问道。

　　"睡眠！"坐在窗户旁边的酒鬼说。

　　一个衣着讲究的妇人说："瘟疫！"

　　"世界末日！"补锅匠说话的时候随身带的炖锅都在抖，"世界末日来了！"

　　"我们要去首都。"最高的矮人说。他的身高就跟一个小孩差不多，而且没有胡子。"首都暴发瘟疫了吗？"

"不是瘟疫。"窗边那个酒鬼留着灰色的长胡子，上面沾满黄色的酒渍。他说："是睡眠，我刚才都说了。"

"睡眠怎么会到处传播？"最矮的矮人问。他也没有胡子。

"是女巫干的。"酒鬼说。

"是坏仙女。"一个圆脸男人纠正道。

"我听说她是个女术士。"打工的女孩插嘴说。

"不管她是什么，总之她没被邀请去参加新生儿庆典。"酒鬼说道。

"胡说。"补锅匠说，"不管她有没有被请去参加命名庆典，她都会诅咒公主的。她是住在森林里的女巫，一千多年前被赶到林子里去的，她们那些女巫都坏得很。她诅咒那个刚出生的婴儿，说那女孩到十八岁就会被刺破手指，永远睡去。"

圆脸男人抹了抹自己的额头。虽然天气一点也不暖和，但是他在出汗。"我听说的是，女孩会死，不过另一个仙女，这次是一个好仙女，把死亡的魔法改成了睡眠。"他又补上一句，"魔法的睡眠。"

酒鬼说："总之就是她的手指头被什么东西刺破，她就会睡去。城堡里的所有人——领主和夫人、屠夫、糕点师、挤奶女工、女仆——所有人都和她一起沉睡。他们沉睡的时候一点也不会变老。"

"会长出玫瑰。"打工的女孩说，"在城堡周围长满玫瑰。森林也变得非常茂盛，最终没有人能够走过去。这是什么时候的事情？一百年前？"

"六十年前，或者说八十年前吧。"那个妇人终于开口了，"因为我姑妈利蒂希娅还记得当时发生的时候，那是她小时候的事情了，可惜她不到七十岁就染上流感死了，她是五年前的夏末时节死的。"

"……勇敢的男人。"打工的女孩继续说，"嗯，还有勇敢的女人，听说大家都尝试穿越阿凯尔森林，想要抵达森林深处的城堡叫醒公主和所有睡着的人，但是所有勇士都在森林里迷路丢了性命，要么被强盗杀死，要么被环绕着城堡的荆棘和玫瑰藤刺死——"

"怎样叫醒她？"中等个头的矮人问道，他依然紧握着那块宝石，这是最要紧的。

"就是一般的方法啊。"打工女孩脸红了，"故事里是这么说的。"

"对。"最高的矮人说，"一桶冷水泼到她脸上，喊'醒醒！醒醒！'是这样吗？"

"是一个吻。"酒鬼说，"可是任何人都不能靠近城堡。他们试了六十多年。据说女巫——"

"仙女。"胖子说。

"女术士。"打工的女孩说。

"不管她是什么。"酒鬼说，"反正她还在。大家都这么说。如果你靠近城堡，甚至穿过了玫瑰丛，就会发现她在等你。她和山一样老，和毒蛇一样恶毒，是一切邪恶、魔法和死亡的集合体。"

个子最矮的矮人拍拍头："也就是说，在一座城堡里有一个熟睡的女人，有个不知道是女巫还是仙女的人守着她。那瘟疫是怎么回事？"

"去年开始的。"胖男人说，"从北边，首都的那一边来的。我最先是听一个从斯特德来的旅行者说的，斯特德离阿凯尔森林很近。"

"那边镇子上的人都睡着了。"打工的女孩说。

"很多人都陷入了沉睡。"最高的矮人说。矮人很少睡觉，最多一年睡两次，每次睡几个星期，在漫长的生命中，他睡了很多次，倒也不觉得睡眠是什么特殊的东西。

"他们做着事情就睡着了，再也醒不来。"酒鬼说，"你看我们。我们是从镇子里逃出来的。我们的兄弟姐妹、妻子和孩子都睡着了，有些在屋里，有些在牛棚里，有些就在工作台上睡了。全都睡着了。"

"它蔓延得越来越快。"一个瘦瘦的红发女人说。她之前一直没开口。"每天足够感染方圆一两里地。"

"明天就到这里了。"酒鬼说着喝干了壶里的酒，示意老板再满上。"我们无处可逃。明天，这里的一切都会陷入沉睡。我们中某些人会赶在睡眠降临之前先醉倒。"

"睡着了有什么可怕的？"最矮的矮人问，"只是睡觉而已。我们都要睡觉。"

"你去看看吧。"酒鬼说着脑袋往后一偏，接着他又就着酒壶喝了一大口。然后又看着众人，他的眼神都发虚了，仿佛没料到大家依然都在似的。"去吧，去自己看吧。"他喝完剩下的酒，一头倒在桌子上。

他们出去看。

"睡着了？"女王问，"说清楚些。睡着了是怎么回事？"矮人站在桌子上，正好可以平视女王。"就是睡着了。"矮人重复道，"偶尔在地上翻个身。偶尔站起来。他们在铁匠铺里睡着，有些人手里拿着锥子睡着，有些人坐在挤奶的凳子上睡着。野外的动物也睡着了。鸟也睡着了，我们看到那些鸟停在树上，有些从天上掉下来，摔到地上摔死，甚至摔烂了。"

女王穿着白得似雪的结婚礼服。周围是她的侍从、伴娘、裁缝、帽子商，大家都很焦急的样子。

"你们三个怎么没有睡着？"

矮人耸耸肩。他黄棕色的胡子总让女王觉得是一头愤怒的豪猪粘在他的下半张脸上。"矮人是魔法生物。这种睡眠也是魔法。但我也觉得困。"

"然后呢？"

她是女王，她说话的时候仿佛屋里只有他们两个。侍从正将她的礼服收起来，叠好，放整齐，将最后一些蕾丝和缎带缝上去，这样礼服就很完美了。

明天是女王的婚礼。一切都必须完美无缺。

"我们返回福克森旅店时，所有人都睡着了，每个人无论男女都陷入沉睡。那个咒语的范围几乎一天就能扩大好几里。"

分隔两个国家的大山虽然极高，却不宽。女王知道那魔法还有多远。她雪白的手理了理乌黑的头发，看起来非常严肃。

她问矮人："如果我去，你们觉得会怎么样？我会不会也像他们一样陷入沉睡？"

他不自觉地挠了挠自己的屁股。"你睡了一年。"他说，"然后醒了，没有发生更坏的事情。如果说谁能保持清醒的话，应该就是你了。"

城堡外面镇上的人正在街上挂彩旗，用白色的花朵装饰门窗，银器擦得锃光瓦亮，大家不顾孩子们的抗议把他们抓进温热的浴缸里洗澡（年龄最大的孩子洗的水最热也最干净），脸被粗法兰绒擦得通红。接着他们又被摁进水里，耳后洗得干干净净。

"恐怕，明天举行不了婚礼了。"女王说。

她命人拿来王国的地图，找到距离山脉最近的村子，派信使去那些村里，将人们疏散到海边，任何人都不得抗命。

她又叫来首相，由他在女王外出期间摄政，首相必须尽力维持王国的安定和安全。

她又叫来自己的未婚夫，让他再等一等。虽然他还是王子，但她已经是女王了。他们肯定会结婚。她勾着他漂亮的下巴亲吻他，逗他开心起来。

她命人拿来自己的锁甲上衣。

又命人拿来自己的剑。

她让人备好补给品，再备好她的马，她骑马离开宫殿，往东走去。

她骑马奔走了一整天，终于看到远处隐隐约约的群山，那是王国的边境线，远远看去好像天幕下的乌云。

矮人们正在距离山脚最近的一家旅店里等她，他们带她进入地底深处的隧道，这是矮人们的路线。她曾经和矮人生活在一起，当时她几乎还是个孩子，所以她不害怕。

矮人们在隧道里走动时几乎不说话，只是偶尔说一句："当心你的头。"

最矮的矮人问："你有没有注意到一些怪事？"矮人们有各自的名字，但是都不能让人类知道，不然那也太恐怖了。

女王也有自己的名字，不过如今大家都叫她女王陛下，所以这个故事里的名字就省略了。

"我注意到了很多怪事。"最高的矮人说。

他们到了好老板福克森的旅店里。

"你们有没有发现，即使在这所有的沉睡者中，也有些东西是醒着的？"

"没发现。"中等高的矮人挠着自己的胡子说，"每个人都和我们离开的时候一样。低着头打瞌睡，呼吸轻得连结在身上的蜘蛛网都吹不动……"

"蜘蛛没睡。"最高的矮人说。

的确如此。勤奋的蜘蛛正在那些人的手指和脸之间结网，有些蜘蛛网结在胡子和桌子之间。有一张小小的蜘蛛网结在打工女孩的乳沟深处。酒鬼的灰胡子上盖着厚厚的蜘蛛网。网摇摇晃晃地飘向门口。

其中一个矮人说："也不知道他们会不会饿死，或者说是有某种魔法能量可以支撑他们睡这么久。"

"我觉得是有魔法能量。"女王说，"按照你的说法，最初的咒语是一个女巫七十年前施展的，当年那些人至今也沉睡着，就像山底下的红胡子一样，很显然那些人都没有挨饿，没有变老，没有死去。"

矮人点点头说："你很聪明。你一直都很聪明。"

女王忽然惊恐地叫了一声。

她指着旁边说："那个人，他在看我。"

是那个圆胖脸的男人。他很缓慢地拨开蜘蛛网，然后抬头看着女王。他确实面朝着她，但是没有睁眼睛。

"人们在睡梦中也会动。"最矮的矮人说。

"对，是的。"女王说，"但不是像他那样。他动作太慢了，每个动作拉得太长了，太有目的性了。"

"也许是你的错觉吧？"矮人说。

其他睡着的人也缓慢地动起来，都是故意拉长的慢动作，仿佛他们是想要动的。每个睡着的人都面向女王。

"不是你的错觉。"矮人收回了自己的话。他长着红胡子。"他们虽然在看你，但是眼睛都闭着。这点还好。"

所有人嘴唇都动起来。没有发出声音，只有无声的梦呓。

"他们说的是我想的那句话吗？"最矮的矮人问。

"他们说'妈妈，今天是我的生日'。"女王颤抖着说。

他们没有骑马。马都睡着了，一匹一匹地站在野地里，叫也叫不醒。

女王走得很快。矮人们得走得加倍的快才能跟上她。

女王打了个哈欠。

"弯腰，朝我这边。"最高的矮人说道。女王照办了。矮人扇了她一巴掌，轻快地说："千万别睡了。"

"我只是打了个哈欠。"女王说。

"还要走多久才能到城堡？"最矮的矮人问。

"如果我读的故事没错的话，还要走七十里才能到阿凯尔城堡。还有三天的路程。"随后她又说，"今晚我得睡一觉。我没法再走三天三夜了。"

"睡吧。"矮人说，"天亮的时候我们叫你。"

这天晚上她靠着草地上的干草堆睡着了，矮人们在她周围，他们也不知道她明天早晨还能不能醒来。

　　阿凯尔森林的城堡是座笨重的灰色建筑，被层层玫瑰藤蔓完全包围了起来。它们蔓延到护城河里，几乎盖过了最高的塔楼。这些玫瑰每年都在不断地生长，在靠近城堡石壁的位置，只有一些死气沉沉的棕色茎干，上面长着刀一样锋利的尖刺。往上十五尺左右就是翠绿的枝叶，枝头上繁花盛开。这些嫩枝和老茎交缠的爬藤玫瑰就像棕色的骷髅上沾满了色彩，灰色的石墙也显得不那么冷峻了。

　　阿凯尔森林的树木非常茂密，森林地面上黑乎乎的。一百年前这里还只是稀稀拉拉的小树林，是一片狩猎场，也是皇家园林，里面养着不计其数的鹿、野猪和鸟类。现在整座森林盘根错节，从前的道路都长满了植物，被人遗忘了。

　　那个金发的女孩在高塔上沉睡。

　　城堡里的所有人都睡着了。所有人都熟睡着，只有一个人例外。

　　那位老妇人的头发灰白、稀疏，已经露出了头皮。她蹒跚地走着，拄着拐杖愤怒地穿过城堡，好像她唯一的动力就是仇恨，她把门摔得砰砰响，边走边自言自语地说："在该死的楼梯上面，该死的厨子，现在你又煮的是什么，哼，肥猪，你的锅里盘里什么都没有，全是灰，你就知道打呼噜。"

　　厨房的院子收拾得很整齐。老妇人摘了些桔梗和芝麻菜，然后从地里拔出一个大萝卜。

　　八年前，这宫殿里有五百只鸡，鸽笼里住了好几百只肥肥的白鸽子，白尾巴的兔子在城堡墙内的草地上到处跑，护城河和池塘里全是鱼：有鲤鱼、草鱼、鲈鱼。现在城堡里只剩三只鸡了。那些睡着的鱼都被捞走了。兔子和鸽子也都没了。

　　六十年前，她生平第一次杀死了一匹马，赶在肉腐烂成五颜六色之前尽量吃完马肉，但后来剩下的肉还是变臭了，还爬满了蛆，绿头苍蝇到处飞。现在她只在冬季捕杀大型动物，肉在冬天不会坏，她可以从冻硬了的动物尸体上砍下肉块，一直吃到开春。

老妇人从一个熟睡的母亲身边经过，一个婴儿趴在她胸口沉睡着。她心不在焉地给他们掸了掸灰，确保熟睡的孩子依然含着奶头。

然后她默默地吃了萝卜和青菜。

这是他们遇到的第一座城市。城门很高且很厚，却敞开着。

三个矮人本来是要绕路的，因为他们不喜欢城市，更不喜欢房子、街道这些人造的东西，但是他们还是紧跟着女王。

进城之后，光是城里那众多的人数就让他们十分不安。城里有熟睡的骑手骑着熟睡的马，熟睡的车夫站在马车旁扶着熟睡的乘客，熟睡的孩子有的拿着球和铁环，有的正要抽陀螺，睡着的卖花女站在摊子旁，花都已经枯萎腐烂了，甚至还有睡着的鱼贩子站在石板旁。石板上摆满了腐臭的鱼，上面长满了蛆。蛆虫的蠕动是这座城里唯一的动静。

"我们不该来这里。"长着乱蓬蓬的棕色胡子的矮人低声说。

"这条路是最近的。"女王说，"它通往那座桥。走其他路的话我们就必须渡河了。"

女王态度很平静。昨天夜里她睡了觉，早上顺利醒来，那种昏睡病没有影响到她。

蛆虫发出沙沙声，睡着的人发出轻微的鼾声，偶尔换个姿势，他们在城里一路上只听到了这些声音。接着在台阶上睡着的一个孩子大声且清晰地说："你在纺线吗？我能看看吗？"

"你们听见了吗？"女王问。

最高的矮人说："看！睡着的人醒来了！"

不是的。他们没有醒。

睡着的人确实都站起来了。他们拖着睡梦中那种缓慢迟钝的步伐慢慢地起身，拖着薄雾般的蜘蛛网梦游。蜘蛛在他们身上不停地结网。

"一座城里有多少人？我是说人类。"最矮的矮人问道。

"说不准。"女王说，"在我们国家，城里顶多只有两三万人。这座城比我们的城更大。我估计有五万人，甚至更多吧。怎么了？"

矮人回答："他们似乎在追我们。"

那些人睡得并不沉。他们摇摇晃晃，跟跟跄跄地走着，仿佛小孩子走在糖浆般的河流里一样，又好像老年人被黏稠的泥巴拖住了脚步似的。

睡着的人朝着矮人和女王走去。矮人们跑几步就超过了他们，女王只需加快脚步他们就追不上。但是梦游的人实在太多了。他们路过的每一条街道都满是梦游者，那些人满身蜘蛛网，有些紧闭着眼睛，而睁着眼睛的那些则狠狠翻着白眼，只能看到眼白，所有人都沉沉地往前走着。

女王转身跑进一条小巷，矮人们紧随其后。

"这可不光荣。"一个矮人说，"我们该留下来战斗。"

"跟那些完全不知道你站在眼前的人战斗根本就不光荣。"女王喘着气说，"跟梦见自己在打鱼、在做园艺、在缅怀死去的爱人的人战斗根本不光荣。"

"你觉得他们抓到我们之后会怎么样？"旁边的矮人问道。

"你想知道吗？"女王问。

"不想。"矮人回答。

他们赶紧跑，拼命跑，不停地跑，最终跑到出口的城门，跑过了架在河面上的桥。

那个老妇人已经几十年没有爬上过最高的塔楼了。那座塔楼爬起来实在太累了，每走一步她的膝盖和髋骨都疼。她沿着弯曲的石头楼梯井往上走，每上一级台阶都很痛苦。这里没有围栏，没有任何可以倚靠的东西。她只能偶尔拄着自己的拐杖喘口气，然后继续爬。

她顺便用拐杖抖落蜘蛛网，厚厚的蜘蛛网覆盖在楼梯上，老妇人用拐杖一一扫过去，把蜘蛛网拨到一旁，蜘蛛顺着墙壁四散奔逃。

攀登的过程长而痛苦，她还是来到了塔顶的屋里。

这座圆形的屋里什么都没有，只在一扇狭长的窗户旁有一个纺锤和一个凳子，屋子中间放了一张床。床很豪华：透过灰蒙蒙的帐子可以看到床上铺着猩红和金黄色的毯子，它们保护着床上的人与外面的世界隔离。

纺锤掉到凳子旁边的地上，依然是八十年前落地的那个位置。

老妇人用拐杖拨开帐子，一时间空气中灰尘弥漫。她看着床上那个熟睡的人。

女孩的头发是野花般的金黄色。粉红的嘴唇好像城堡墙上粉红的玫瑰。她已经很久没晒到太阳了，但是皮肤依然是健康的奶油色，一点也不苍白。

昏暗中她的胸膛轻微地起伏。

老妇人弯下腰，捡起纺锤。她大声说："如果我用这纺锤刺穿你的心脏，你就不会一直如此美丽了，对不对？嗯？对不对？"

她靠近那个穿着沾满灰尘的白睡衣女孩，然后放下手。"不。我做不到。真希望我能刺下去啊。"她的各种感官都随着年龄衰退了，可她还是依稀听见森林里传来说话声。很久以前她曾看见王子和英雄们来过，随后又看着他们被玫瑰的刺刺死，那已经是很久很久以前的事情了，她已经很久没有看到英雄或者其他任何人来到城堡旁了。

"呃。"她大声说道，仿佛是要说给什么人听一样。"就算他们来了，也会尖叫着被这些玫瑰刺死。他们什么都干不成——谁都没办法。不可能的。"

一个伐木工在树干旁睡着了，这棵树在五十年前就被砍了一半，如今长成了一个拱形，当女王和矮人们经过时，他说："天啊！这一定是个很不同寻常的命名日礼物！"

三个强盗在一条小道的遗迹上睡着了，他们四肢的姿势很奇怪，仿佛是躲在树上的时候睡着了，摔下来之后也没有醒，他们三个在睡梦中异口同声地说："你会带给我玫瑰吗？"

其中一个块头最大的，像秋天的熊一样肥壮，女王经过时被他一把抓住脚踝。最矮的那个矮人毫不犹豫地抄起斧子把他的手砍掉了，女王把他的手指一根一根掰开，那只手掉在发霉的叶子上。

"给我带些玫瑰。"三个强盗在睡梦中异口同声地说，而那个胖子的胳膊处还在不断地流着血，他好像一点也不痛似的。他们说："你带玫瑰来的话我会非常开心的。"

城堡还没有出现在眼前，他们就感觉到了：睡眠就像潮水一样想把他们推开。他们越靠近城堡就越是觉得瞌睡沉沉，脑子越发不清晰，精神不振，思绪迟钝。只要转身走开，他们就会清醒不少，心神也振奋不少。

女王和矮人在睡意的迷雾中艰难前行。

有时候矮人会打个哈欠，跟跄几步，另外两个矮人就赶紧拉住他的胳膊，一边发牢骚一边跌跌撞撞地往前走，一直等到他清醒了才松手。

女王一直醒着，但是森林里充满了明明不可能出现的人。他们和她并肩走着，有时候还和她说话。

她父亲说："现在我们讨论一下自然哲学是如何影响外交政策的。"

她的继母穿着铁鞋子在森林中边走边说："我的姐妹会统治世界。"那双铁鞋子被烧成了暗橙色，然而她脚下的枯叶却一点也没有着火。"凡人联合起来反对我们，把我们打倒了。所以我们潜伏在暗处，躲在他们看不见的地方。现在他们敬爱我。即使是你，我的继女。你也敬爱我。"

"你真美。"她早已死去的亲生母亲说，"仿佛猩红的玫瑰落在雪地上。"

有时候狼踩着灰尘和森林里的落叶从他们身边跑过，它们跑过并没有惊动像薄纱一样挂在小路上的蜘蛛网。偶尔还有狼从树干中间穿过，消失在黑暗中。

女王喜欢狼，当矮人开始大喊大叫着说这些蜘蛛比猪还大的时候，狼从她脑海中消失了，周围也没了狼的身影，她觉得有些难过。（其实矮人说得不对，那些蜘蛛都是普通大小，都在旁边静静地织网，丝毫不受时间和旅人的影响。）

护城河上的吊桥是放下来的，他们过了桥，然而周围的一切似乎都想把他们赶走。他们没办法进入城堡，厚厚的荆棘堵住了城门，新长的枝条上开满玫瑰。

女王看着荆棘丛里的人类残骸——穿着盔甲的骷髅和没穿盔甲的骷髅。有些骷髅几乎爬到了城堡的城墙上，女王也不知道是他们为了找到入口自己爬上去的，还是死了之后随着枝条生长上去的。

她不知道怎么办。哪条路都进不去。

她周围的一切变得温暖舒适，她确信如果能闭上眼睛睡一小会儿绝对没坏处。怎么会有害呢？

"帮帮我。"女王声音沙哑地说。

长着棕色胡子的矮人折下身旁的一条尖刺刺进女王的拇指里，随后拔出来。一滴深红的血滴在门口的界石上。

"哇！"女王叫了一声，然后说，"谢谢你。"

女王和矮人们都盯着那厚厚的荆棘屏障。她伸手从旁边的藤蔓上摘了一朵玫瑰别在自己头发上。

"我们可以挖个隧道进去。"矮人说，"从护城河下面挖进地基里，然后往上。只需要两天时间就好。"女王陷入沉思。她的拇指很痛，她很庆幸自己的拇指痛。她说："八十多年前这里就开始沉睡了。开始的时候很缓慢，最近才蔓延开，而且蔓延得越来越快。我们不知道睡着的人能不能醒来。我们什么都不知道，唯一能确定的是不能再拖延两天了。"

她看着那些纠缠的荆棘，那里有枯枝也有嫩枝，有很多死了几十年的植物，那些尖刺即使死了也像活着的时候一样尖锐。她沿着城墙走着，最终来到一具骷髅旁，她撕下那个死人腐朽的衣服摸了摸。很干，是很好的引火材料。"你们谁有打火匣？"她问道。

枯死的荆棘烧得非常快，火势很旺盛。不到一刻钟，橙色的火焰像蛇一样往上蔓延，仿佛吞没了整座建筑，然后火熄灭了，只留下黑色的石头。一些粗条虽然没有被完全烧毁，但是女王挥剑也能轻松砍断，很快就被扔进了护城河里。

一行四人进了城堡。

老妇人透过狭长的窗户看着下面的大火。浓烟飘进了窗户，但是火和烟都没能到达最高的塔楼。她知道城堡受到了袭击，要就地躲藏的话，她应该藏在塔楼的房间里，如果床上没人就好了。

她骂了一句，然后非常吃力地一步步走下楼梯。她决定下楼走到城垛的位置，这样就能走到城堡另一边，去地窖里。她可以躲进地窖。她比任何人都了解这座城堡。她动作很慢，但是她很狡猾，她可以等。没错，可以等。

她听见楼梯处传来呼喊声。

"这边。"

"上面！"

"这边感觉更不对劲了。来！快点！"

她转过身，尽可能加快速度再次往上走，但是她的腿脚不灵便，甚至不如刚才上楼的时候走得快。就在她走到楼梯顶端的时候，他们抓住了她，三个人，身高还不到她的腰部，后面还有个穿着旅行装的年轻女人，老妇人从没见过那样乌黑的头发。

那个年轻女人说："抓住她。"语气中自然而然地带着命令的意思。

那几个矮人拿走了她的拐杖。其中一个说："其实她可强壮了。"

他刚才被拐杖打了一下，现在还晕着。他们押着她走进了塔楼的房间。

已经几十年没有和人交谈过的老妇人忽然说："刚才那场火，有人被烧死吗？你们看到国王和王后没有？"

那个年轻女人耸耸肩："应该没有。睡着的人都在城堡里头，城墙又那么厚。你是谁？"

名字。名字。老妇人眯起眼睛，然后摇摇头。她就是她，她出生时所起的那个名字已经被时间腐蚀，因疏于使用被遗忘了。

"公主在哪里？"

老妇人只是盯着她。

"为什么你还醒着？"

她没说话。女王和矮人们急切地交谈。"她是女巫吗？她确实有魔法，但是我认为她不是魔法生物。"

"看住她。"女王说，"如果她是女巫，那根杖子多半有蹊跷。把它拿远点。"

"这是我的拐杖。"老妇人说，"是我父亲留下的。现在他用不上了。"

女王没理她。她走到窗边掀开帐子。熟睡的人眼神空洞地看着他们。

"原来这是一切的源头。"其中一个矮人说。

"生日那天开始的。"另一个说。

第三个说："嗯，总得有个人去完成重任。"

"我来吧。"女王轻声说。她低头靠近那个睡着的女人。她用自己鲜红的嘴唇亲了亲她粉红色的嘴唇，亲了好一会儿，挺用力的。

"有用吗？"矮人问。

"我不知道。"女王说，"但是我为她感到难过，可怜的人，生命就这样在睡梦中流逝了。"

"你因为同样的睡眠巫术睡了一年。"矮人说，"你没饿死，也没有腐烂。"

床上的那人动了动，仿佛做了噩梦正在努力醒来。女王没管她。她发现床边的地上有个东西。她弯腰捡起来。"这个东西闻起来也有魔法的味道。"她说。

"这里到处都充满魔法。"最矮的矮人说。

"不，是这个。"女王说。她拿起那个木头做的纺锤，下半部分卷了一些纱线。"这个闻起来有魔法的味道。"

"当时就是在这个房间里。"老妇人突然开口了，"我还是个小女孩。我之前从来没走到这么远过，但我还是走完了所有的台阶，一圈又一圈地往上走，最后来到最高的屋子里。我看到了那张床，就是你看见的这张，可床上没有人。只有一个老太太坐在凳子上用纺锤纺线。我之前从没见过纺锤。她问我要不要试试。她自己拿着羊毛，把纺锤递给我。然后她抓住我的拇指，用纺锤的尖端狠狠一刺，刺得我流出血来。她把血涂在纱线上，然后她说——"

一个声音打断了她的话。那是个年轻的声音，是女孩子的声音，不过充满睡意。"我说，现在我要夺走你的睡眠，女孩，我也要夺走你在我睡眠时伤害我的能力，因为我睡觉的时候必须有人醒着。同样你的家人、朋友、你周围的整个世界都要睡着。然后我躺到床上，开始睡觉，他们也开始睡觉，我从每一个睡觉的人身上拿走一点生命和梦想。睡觉的时候我会恢复青春美貌，魔力也能恢复。我在睡眠的同时变得强壮。我逆转了时间对我的损伤，还给自己制造了满世界梦游的奴隶。"

她从床上坐起来，看起来非常年轻，非常美丽。

女王看着那个女孩，发现了自己一直都在寻找的东西：那双眼睛和她的继母一模一样，她知道这个女孩是什么东西了。

最高的矮人说："有人告诉我们，你醒了之后，周围的世界都会醒来。"

"你们是这样想的吗？"金发女孩问道，她神态幼稚且无辜（眼睛却非常苍老）。"我喜欢他们睡着。睡着的时候他们更……听话。"她停顿片刻，然后笑起来，"现在他们追过来了。我把他们叫来了。"

"这座塔楼很高。"女王说，"睡着的人走得不快。我们还能接着聊天，黑暗女王。"

"你是谁？我们为什么要聊天？你为什么要说我是黑暗女王？"女孩从床上下来，美美地伸了个懒腰，连手指头也伸展开，然后捋了捋自己的金发。她微笑的神情如同太阳照进了这个昏暗的房间。"现在那些小矮人都已经停在原地了。我不喜欢他们。你，女孩，你也要睡觉。"

"不。"女王说。

她举起纺锤。缠在纺锤上的纱线因为年深日久已经变黑。

矮人们站在原地，他们摇摇晃晃，都闭上了眼睛。

女王说："你们全都一样。你们需要青春和美貌。你自己的青春和美貌早就用完了，你就费尽周折去找回来。你总是想要力量。"

她们几乎鼻子顶着鼻子了。金发的女孩比女王年轻多了。

"你为什么不睡觉？"女孩天真地微笑着，女王的继母当年每每想要什么东西也会这样笑。她们下面很远处的楼梯上传来一些声响。

"我曾在一个玻璃棺材里睡了一年。"女王说，"把我放进去的那个女人比你危险，比你强大得多。"

"比我强大？"女孩似乎很感兴趣，"我控制着一百万个睡着的人。我睡着的时候力量每分每秒在增强，睡眠每一天都传播得更快。我拿回了青春——这么多青春！我拿回了美貌。任何武器都伤不了我。没有哪个活着的人比我更强大。"

她忽然停下来盯着女王。

"你和我们不是同类。"她说，"但是你也懂一些魔法。"她微笑了，那笑容俨然一个纯真的女孩刚在春季的清晨醒来。"统治世界不容易。要让一个如此古老的姐妹会维持秩序也不容易。我需要有人当我的眼睛、耳朵，替我主持公道，当我忙不过来的时候可以替我处理一些事务。我就待在网的中心。你不会和我共同统治，你在我之下，但你也是统治者，而且不光是统治小小的国家，你统治所有大陆。"她伸出一只手拍拍女王苍白的皮肤，女王的皮肤在屋里仿佛泛着光芒，仿佛雪一样白。

女王没说话。

"爱我吧。"女孩说，"所有人都会爱我。你，作为唤醒我的人，肯定比其他人更加爱我。"

女王心里想到了一些东西。她想起自己的继母。她的继母也喜欢被人爱戴。学会坚强，学会关注自己的感情，学会不在意别人的情绪，这个过程很难，但是一旦掌握了技巧，你就不会忘记。她不想统治所有大陆。

女孩微笑着，她的眼睛仿佛清晨的晴空。

女王没有笑。她伸出手。"给你。"她说，"这不是我的。"

她将那个纺锤递给身边的老妇人。老妇人若有所思地接过纺锤，接着她灵巧地将上面的纱线全部解开。"这是我的生命。"她说，"这线是我的生命……"

"曾经是你的生命。你送给我了。"女孩不耐烦地说，"它早就没了。"

尽管过了很多年，纺锤的尖端依然十分锐利。

曾是公主的老妇人紧握着纱线，将尖锐的纺锤刺进金发女孩的胸口。

女孩低头看着鲜红的血顺着胸口流下，将白裙子染得猩红。

"任何武器都伤不了我。"她那种孩子气的口吻显得很暴躁，"伤不了的。看，只是一点擦伤。"

"这不是武器。"女王明白了事情的原委，"这是你自己的魔法。只需要一点擦伤就足够了。"

女孩的血浸湿了缠在纺锤上的纱线，纱线变为羊毛回到老妇人手上。

女孩看着血染红自己的裙子，又看了看纱线上的血，她说："只是破了一点皮，没关系。"她似乎很疑惑。

楼下的声音更大了。那是一种缓慢无规律的嘈杂，仿佛一百个梦游的人闭着眼睛，顺着螺旋石头楼梯爬上来。

房间很小，没地方可以躲，窗户只是石头上开的一条缝。

那位老妇人，那位数十年没有睡觉的公主，她说："你带走了我的梦。你带走了我的睡眠。现在，我受够了。"她很老，手指都长了疙瘩，仿佛山楂树丛的根。她的鼻子很长，眼睑下垂，但是她的眼神看起来却非常年轻。

她摇摇晃晃步履蹒跚地走着，要不是女王扶住她，她肯定就摔倒了。

女王扶着老妇人躺到床上，她惊觉对方竟然这样轻，接着她帮老妇人整理好猩红的被单。她的胸口平稳地起伏。

楼梯上的吵闹声更大了。接着是一片寂静，随后，突然间传来嘈杂的说话声，仿佛一百个人突然又惊又怒又迷惑地同时开始说话。

那个美丽的女孩说："但是……"不过现在她已经不是女孩了，也完全不美丽了。她的面孔垮下来，变得不成形状。她扑向最矮的矮人，夺过他腰带上的斧子。她握着斧子，气势汹汹地高举起来，她的手满是皱纹。

女王拔出剑（剑刃在砍荆棘的时候磨损了不少），可她没有砍下去，反而后退了一步。

"听啊！他们醒了。"她说，"他们全都醒了。再说说你偷走他们青春的事情。再说说你的力量和美好。再说一遍你有多么聪明吧，黑暗女王。"

那些人到了塔楼上的房间之后，看到了床上睡着的那个老妇人，又看了看旁边站得笔直的女王，还有连连摇头、挠痒痒的矮人。

他们也看到了地上的东西：一堆白骨、一把仿佛新鲜蜘蛛网一样又细又白的头发，几条破布盖在上面，最上面还覆盖着一层油乎乎的灰尘。

"照顾好她。"女王用黑色的木头纺锤指了指床上那个老妇人，"她救了你们的命。"说完她就和矮人一起离开了。屋里的人和楼梯上的人都不敢去阻拦他们，其实谁都不明白到底发生了什么。

离开城堡一英里左右，在阿凯尔森林的空地上，女王和矮人用枯树枝生起一堆火，他们把那些纱线都烧了。最矮的那个矮人用斧子把黑色的木头纺锤砍成碎片，也烧了。木头碎片燃烧的时候冒出浓浓的黑烟，呛得女王直咳嗽，空气中充满了浓重的古老魔法味道。

然后他们把烧剩下的木头渣埋在一棵花楸树下。

傍晚时分他们来到森林边缘，走上了干净的小路。现在能看到山那边的村子了，村庄的烟囱冒出黑烟。

长胡子的矮人说："如果我们往西走，周末之前就能走到山里，十天之内就能送你回到坎塞莱尔的宫中。"

"是的。"女王说。

"你的婚礼虽然推迟了，但是等你回去之后还会照常举行，你的臣民都会庆祝，整个王国都会沉浸在欢乐中。"

"是的。"女王说。她坐在橡树下的苔藓地上，默默地品味着那种沉静的感觉，心脏一拍一拍地跳着。

坐了好久之后，她心想：有不同的选择。永远都有不同的选择。

她作出了自己的选择……

女王起身出发，矮人们跟在她身后。

"我们现在在往东走，你是知道的吧？"其中一个矮人说。

"知道啊。"女王说。

"嗯，那就没问题了。"矮人说。

他们四个一起往东走，将夕阳和熟悉的土地远远抛在身后，走进了夜色中。

女巫时钟

那个女巫和桑树一样老，
她住在有一百个钟表的屋子里，
她出售风暴、悲伤和平静的海洋，
她将自己的生命保存在一个盒子里。

那棵树是我所见过的最古老的树，
树干如同流淌的液体。岁月从树上滴落，
每年九月，它的果实由绿变红，
像妓女一样浓艳诱人，又红得如同我的愤怒。

钟表悄声念出从齿轮中流过的时间，
它们蹑手蹑脚、轻声细语，它们叽叽喳喳、细嚼慢咽，
女巫给它们吃分。老的钟表吃年，
她对钟表又爱又怕，它们是她野蛮的钟表宝宝，

我正在气头上的时候，她卖给我一个风暴，

我的愤怒让整个世界充满了火山和狂笑，

我看着闪电和狂风大声歌唱，

我的疯狂被后来发生的事情吞没了。

她卖给我三个悲伤，都裹在布里，

第一个悲伤我给了敌人的孩子，

第二个悲伤被我妻子做成了肉汤，

第三个还没拿出来用，因为我们和好了。

她把平静的海洋卖给水手的妻子，

风都用丝绳绑起来，这样风暴就被拴住了，

女人们在家也过得安心不少，

她们非常耐心地等待丈夫回家。

女巫将自己的生命藏在一个泥土制成的盒子里，

盒子和拳头一样大，和心脏一样黑，

里面只装着时间、沉默和痛苦，

女巫怀着痛苦看着海浪，她是懂得巫术的，

（可是他再也回不来了。他再也回不来了……）。

那个女巫和桑树一样老，

她住在有一百个钟表的屋子里，

她出售风暴、悲伤和平静的海洋，

她将自己的生命保存在一个盒子里。

黑　狗

一个脑子里十张嘴，
一个出门找食物，
活人吃了死人吃。

——古老的谜语

I

酒吧的客人

酒吧外面下着倾盆大雨。影子还是无法完全相信自己在酒吧里。这里确实是屋子后面的一家酒吧，有很多酒瓶，还有几个带龙头的大酒桶，有几张高桌子，人们坐在桌边喝酒，但还是感觉像在某人家里。周围的狗更是强化了这种印象。影子觉得除了自己，所有人都带了狗。

"这些是什么狗？"影子好奇地问道。这些狗让他想起灵缇犬，个头比灵缇小，看起来更聪明，更平静，更不像他此前见过的灵缇那么紧张。

“是勒车犬。”酒吧老板说着从吧台后面出来。他拿着一个品脱杯，给自己倒了一杯啤酒。“是最好的狗。跑得快，又聪明，也能打。”他弯下腰挠了挠一条白棕色斑点狗的耳朵后面。狗伸了个懒腰，享受着有人给挠痒痒。它看起来不怎么危险，影子把这个想法说了出来。

老板的发色橙红发灰，他若有所思地挠了挠自己的胡子。他说：“那你可搞错了。上周我跟他兄弟一起出去沿着库普西小路散步。遇到一只又大又红的狐狸从树篱后面探出头，离公路不过二十米远，就大摇大摆地走在路上。然后小针看到了，他立刻冲出去追那只狐狸。接下来，小针死死咬住狐狸的脖子，一口咬住，用力一抖，就完事了。”

小针是睡在火炉旁的一条黑狗，影子看了看他。它看起来挺温顺的。“那条勒车犬属于哪一种狗？英国狗吗？”

“其实不算是哪一种。”一个没有带狗的白发女士从旁边的桌上侧身过来说，“他们都是杂交狗，跑得快，性格坚毅。主要是视觉型猎狗、灵缇和柯利牧羊犬混的。”

她旁边的人竖起手指语气轻快地说：“你要知道，以前对于谁能饲养纯种狗是有规定的，当地人不能养，只能养杂种狗。勒车犬比纯种狗更快更好。”他用食指尖把眼镜推到鼻梁上。他留着山羊胡，白色胡须里夹杂着棕色。

“要我说，一切混血的东西都比纯种的强。”那个女人说，“所以美国才是最有趣的国家。那里全是混血的。”影子说不准她有多大了。她头发雪白，但是脸看起来倒还年轻。

留山羊胡子的人用那种温和的声音说：“其实吧，亲爱的，我觉得你会发现，美国人比英国人还要喜欢纯种狗。我认识一个美国犬业俱乐部的女人，说真的，她把我吓坏了。真的吓坏了。"

"我说的不是狗，奥利。"那个女人说，"我说的是……哦，算了吧。"

"你要喝什么？"老板问。

有一张手写的纸条贴在吧台旁边的墙上，提醒客人们不要一次点太多。"喝得太多害人害己。"

"有什么值得推荐的好东西？"影子问，他知道这么说最明智。

老板和那个女人提了不少建议，说好几种本地啤酒和苹果酒都不错。山羊胡子的人打断了他们，说"好东西"不是指不坏的东西，而是比不坏更具有积极意义的东西：是让世界更美好的东西。接着他笑了一下，表示自己只是在说笑，他知道大家只是在说喝什么酒而已。

老板给影子倒了一杯深色苦味的啤酒。影子不知道自己喜不喜欢这个味。"这是什么？"

"这叫黑狗。"那个女人说，"我听人说这个名字来源于喝了太多之后产生的那种感觉。"

"像丘吉尔的情绪。"那个矮个子说。

"其实这种啤酒是以一种本地狗的名字命名的。"一个比较年轻的女人说。她穿着橄榄绿的毛衣，靠墙站着。"不是真正的狗，而是一种半想象的生物。"

影子看着小针，想起了那只狐狸的命运，他犹豫了一下问道："可以挠挠他的头吗？"

"当然可以。"白发女人说，"它很喜欢的。你试试。"

"嗯，其实他差点把格洛索普的手指头咬掉。"老板说。他的语气既佩服又不乏警告之意。

"我以为他是地方政府的人。"那个女人说，"狗咬他们真是一点也没有错。咬增值税检查员也没错。"

穿绿毛衣的女人来到影子身边。她手里没有拿饮料，留着黑色的短发，鼻子两侧和脸颊上布满雀斑。她看着影子："你不是地方政府的人吧？"

影子摇摇头说："我是游客。"这话不是撒谎。他确实是在旅行。

"你是加拿大人？"山羊胡子问。

"美国人。"影子说，"我到这里有一阵子了。"

白发女人说："那么你不算是个真正的游客。游客是来了之后看看风景就离开的。"

影子耸耸肩笑了笑，俯身挠了挠老板那条勒车犬的脑袋。

"你不怎么喜欢狗吧？"黑发女人说。

"确实如此。"影子说。

如果他是另一个人，是那个在他脑海中说发生了什么事情的人，影子也许会跟那个女人说起自己的妻子。劳拉年轻的时候曾经养过几条狗，后来她有时候把影子叫作狗狗，因为她想养狗却养不了。但影子只是把这些埋在心底。他喜欢英国人这一点：就算他们想要刨根问底，也不会开口问。心里想的事情就埋在心里。他的妻子已经死去三年了。

"要我说的话，"山羊胡子的人说，"人不是喜欢狗就是喜欢猫。那么你是喜欢猫了？"

影子想了一下："我不知道。我从小就没有养过猫，我们经常搬家。但是——"

那人接着说："我提起这事是因为老板还有一只猫，也许你想看看。"

"猫之前就在外面，不过后来我们把它关在后面屋里了。"老板从吧台后面说。

影子真不知道这个人怎么可以一边记着人们点了什么吃食一边给他们倒酒一边轻松地跟他们聊天。他问："猫和狗不能好好相处吗？"

外面雨下得更大了。风呼呼地吹，发出呼哨声，后来变成了号叫。小壁炉里的柴火发出噼噼啪啪的声音。

"不是你想的那样。"老板说，"当时我们要扩大酒吧面积，就把隔着隔壁屋的那面墙打掉了，结果就发现了那只猫。"那人咧嘴一笑。"来看吧。"

影子跟着那人去了隔壁屋。留山羊胡的男人和白发女人也跟着去了，他们走在影子身后。

影子回头看了看酒吧。那个黑发女人正看着他，他们四目相接的时候，她热情地笑了。

隔壁屋更大，灯光更亮，感觉不太像某人家里的客厅。人们坐在桌边吃饭。食物看起来不错，闻着也香。老板让影子来到屋子尽头去看一个灰蒙蒙的玻璃盒子。

"就是它了。"老板颇自豪地说。

那只猫是棕色的，一眼看去仿佛全然是筋腱和痛苦构成的。它的眼眶里充满痛苦和愤怒，嘴张得很大，仿佛在它变成干尸的时候曾奋力嚎叫。

"把动物埋进房屋墙里的行为就和把人活埋进你要长住房子的地基里是一个道理。"留山羊胡子的男人在他身后说，"猫的干尸总让我想起他们在埃及布巴斯蒂斯的芭丝忒神庙附近发现的猫木乃伊。他们把一吨又一吨的猫木乃伊运到英国做成便宜的肥料撒在田里。维多利亚时代的人还用木乃伊做颜料。我记得是棕色的颜料。"

"它看起来很悲惨。"影子说,"它有多久历史了?"

老板挠了挠脸颊。"根据教区的记录,我们估计它所在的那面墙是一三〇〇到一六〇〇年建造的。一三〇〇年的时候这里什么都没有,一六〇〇年就有了房子。中间那段时间的内容都找不到了。"

死猫被装在玻璃盒子里,没有毛,完全是皮革质感,它似乎透过那双空洞的黑眼眶在看着他们。

我的同胞走过的地方我都能看到,影子脑海中有个声音悄声说道。他忽然短暂地想起了被做成肥料撒进田里的猫木乃伊,仿佛是种了相当离奇古怪的庄稼。

"他们让他住在一座老房子的偏房里。"那个名叫奥利的人说,"他在那里住到死。死了之后没人哭也没人笑。我们把各种各样的东西都围在墙里,确保它们安全。有时候是孩子,有时候是动物。当他们在教堂也这么干。"

雨杂乱地打在窗户上。影子对老板让他看猫表示了感谢。他们又回到酒吧。黑发女人已经走了,影子有些懊悔。她看起来很友好。影子给留山羊胡子的男人、白发女人和老板买了一轮酒。

老板回到吧台后面。"他们叫我影子。"影子对大家说,"影子·莫恩。"

留山羊胡子的男人高兴地一拍手。"啊!真不错。我小时候养过一条德国牧羊犬也叫影子。这是你的真名吗?"

"别人是这样叫我的。"影子说。

"我叫莫伊拉·卡兰尼什。"白发女人说,"这是我的搭档,奥利弗·比耶尔斯。他懂得很多，等你们熟了，他会把自己知道的一切都告诉你。"

他们握了握手。老板给他们端来饮料，影子问酒吧里有没有房间可以租住。他今晚本来想再走一段路，但是雨太大了，还是算了吧。他穿着结实的徒步鞋、防水外套，但还是不想冒雨走夜路。

"以前有的，但是我儿子回来了。有时候我让人们睡在谷仓里，可是最近我要用谷仓。"

"村里有什么地方可以留宿吗？"

老板摇摇头。"今晚天气很差。不过波尔赛特离这里只有几英里远，那里有旅店。我可以给桑德拉打个电话跟她说你要去。你叫什么名字？"

"影子。"影子说，"影子·莫恩。"

莫伊拉看了看奥利弗，说了几句话，像是"无家可归？"之类的，奥利弗咬着嘴唇想了想，然后热切地点头。"你今晚和我们在一起如何？我们的空屋用来储存东西了，不过里面有床。暖和又干燥。"

"我很愿意。"影子说，"我会付钱。"

"得了吧。"莫伊拉说，"有客人就好。"

II
绞刑笼

奥利弗和莫伊拉都有伞。奥利弗坚持让影子拿他的伞，他说影子比他高，影子拿伞他们两个都能遮雨。

他们两人还带了手电筒，他们管手电筒叫火把。这个词让影子想起恐怖电影中从山上冲进教堂里的村民，周围还电闪雷鸣的。今夜，我的造物，我赐予你生命！影子心想。这句话听起来虽然很造作，其实还挺吓人的。那只死猫让他神经紧张。

野地之间的狭窄道路上，雨水流成河。

莫伊拉抬高声音盖过雨声："天气好的夜里，我们可以从野地里走过去。现在地里太泥泞了，我们还是走沙克小道。以前那棵树是用来吊死人的。"她指着马路对面那棵巨大的美国梧桐。那棵树现在只有几根枝子了，伸展在夜空里就好像是事后加上去的。

"莫伊拉二十几岁就住在这里了。"奥利弗说，"我是八年前从伦敦来的，伦敦的特南格连。十四岁的时候我来这里度假，结果一直忘不了。这地方真的令人难忘。"

"这片土地会深入你的血液。"莫伊拉说，"某种意义上来说是这样的。"

"血也会进入土地。"奥利弗说，"以各种各样的方式。

影子知道绞刑笼是什么，但他还是问了一下。问问题总没错，奥利弗是那种懂得很多而且愿意跟别人分享知识的人。

"就像是巨大的铁鸟笼，囚犯们被公正地审判了之后，尸体就放在里头进行展示。绞刑笼就锁起来，亲人和朋友不可能把尸体偷回去埋葬。警醒路过的人遵纪守法，其实我觉得看到那东西就什么事情都不想做了。"

"他们处决的是些什么人？"

"倒霉的人。三百年前，这里处死了两百多个犯人。罪名有和吉普赛人一起旅行超过一个月、偷羊之类的，凡价值超过十二便士的都算。写恐吓信也是重罪。"

接下来他恐怕就要列出一大串罪名了，不过莫伊拉打断了他。

"奥利弗说得对，这些都要判死刑，在这边只有杀人犯才被绞死。有时候尸体会在绞刑笼里关二十年。这里杀人犯不多。"然后她似乎是想换个轻快的话题，她说："现在我们走上沙克小道了。本地人说在晴朗的夜里，黑魔鬼会跟上你，今晚当然是不会的。黑魔鬼是一条妖怪狗。"

"我们从没见过，就算是晴朗的夜里也没见过。"奥利弗说。

"这是好事。"莫伊拉说，"你要是看到他就必死无疑。"

"桑德拉·威尔伯福斯说她看到过，可是她现在依然健健康康的。"

影子笑起来："黑魔鬼会做什么？"

"他什么都不做。"奥利弗说。

"他会做。他会跟着你回家。"莫伊拉纠正道，"然后过一段时间你就会死了。"

"听起来不太吓人。"影子说，"除了死掉那部分。"

他们走到路的尽头。雨水像河一样深，淹没了影子的登山靴。

影子说："你们两个是怎么认识的？"一般来说一对伴侣在一起的时候，这是个安全的问题。

奥利弗说："在酒吧认识的。我当时真的在度假。"

莫伊拉说："遇到奥利弗的时候我正好和其他人在一起。我们当时擦出了短暂激烈的火花，然后就一起跑了。完全不像我们会有的行为。"

他们看起来很不像是会一起私奔的人，影子心想。然而所有人都有些奇怪之处。他知道自己该说些什么。

"我结过婚。我的妻子死于车祸。"

"节哀。"莫伊拉说。

"世事难料。"影子说。

"我们回家之后，就喝威士忌热酒。"莫伊拉说，"就是威士忌加姜汁酒和热水。我要泡个热水澡。不然我会得感冒病死。"

影子忽然想到伸出手，仿佛接住垒球一样接住病死这件事，他不禁抖了一下。

雨下得更大了，一道闪电突然闪过，照亮了他们周围的世界：干石墙上每一块灰色的石头，每一片草叶，每一个水洼，每一棵树都照得透亮，接着更深的黑暗又吞没了一切，只在影子暂时失明的眼睛里留下一些残像。

"你看见了吗？"奥利弗问，"那个最可恶的东西。"一阵雷声沉闷地滚过，影子等着雷声消失才开口说话。

"我什么都没看见。"影子说。又一阵闪电划过，没那么明亮，影子觉得自己似乎看到有个东西从远处开阔地跑过。"是那个吗？"他问。

"那是一头驴。"莫伊拉说，"只是一头驴。"

奥利弗停下脚步。他说："回家不是走这条路。我们还是打车吧。走错了。"

"奥利。"莫伊拉说，"不远了。只是下了一点雨而已。你又不是糖做的，亲爱的。"

又一道闪电闪过，这一次又太亮了，什么都看不见。野地里什么都看不清。

一片黑暗。影子转身去看奥利弗，那个小个子已经不在他身边了。奥利弗的手电筒在地上，影子眨眨眼睛，希望能恢复夜间视力。那个人倒在地上，蜷在小路旁的草丛里。

"奥利？"莫伊拉把雨伞放到一旁，蹲在他旁边，用手电筒照他的脸。她看着影子以迷惑又充满关切的语气说："不能让他待在这里。雨下得好大。"

影子把奥利弗的手电筒装进兜里，将雨伞递给莫伊拉，然后把奥利弗扶起来。他不重，影子是个强壮的人。

"远吗？"

"不远。"她说，"真的不远。我们就快到了。"

他们沉默地走着，穿过教堂边缘的村庄广场，进入村里。莫伊拉转身走进路边的房子里，影子跟着她。她替他开了门。

厨房宽敞又温暖，靠墙放了一张沙发，上面堆了好多杂志。厨房的房梁很低，影子必须低着头。影子脱下奥利弗的雨衣放在一边。地上立刻积了一摊水。然后他把奥利弗放在沙发上。

莫伊拉灌满水壶。

"要不要叫救护车？"

她摇头。

"这种事情经常发生吗？他经常晕倒？"

莫伊拉忙着从架子上取下杯子："以前发生过。不会昏迷很久。他有发作性昏睡病，要是遇到突发情况或者惊恐的事情他就会晕过去。很快就会醒来。他会想喝茶。今晚他不喝威士忌热酒了。有时候他醒来会有点眩晕，不知道自己在哪里，有时候他要追问在昏迷期间发生的一切事情。如果你大惊小怪，他会生气。把你的背包放在炉子旁边吧。"

水烧开了。莫伊拉往茶壶里倒了些开水："他得喝一杯浓茶。我喝甘菊茶，舒缓镇定，不然晚上睡不着。你呢？"

"我当然也喝茶。"影子说。他今天走了二十多英里，肯定很快就能睡着。他对莫伊拉感到好奇。她的同伴晕倒了，她看起来还是非常冷静，也不知道是不是不想在陌生人面前示弱。他很敬佩莫伊拉，不过这么想也很奇怪。英国人都很奇怪。但是他理解那种讨厌"大惊小怪"的感觉。很讨厌。

奥利弗在沙发上动了动。莫伊拉端着茶杯来到他身边，扶他坐起来。他小口喝茶，看起来确实有点晕似的。

"它跟着我回家了。"奥利弗平静地说。

"什么跟着你？亲爱的奥利？"莫伊拉的声音很平静，但充满关心。

"那条狗。"沙发上的人又喝了一口茶，"那条黑狗。"

III
割伤

这天夜里，影子和莫伊拉还有奥利弗一起坐在厨房的桌旁，他得知了一些事情：

他得知奥利弗在伦敦的广告代理公司干得不好，过得也不开心。他是办了提前病退才搬到村里。起初为了挣钱，他帮人修理、建筑干石墙。他说，筑墙也是很需要技巧的工作，而且是很好的锻炼，正确的筑墙犹如冥想。

"这里曾经有数百个筑墙工。现在只有几十个真正会砌墙的人了。你看到有些墙是水泥修复的，有些是焦渣石修复的。这都是正在消失的技艺。我很愿意给你演示一下。是很实用的手艺。选石头的时候你要让石头告诉你它去了什么地方。墙是不可以移动的。不可能开辆坦克把它推倒。很厉害。"

他还得知，几年前，奥利弗和莫伊拉在一起之后不久，他一度情绪很低落，最近几年好多了，或者说是相对而言好多了，他补充道。

他得知莫伊拉经济完全独立，她的家族信托基金让她和她的姐妹完全不需要工作，她二十多岁的时候接受了教师培训。不过她没有教书，她在本地事务中非常活跃，四处活动，成功地让本地公交路线持续运营。

影子从奥利弗的言外之意得知，奥利弗害怕某样东西，非常怕，但是当被问及他到底怕什么怕得这么厉害，或者问黑狗跟着他回家是什么意思时，他总是答得驴唇不对马嘴。

而奥利弗和莫伊拉从坐在厨房桌边的影子身上知道的内容则很少：

非常有限。

影子喜欢他们。他不傻，他曾经信任的两个人背叛了他。他喜欢眼前这两位，也喜欢他们家里的味道——有烤面包、果酱和光亮的胡桃木的味道——那天晚上他睡在他们的储藏室里，心里一直担心着那个留山羊胡子的小个子。万一影子先前在野地里瞥见的那个东西不是驴怎么办？如果确实是一头巨大的狗怎么办？那该怎么办？

雨停的时候影子恰好醒来。他在空无一人的厨房了烤了点面包片。莫伊拉从花园进来，一阵冷风随着她涌进厨房门。"睡得好吗？"她问。

"睡得很好。"他梦见自己在动物园里。周围有很多动物挤来挤去，口鼻里发出噗噗的声音，但是他看不见。梦里他是个小孩，和母亲一起走着，受到爱护，很安全。他在狮子笼子前停下来，但那笼子里关的是一只斯芬克斯，一半是狮子一半是女人，它的尾巴甩来甩去。它朝影子微笑，那微笑是他母亲的模样。他听见了它的声音，有口音，很温暖，是猫科动物的声音。

它说：了解你自己。

梦中的影子抓着笼子的栏杆说：我了解我自己。栏杆后面是一片沙漠。他能看到金字塔，还看到沙漠上无数的阴影。

那么，影子，你是谁？你想逃避什么？你要逃到哪里去？

你是谁？

接着他就醒了，心里想着为什么要问自己这样的问题，同时又很怀念自己的母亲，他母亲在二十年前就死了，当时他才十几岁。想起梦里拉着母亲的手，他觉得有些奇怪的舒适。

"今天早晨奥利的状态很不好。"

"那太遗憾了。"

"是啊。唉，确实也没办法。"

"很感谢你们让我留宿。我现在该走了。"

莫伊拉说："你可以来帮我看一样东西吗？"

影子点头，跟着她来到户外的房子一侧。莫伊拉指着玫瑰花床："你觉得这是什么？"

影子弯下腰："借华生医生的话说，是巨大的猎狗脚印。"

"是啊。"莫伊拉回答，"确实是。"

"如果附近真的有一条幽灵猎狗，那就不该留下脚印，你说是吧？"影子说。

"我对这种事情不太了解。"莫伊拉说，"我有个朋友曾经跟我们解释过。但是她……"她不说话了，随即又更加轻快地说："你知道吗，我们隔壁的隔壁，坎伯利太太养了一只杜宾犬。真是好笑。"影子也不知道她是说狗好笑还是坎伯利太太好笑。

他觉得昨晚的事情其实也没那么离奇古怪，还是能够解释的。真的有一只奇怪的狗跟他们回到家又有什么关系呢？奥利弗吓得不轻，吓得嗜睡症发作，还晕了过去。

"我帮你装点午餐你再走吧。"莫伊拉说，"水煮蛋之类的。在路上吃着挺不错。"

他们进了屋。莫伊拉去收拾东西，回来的时候瑟瑟发抖。

"奥利弗把自己锁在浴室里了。"她说。影子不知道该说什么。

"你知道我希望接下来发生什么吗？"她继续说。

"不知道。"

"我希望你和他谈谈。我希望他打开门。我希望他和我说话。我能听见他在浴室里。我能听见。"

接着她又说："我希望他没有再一次割腕。"

影子走回客厅，站在浴室门边喊奥利弗的名字："你能听见吗？你还好吗？"

没有回答。里面一点声音也没有。

影子看了看门。是实木门。这座房子很古老，从一开始就造得非常结实。影子今早用过浴室，他知道那个锁有挂钩和锁眼。他靠在门把手上使劲往下推，然后用肩膀用力撞门，伴随着木头碎裂声，门开了。

他在监狱的时候曾见过死人，那人因为一次毫无意义的争执而被刺死。他记得那人躺在操场的偏僻角落里。那景象让他很受刺激，但他还是强迫自己去浴室里，集中精神看着。如果看着别处的话，似乎很不尊敬。

奥利弗赤裸着躺在浴室地上。他全身苍白，胸口和下体都有浓密的黑色毛发。他握着一把老式安全剃刀。他正是用那把刀割伤了自己。奥利弗的眼睛瞪得滚圆，像鸟的眼睛一样。他直勾勾地看着影子，影子却不知道他究竟在看什么。

"奥利？"莫伊拉的声音从大厅传来。影子意识到他挡在门口了，但是他十分犹豫该不该让她看到地板上的情景。

影子从毛巾架上取下一条粉色的浴巾裹住奥利弗。这下子他似乎回过神来。这个矮个子眨眨眼睛，仿佛第一次看见影子一样，他说："那条狗。这是给那条狗的。它必须吃东西，你知道吧。我们交上朋友了。"

莫伊拉说："啊，我的天啊。"

"我打电话给急救中心。"

"千万不要。"她说，"他在家里由我照看着就好了。我不知道我……拜托了。"

影子扶起裹着毛巾的奥利弗，像抱孩子一样把他抱回卧室。莫伊拉跟在后面。她拿起床边的iPad，点了点屏幕开始播放音乐。"呼吸，奥利。"她说，"记住。呼吸。会好起来的。你会好起来的。"

"我呼吸困难。"奥利弗小声说，"真的。但我能感觉到心脏。我感觉到心脏在跳。"

莫伊拉握着他的手坐在床边，影子让他们独处。

莫伊拉到厨房来的时候，袖子卷了起来，双手有股消毒药膏的味道，影子坐在沙发上看本地徒步旅行指南。

"他怎么样了？"

莫伊拉耸耸肩。

"你得让他看医生。"

"是的。"她站在厨房中间看着周围，仿佛不知道要往哪边走，

"你是不是……你今天着急走吗？你赶时间吗？"

"没有任何人等我。我不着急去任何地方。"

她望着影子，面色突然变得十分憔悴："之前发生过这种事，要持续几天时间，但之后他就会康复。这种情绪低落的情况不会持续很久。所以我想，你可不可以多留几天？我给我姐姐打了电话，她还在路上。我自己应付不过来。真的不行。没办法再这样折腾一次了。如果你跟人有约的话，我也就不留你了。"

"没有人等我。"影子再次回答，"我可以多住几天。但我觉得奥利弗需要专业人士来治疗。"

"是的。"莫伊拉说，"确实需要。"

斯卡斯洛克医生下午的时候来了。他是莫伊拉和奥利弗的朋友。影子不知道是英国乡下医生还可以上门看病，还是斯卡斯洛克医生特意来给朋友看病。

医生和莫伊拉一起坐在厨房里，他说："这些都是临时处理一下，找人帮忙什么的。但是那些伤口，你在这里处理不好，到医院也没什么办法。我们楼里原来有十多个护士，现在却要关闭医院。什么都放在社区里。"

斯卡斯洛克医生有着灰黄色的头发，他和影子一样高，比影子瘦得多。他让影子想起酒吧里的那个老板，影子心不在焉地想他们两人会不会是亲戚。医生写了几张处方，莫伊拉把处方连同那辆旧的白色路虎的钥匙一起递给影子。

影子把车开到邻村，找到一家小药店，等着店里的人按处方拿药。他尴尬地站在无比明亮的走廊上，看着那些展示用的防晒油、防晒霜，在这湿冷的夏季，它们看起来悲催又无用。

"你是美国人。"一个女人在他身后说道。他转过身。对方留着黑色短发，穿着在酒吧里那身橄榄绿的毛衣。

"没错。"影子回答。

"有人说你在帮忙照顾奥利，他身体不好。"

"突发状况嘛。"

"本地的各种八卦传得比光速还快。我是凯茜·博戈拉斯。"

"影子·莫恩。"

"好名字。"她说，"简直让我发冷。"她微笑着，"如果你在这里找不到事情做的话，可以去村子外面的山上看看。沿着小路一直走到分岔口，左拐，你就可以到沃德山。那里风景很好。公共通行权。左拐上山，你准能到。"

她朝着影子微笑，大概这是对陌生人示好的方式。

"你留在这里我也不奇怪。"凯茜继续说，"它一旦伸出爪子抓住你，你就很难离开了。"她又笑了笑，那笑容很温暖，她直视影子的眼睛，仿佛要下定决心似的。"帕特尔太太把药都准备好了。很高兴和你聊天，美国先生。"

IV
吻

影子帮莫伊拉做事。他去村里的商店买购物清单上的东西，莫伊拉留在家里，要么是在厨房桌子上写东西，要么是在卧室外的门厅里徘徊。莫伊拉几乎不说话。他开着那辆白色路虎跑腿，他看到奥利弗往往是在穿过大厅进出浴室的时候。他也不说话。

这房子一片寂静。影子想象那条黑狗蹲在天花板上，遮蔽了阳光、情绪、感受和真相。他希望自己去了别的地方，但又不愿扔下他们两人。他坐在自己的床上，看着窗外的雨水顺着玻璃格窗流下来，感觉到自己的生命在一分一秒流逝，再也不会回来。

天气阴冷潮湿，第三天，太阳总算出来了。世界却没有温暖起来，影子想要摆脱那灰暗的雾气，决定出门看看风景。他穿过田野沿着干石墙走到邻村。途中有一条小河，上面有一条和木板无异的小桥，影子轻松一跳就跨过了河。到了山上，山脚处长满橡树、山楂树、美国梧桐和山毛榉树，再往上树木就越发稀疏。他沿着弯弯曲曲的小路走着，有时候路很清楚，有时候不清楚。随后他到了一个天然的休息处，像是山坡上的一片小草地，他背对着山坡站在那里，看到了四周的峡谷和山坡，到处都是灰绿的色调，仿佛儿童读物里的插画。

他并不是一个人在山上。一个留黑色短发的女人安安稳稳地坐在一块灰色的大石头上画画。她身后有一棵树，可以起到防风的作用。她穿着绿色的毛衣和蓝色牛仔裤，还没看到她的脸，影子就意识到那是凯茜·博戈拉斯。

走近了之后，她转过身举起素描本向影子问道："你觉得如何？"那是铅笔绘制的山坡景物。

"非常好。你是专业的画师吗？"

"偶尔画画。"她说。

影子花了很长的时间和英国人聊天，所以明白她所说的偶尔是指她的作品偶尔或经常性地挂在国家画廊或泰特现代美术馆。

"你很冷吧。"他说，"只穿了一件毛衣。"

"确实冷。"她说，"不过我习惯了山上的温度，就这样挺好。奥利弗怎么样了？"

"还是不好。"影子回答。

"这个老可怜。"她说着又看看图画，再看看山上，"其实我不怎么同情他。"

"为什么？他跟你说各种小知识说得你快烦死了？"

凯茜大笑，嗓音里带有轻微的喘气声。"你真的该听听村里那些传闻。奥利弗和莫伊拉认识的时候，他们各自都有对象。"

"我知道，他们跟我说过。"影子想了一下，"他是你前任吗？"

"不。莫伊拉是。我们上大学的时候就在一起了。"她停顿了一下。用铅笔往画稿上加了些阴影。"你想吻我吗？"她问。

"我，呃，我。"最终他诚实地说，"我确实想过。"

"嗯。"她笑着对他说，"你当然应该想啊。我让你到沃德山上来，你来了，专程来看我。"她又看了看自己的画稿。"他们说山上有人做不干净的勾当。见不得人的事情。我也在想一些不干净的事情。关于莫伊拉的房客。"

"这是某种有计划的报复吗？"

"完全没有任何计划，我喜欢你。这里的人都不需要我了。不是作为女人的那种需要。"

影子最后一次亲吻女人是在苏格兰。他想起那个人，以及她的结局。"你是真的，对不对？"他问，"我的意思是，你是一个真正的人。就是说……"

她把素描本放在石头上站起来说："亲了我，你就能知道了。"

影子犹豫了。她叹了口气然后去亲了他。

山上很冷，凯茜的嘴唇很冷，但很柔软。当她的舌头碰到他时，影子退缩了。

"我不认识你。"他说。

她退开一步看着影子的脸说："你知道吗，这些日子里，我一直希望有人能看着我，看到真正的我。我已经放弃了，结果你这位美国先生带着那个好笑的名字来了。你看着我，我知道你看见了真正的我。这是最重要的。"

影子抱着她，感到那毛衣很柔软。

她问："你要在这里停留多久？"

"再多待几天吧。等奥利弗康复。"

"真遗憾，你不能永远留下来吗？"

"抱歉，什么？"

"不用道歉，你这个大好人。你看到那边的开阔地了吗？"

影子看着山坡一侧，没看见她到底指的是哪里。山坡上有大片纠结的野草和低矮树丛以及半倒塌的干石墙。她指着自己的绘画，那个地方对应的是一片黑色的阴影，类似山坡上大片荆豆花丛中的一个拱门。"那里，你看。"影子又看，这一次他很快看见了。

"那是什么？"他问。

"通往地狱之门。"她郑重地回答。

"啊。"

她笑了。"附近的人是这么叫的。我记得原本是一座罗马神庙，也可能是更古老的东西。现在只剩这个了。如果你喜欢这类东西可以去查一下，不过结论会让你失望：那只是通往山里的一条路而已。我一直希望有考古学家来这里，把各种东西都考证一下，可是一直没有人来。"

影子仔细看了看她的画作，问道："你知道关于黑狗的事情吗？"

"沙克小道的那个？"凯茜反问。影子点点头。"他们说那个恶魔在附近游荡。现在就只在沙克小道上出没。斯卡斯洛克医生有次说那都是人们记忆中的东西。关于野外狩猎的记忆就只剩下希望猎犬，希望猎犬的传说则来自奥丁狩猎时代的狼，弗雷奇和格里。我觉得应该还有更古老的传说。穴居人的记忆。德鲁伊的传说。在火光之外的黑暗中爬行的那些东西，它们就等着你落单走远，好把你撕成碎片。"

"你见过吗？"

她摇头："没有。我研究过，但从没见过。那是只半想象的野兽。你见过吗？"

"应该没有。也许见过。"

"也许你到来之后把它惊醒了。毕竟你也惊醒了我。"

她伸手让影子低下头再次亲吻他。她拉着他的左手，影子的手比她的大很多，她把这只手伸到自己的毛衣下面。

"凯茜，我的手很冷。"影子说。

"我全身都冷。这上面只有寒冷。你只要笑着假装知道自己在干什么就行了。"她说着拉着影子的左手向上摸到自己的胸罩，隔着蕾丝，影子感觉到她硬硬的乳头和柔软的乳房。

他屈服了，犹豫之中混合着尴尬和不确定。他不确定自己对这个女人到底有什么想法，而且她和莫伊拉有过一段关系。影子一直都不喜欢被利用的感觉，以前就发生过很多次了。但是他的左手还是摸着她的乳房，右手搂着她脖子后面，他低头贴着她的嘴唇，她紧贴着他，影子觉得她仿佛是要挤进他所在的空间。她的嘴里有股薄荷味，是石头和草地的气味，还有很冷的午后的微风气息。他闭上眼睛，享受着这个吻，身体贴在一起。

凯茜突然呆住了。附近有一只猫叫了一声。影子睁开眼睛。

"天啊。"他说。

他们周围全部是猫。白猫、斑点猫、橘猫、黑猫、棕色的猫、长毛猫、短毛猫。一看就吃得很好的猫，领毛茂密的猫，耳朵破破烂烂的脏乎乎的猫、看起来就像是生活在野外谷仓里的猫。所有的猫，所有的绿眼睛、蓝眼睛、黄眼睛都盯着影子和凯茜，他们一动不动。只是偶尔摇摇尾巴眨眨眼睛，让影子知道它们是活的。

"真奇怪。"影子说。

凯茜后退一步。影子没有挨着她了。"它们是跟着你来的吗？"她问道。

"我觉得它们不是跟谁来的吧。它们是猫啊。"

"我觉得它们嫉妒了。"凯茜说，"看看它们。它们不喜欢我。"

"那……"影子想说"你想多了"，但是不对，凯茜说得对。很多年前，在另一片大陆上，他曾经认识一个女人，是个女神，她以她自己的方式关心影子。他记得她的指甲像针一样尖，舌头像猫一样粗糙。

凯茜冷淡地看着影子说："美国先生，我不知道你是谁。我不知道你为什么可以看清我的本质，也不知道为什么我没办法和别人沟通却能和你交流。你表面看起来非常普通、平静，却比我奇怪得多。我已经是极度古怪了。"

影子说："别走。"

"告诉奥利弗和莫伊拉，你和我见过面了。"她说，"跟他们说，如果有话跟我说，我会在上次说过话的地方等他们。"她拿起自己的画板和铅笔，小心翼翼地穿过猫群，猫看都不看她一眼，只是全部盯着影子，凯茜快步穿过摇曳的草丛和树枝。

影子想喊她，但还是蹲下来，与猫对视。他问："怎么了？芭丝忒？是你干的吗？你离家太远了。你为什么还介意我和谁接吻？"

他一说话，魔法就结束了。猫看着别处，或是走动，或是站着，或是专心舔毛。

一只三花猫不停地用脑袋蹭影子的手，它需要关注。影子心不在焉地抚摩着它，用指关节揉它的额头。

可是它飞快地挥起小弯刀一样的爪子，在他的小臂上划出血痕。然后它喵喵叫着转过身，转眼间所有的猫都消失在山上，跑到岩石后面，灌木下面，全都不见了。

Ⅴ

活人和死人

影子回到家的时候，奥利弗坐在屋外温暖的厨房里，手边摆着一杯茶，他在看一本关于罗马建筑的书。他的下巴刮过了，唇髭也修过了，身上穿着睡衣，外面还套了一件浴袍。

看到影子后，他说："我觉得好些了。"接着他又说，"你经历过吗？抑郁的经历？"

"仔细想想，应该是有过。我妻子死的时候。"影子回答，"当时一切都令人沮丧。很长一段时间里，我觉得一切都没有意义。"

奥利弗点头。"很艰难。有时候我觉得那条黑狗是真实存在的。我躺在床上想着富塞利画作，梦魇压在睡着的人的胸腔上，就像阿努比斯一样。或者应该说塞特？又大又黑的东西。塞特到底是什么呢？某种驴子吗？"

"我从没遇到过塞特。"影子回答，"他在我出生前就死了。"

奥利弗笑了。"这个冷笑话。大家都说美国人不懂嘲讽。"他停了一下，"总之，都结束了。我又好了。可以面对整个世界了。"他喝了一口茶，"只是觉得有点尴尬。巴斯克维尔的猎犬的故事我已经完全放下了。"

"你不用觉得尴尬。"影子觉得英国人真是随时随地都可以觉得尴尬。

"唉。总之有点傻，各种意义上。但我现在好太多了。"

影子点头："如果你觉得好些了，我就该继续往南走了。"

"不用着急。"奥利弗说，"有个伴儿总是好的。莫伊拉和我不怎么出门。一般就是去一下酒吧。这里没什么好玩的地方。"

莫伊拉从花园里进来："谁看到修枝剪了？我刚才拿过，转头就找不到了。"

影子摇头，他不太确定修枝剪到底是什么。他想跟他们说一下山上那些猫的事情，也不知道该如何描述才能表达出当时那种古怪的状态。于是他不假思索地说："我在沃德山上遇到了凯茜·博戈拉斯。她给我指了地狱之门。"

他们看着他。厨房里一片尴尬的寂静。他说："她在画那边的风景。"

奥利弗看着他说："你在说什么啊。"

"我到这里之后遇到过她好几次。"影子说。

"什么？"莫伊拉脸一红，"你说什么？"接着又说，"你、你到底是个什么人，敢在这里说这些事情？"

"我、我不是谁。"影子说，"她主动跟我说话的。她说你和她之前交往过。"

莫伊拉仿佛想要打他一样。接着她说："我们分手之后她就搬家了。不是和平分手。她很难过，表现得特别吓人。她当晚就离开了村子，再也没有回来过。"

"我不想说那个女人。"奥利弗平静地说，"现在不想说，永远不想说。"

"在酒吧的时候她就和我们在一起。"影子说，"第一天晚上。你们对她似乎还算友好。"

莫伊拉看着他没说话，好像话到嘴边但没说出来。奥利弗揉揉前额，只说了一句："我没看见。"

"嗯，我今天看到她的时候她打了个招呼。"影子说，"她说，要是你们两位有什么话想跟她说，她会等你们。"

"我们和她没什么可说的。一点也没有。"莫伊拉眼睛湿润了，但是她没哭，"我不相信。那个该死的女人惹了那么大的麻烦之后居然又回来了。"莫伊拉似乎很不擅长骂人。

奥利弗放下书说："抱歉，我觉得不舒服。"他走出厨房回到卧室关上了门。

莫伊拉很机械地拿起奥利弗的杯子走到水槽边，倒掉茶水开始清洗。

"希望你还开心。"她一边说一边用白色塑料刷子刷杯子，似乎想把上面的彼得兔农庄图案都刷掉似的，"他又不好了。"

"我不知道他会如此生气。"影子说。他觉得有负罪感。他知道莫伊拉和凯茜有过一段关系。他本来可以什么都不说的。少说话总没错。

莫伊拉用一块绿白相间的茶巾擦干杯子。毛巾上白色的部分是卡通小羊，绿色的是草地。她咬咬嘴唇，泪水接连落下："她说了什么关于我的话没有？"

"只说你们曾经交往过。"

莫伊拉点头，用那块有卡通羊的茶巾擦干自己看不出年龄的脸。"我和奥利弗在一起的时候她根本无法接受。我搬出去之后，她再也不画画，把公寓锁上就去了伦敦。"她用力擦了擦鼻子，"唉，不能抱怨。我们有自己的家。奥利是个好人。他脑子里总想着那条黑狗。我母亲患有抑郁症。真的很艰难。"

影子说："我让情况恶化了。我该走了。"

"明天再走吧。我不是赶你走，亲爱的。遇到那个女人也不是你的错。"她肩膀垮下来，"啊，在那里呢。就在冰箱上面。"她说着拿起一个像是园艺剪刀的东西说，"修枝剪，主要用来修剪玫瑰的枝条。"

"你会跟他谈谈吗？"

"不会。"她说，"和奥利弗说凯茜的事情绝对没有好结果。而且以他现在的状态，说了只会让他情况恶化。还是让他忘了吧。"

那天晚上影子独自去了酒吧，玻璃箱子里的猫怒视着他。他没有看到任何认识的人。他简单地跟老板说自己很喜欢住在乡村的感觉。喝完酒他走回莫伊拉的家，途中经过那棵古老的美国梧桐，也就是绞刑树。沿着沙克小道走的时候，他没有看到任何会动的东西，月光下没有狗也没有驴。

屋里所有的灯都熄灭了。他蹑手蹑脚地回到卧室，把自己的东西都收入行囊，然后就去睡了。他知道自己明天要早走。

他躺在床上，看着储藏室里的月光。想起酒吧里站在自己旁边的凯茜·博戈拉斯。他想起第一天晚上自己和店主的对话，以及玻璃盒子里的那只猫，他想着想着睡意全无，无比清醒地躺在小床上。

需要的时候影子可以走路完全无声。他溜下床，穿上衣服，拿起靴子，打开窗户，翻过窗棂，轻轻落在窗台下花床的泥地上。他站着穿上鞋，在黑暗中系好鞋带，月亮已经亏了不少，但还是会投下影子。

影子走进墙边的阴影中，他等着。

他不知道自己的行为是否理智。很有可能他搞错了，他的记忆出了错，或者是别人戏弄了他。这不太可能，但是他之前经历了各种不太可能的事情。再说，就算搞错了又有什么损失呢？顶多是损失了几个小时的睡眠。

他看到一只狐狸从草坪上跑过，又看到一只骄傲的白猫抓住一只小型啮齿动物，又有几只猫从花园墙上走过。他看到一只黄鼠狼从花床的阴影中跑过。星座慢吞吞地从天上滑过。

前门开了，一个人走了出来。影子以为会看到莫伊拉，但那是奥利弗，他穿着睡衣，外面还套了一件厚厚的居家服，脚上穿着惠灵顿靴，那样子有点搞笑，仿佛黑白电影里的病人，或者是某种戏剧角色。月光的世界里一切都没有颜色。

奥利弗关上门，让它咔嗒一声锁上，然后他朝街道方向走去，他没有沿着碎石小径走，却走在草丛里。他没有回头，也没有往周围看。他沿着小路走，影子一直等到他几乎走出自己的视野才开始跟踪。他知道奥利弗要去哪里，也知道他之前去过哪里。

影子已经不再问自己什么问题了。他知道他们现在在往哪里走，这是一种在梦境中一样的笃定感。在沃德山的半山腰，他看到奥利弗坐在树桩上等自己也没有觉得惊讶。天空东边有一点点亮光了。

"地狱之门。"那个小个子说，"据我所知，人们一直都是这样叫它的。很多年前就开始了。"

他们两个沿着弯弯曲曲的小路一起走。奥利弗的衣服不知为何似乎特别好笑。他穿着条纹睡衣，大得不合脚的橡胶靴子。影子的心脏狂跳。

"你带她上来过吗？"影子说。

"凯茜？我没有。是她提出在山上见面。她喜欢来这里画画。你也知道了吧。这座山很神圣，她喜欢这里。当然不是基督教徒的那种神圣。完全不是。是非常古老的异教。"

"德鲁伊？"影子问。他也不知道英国有什么古老的异教。

"有可能。肯定有可能。但我认为可能比德鲁伊更古老。没有名字，只是当地人根据自己的信仰在一起执行的一些仪式。德鲁伊、斯堪的纳维亚人、天主教、新教，都无所谓。人们就是这么一说。古老的宗教是为了让庄稼生长，让你下面硬起来，确保人家不在美丽的自然风景里修建该死的高速公路的那种。地狱之门在，山也在，这个地方也在。已经超过两千年的历史了。你不会去嘲笑那么强大的东西。"

影子说："莫伊拉不知道，对吧？她以为凯茜搬走了。"东边的天空越来越亮，但现在依然是夜晚，天上繁星点点，西面依然是一片紫黑色。

"她这样想就可以了。不然她还能怎么想呢？警察有兴趣的话，也许她的想法就不一样了……但是不会的……不会。它会保护自己。山。门。"

他们来到山坡的草地上，经过了白天凯茜画画的巨石。他们朝山上走去。

"沙克小道上的黑狗。"奥利弗说，"我觉得那不是狗。它在那里很久了。"他从浴袍兜里掏出一个小小的LED手电筒。"你真的跟凯茜说过话？"

"我们聊了一会儿天。我甚至吻了她。"

"真奇怪。"

"我第一次见到她是在酒吧里，就是遇到你和莫伊拉的那天。那件事让我觉得有些奇怪。今晚早些时候，莫伊拉说起凯茜的语气仿佛是很多年没见过她了。我问起来的时候她觉得很奇怪。但是第一天夜里，凯茜就在我身后，她还和我们说话了。今晚我在酒吧问凯茜来过没有，大家都不知道我说的是谁。这地方的人都互相认识。合理的解释只有一个。只有一个情况能解释她说的话，以及其他的一切。"

奥利弗快要走到被凯茜称为地狱之门的地方了。"我以为会很简单。我把她交给了这座山，她就会离开莫伊拉，不会来打扰我们了。她怎么可能和你接吻呢？"

影子没说话。

"到了。"奥利弗说。那是山坡上的一个洞，有点像凹进去的一条走廊。也许很久以前这里确实有一座建筑，山滑坡了，石头重新回归了山岭。

"有些人认为这是恶魔崇拜。"奥利弗说，"我觉得他们错了。这个人的神也许就是那个人的魔鬼，对吧？"

他走进山洞，影子跟着他。

"真是胡说八道。"一个女人的声音说，"你经常胡说八道，奥利弗，你是个胆小的浑蛋。"

奥利弗没有反应。他说："她就在这里。在墙里面。我把她留在了这里。"他用手电筒照着山体里这一小段走廊的墙壁。他仔仔细细看着墙，仿佛在寻找熟悉的地方，然后他哼了一声表示找到路。奥利弗从兜里掏出一个金属小工具，尽可能举高，撬动了上面的一小块石头。然后他把那部分的石头一块一块按顺序从墙上取出来，每块石头都给下一块石头腾出空间，大小石头交替着被搬了下来。

"过来，帮个忙。"

影子知道自己将会在墙后面看到什么，他也来搬石头，帮忙一块一块码在地上。

洞越开越大，臭味也越来越浓，是那种陈腐发霉的臭气。闻起来就像是夹肉的三明治烂掉了。影子首先看到她的脸，他几乎认不出来那是脸：脸颊凹陷，眼珠不见了，皮肤变成了黑色的皮革，即使死者生前有雀斑也看不出来，但头发还保持着凯茜·博格拉斯的发型，是黑色的短发。在LED电筒的光芒中，他能看见死者穿着橄榄绿的毛衣，蓝色牛仔裤，那是她的衣服。

"有意思。我就知道她还在这里。"奥利弗说，"我还是要看看她才行。跟你说了这么多，我必须来看看。证明她还在这里。"

"杀了他。"一个女人的声音说，"用石头砸他，影子。他杀了我。现在他还想杀死你。"

"你打算杀了我吗？"影子问。

"当然要啊。"那个小个子用十分理智的声音回答，"你知道了凯茜的事情。只要你死了，我就可以永远忘记这整件事，一劳永逸。"

"忘记？"

"忘记并原谅。很难，要原谅我自己并不容易，但是我肯定能忘了你。好了，这里的空间足够能放下你，挤一挤就可以。"

影子低头看着这个小个子，他很好奇地问："我就是想知道，你要怎么让我进去？你没有枪。而且奥利弗，我的个头有你的两倍。

我可以掐断你的脖子。"

"我不傻。"奥利弗回答，"而且我不是坏人。我也不是滥好人，这个不重要。我是想说，我做的这一切只是出于嫉妒，并不是因为我犯病了。我不会独自一个人来。你看，这里是那条黑狗的神庙。这是本地的第一座神庙。在巨石阵和立石建起来之前就有了，它们就在这里，它们受到崇拜，它们接受献祭，受人敬畏、受人抚摩。那就是黑魔鬼、是妖犬、是大脚怪也是希望猎犬。它们在这里，依然守护着此地。"

"用石头砸他。"凯茜的声音说，"现在就砸死他，求你了，影子。"

他们所在的那条通道通往山里略深的地方，那里有一个人造洞穴，里面有干石墙。看起来不像古代神庙也不像通往地狱之门。黎明的亮光勾勒出奥利弗的轮廓。他用那种温柔、可靠又礼貌的声音说："他就在我体内。我也在他体内。"

黑狗出现在门口，堵住了通往外界的路，影子知道，不管那是什么，它绝不是一条真正的狗。它的眼睛在发光，那光亮让影子想起腐烂的海洋生物。从大小上来说，它像是一头狼，但是从威胁的程度上来说，它更像老虎或者猞猁：那是纯粹的食肉动物，由危险和恐怖组成的生物。它比奥利弗高，眼睛直瞪着影子，它嚎叫起来，那是从胸腔深处发出的低沉吼叫。接着它跳起来。

影子举起胳膊保护喉咙，那东西咬住了他肘部下方的肌肉。影子疼痛难忍。他知道自己必须反击，他却跪倒在地尖叫起来，没办法清楚地思考，也没办法集中精神。他只知道自己很害怕，而那个东西要吃了他，他害怕那东西咬断自己前臂的骨头。

在内心深处，他觉得可能是恐惧制造出了那条狗：他，影子，不会这样崩溃地害怕某个东西。不会的。但是这不重要。那东西松开影子的胳膊，他居然哭了，整个身体都在发抖。

奥利弗说："进去吧，影子。到墙上的洞里去。快点。不然我要让他咬掉你的脸。"

影子的胳膊在流血，他站起来没有说一句反对的话就挤进了墙上那个黑暗的洞里。如果他在外面和那个东西在一起，他会很快死掉，而且死得很痛苦。这一点就和太阳明天会升起一样确定。

"没错。"凯茜的声音在他脑海中说，"太阳明天还会升起。但是你不振作起来的话，就永远别想再看见了。"

墙上的那个洞几乎容不下他和凯茜的尸体。他看到了凯茜脸上的痛苦和愤怒，就像玻璃盒子里的那只猫一样，他知道凯茜是被活埋的。

奥利弗捡起地上的石头，放在墙洞上。"这是我自己的理论。"他说着砌上第二块砖，"我认为它是史前的恐狼，但是它比恐狼大。也许是我们还蜗居在山洞里时噩梦的野兽。也许它只是一头普通的狼，而当时我们更矮小，是弱小的智人，跑不快，摆脱不了它。"

影子靠在身后的墙上，用右手捂住左臂止住血。"这里是沃德山。"影子说，"那是沃德山的狗。不可能更夸张了。"

"无所谓。"奥利弗继续砌石头。

"奥利弗。"影子说，"那个怪物会杀死你。它真的在你体内。它不是个好东西。"

"黑魔鬼不会伤害我。黑魔鬼爱我。凯茜在那面墙里。"奥利弗边说边继续乒乒乓乓地砌墙，"现在你也在墙里跟她在一起了。没有人会等你，没有人会找你，没有人会为你哭泣，没有人会想念你。"

影子意识到在这个狭窄的空间里，有三个人，而不是两个，不过他不会告诉任何人自己是如何知道的。这里面有凯茜·博格拉斯的尸体，在这个尸体（干燥、腐朽、发臭）和灵魂之中，还有别的东西，有个东西绕着他的腿，蹭着他受伤的手。一个声音从很近的地方对他说话。他知道那个声音，只是口音比较陌生。

那是猫咪说话的声音，如果猫是一个女人的话，那个声音就是那种富有表现力，又阴郁又有音律感的声音。那个声音说：你不应该在这里，影子，你必须停下，你必须采取行动，你让周围的世界替你作了决定。

影子大声说："不完全是这样的，芭丝忒。"

"你安静点。"奥利弗温和地说，"说真的。"他极有效率地砌墙，砖头都码到影子胸口了。

喵。不是吗？亲爱的，你什么都不知道。你不知道你是谁，也不知道你的身份，也不知道那身份的意义。如果他把你活埋在这座山上，这座神庙就会永远矗立——不管本地人信的是什么古怪东西，它都会永远能够产生奇迹。但是太阳就不会再照着他们了，天空会变成灰色。万事万物都会哀悼，而它们也不知道自己在哀悼什么。世界会变得更糟糕——对人、对猫、对一切大家记得或不记得的事情都会变得更糟糕。你死过一次，然后复活了。你很重要，影子，你不可以在这里死去，不能死在小山里这座可悲的祭坛上。

"那你说我该怎么办？"影子低声说。

战斗。这野兽是从思想中产生的。他从你身上获得力量，影子。你离它很近，所以它变得十分真实，真实到可以控制奥利弗，真实到可以伤害你。

"我？"

"你以为鬼魂可以和任何人说话吗？"凯茜·博格拉斯的声音在黑暗中急切地说道，"我们是飞蛾，而你是火。"

"我该怎么办？"影子问，"它伤了我的胳膊，差点咬断我的喉咙。"

唉，亲爱的哪。那就是个影子，是一条幽灵狗，是条大一点的野狗而已。

"它很真实。"影子说。最后一块砖头摆了上来。

"你真的害怕你父亲的狗吗？"一个女人的声音说。既像女神又像幽灵，影子听不出究竟是谁。

他知道答案。是的。是的，他害怕。

他左臂非常疼痛，完全不能动，右手沾满血，滑腻腻的。他被活埋在墙壁和岩石之间的空隙里。但是现在他还活着。

"振作起来。"凯茜说，"我尽力了。你也要尽力。"

他用力靠住墙壁后面的岩石，抬起脚。双腿用尽全力朝墙面踢去。过去的几个月他每天都走很长的路。他是个大块头，比大部分人都强壮。他把全部的力气都用在这一踢上。

墙垮了。

那只野兽往他身上扑来，那是一条充满绝望的黑狗，但是这一次影子做好了准备。这一次，他才是入侵者。他抓住了那条狗。

我不会成为我父亲的狗。

他右手紧紧抓住那畜生的下巴。他盯着它绿色的眼睛。他之前根本不相信这是一条狗。天亮了。影子对狗说，这是用思想说的，而不是用声音。走吧。不管你是什么，走吧。滚回你的绞刑笼去，滚回你的坟墓去，你这条猎狗。你只会压榨我们，只会让这个世界充满阴影和幻象。你奔跑狩猎恐吓人类的日子结束了。我不知道你是不是我父亲的狗。但是你知道吗？我才不在乎呢。

说完影子深吸一口气，放开那条狗。

它没咬人，只是从喉咙深处呜呜叫了几声，声音很轻微。

"回家吧。"影子大声说。

狗犹豫了一下。影子想了一下，确定自己赢了，他安全了，狗会走掉。可是那畜生低下头，竖起脖子上的毛，露出牙齿。它不会走，影子知道，它会跟到他死。

山坡里的走廊十分明亮，太阳笔直地照进来。影子也不知道是不是远古的人类特意选择这样的角度建造了神庙。他往旁边迈了一步，踩到了什么东西，很尴尬地摔倒在地。影子旁边的草地上是奥利弗，他四肢摊开不省人事。影子踩到了他的腿。这人依然闭着眼睛，喉咙深处哼哼了一声，影子听到了那头动物的声音，是它堵在神庙门口的时候那种被放大的胜利的声音。

影子摔倒了，很疼，他觉得自己几乎是个死人了。有个柔软的东西轻轻碰了碰他的脸。

有什么东西拂过他的手。影子侧过头，明白了。他明白了芭丝忒为什么和他一起在这个地方，也明白了是谁带它来的。

一百多年前，它们被人从便哈尼山上巴斯蒂特的神庙里偷走，磨成粉，洒在这片土地里。成吨成吨地被偷走磨碎，那是成千上万具猫木乃伊，每一只猫都代表了一位女神，每一只猫都将那份信仰永远保存下来。

它们都在这里，和他在一起：棕色、沙土色、阴影般的灰色，带着豹纹的猫，带着虎斑的猫，古老、轻盈、野性的猫。这不是前一天芭丝忒派来的本地猫，而是猫的祖先，是所有现代猫的祖先，它们来自数千年前的埃及、尼罗河三角洲，它们来到这里促进作物生长。

它们发出尖细颤抖的声音，但没有喵喵叫。

黑狗咆哮得更大声了，却没有采取行动。影子强迫自己坐起来，他说："我已经叫你回家了，黑狗。"

狗没动。影子张开右手比画了一下。那是个不耐烦的手势，意思是解散，结束这一切。

猫就像跳芭蕾舞一样轻松跳起来，扑到那头野兽身上，它们都有着伸缩自如的爪子和牙齿，而且都如同它们生前一样锋利。尖刀般的爪子咬住那头野兽的侧腹，撕扯它的眼睛。它愤怒地咬它们，把它们推到墙边，想把它们甩掉，结果撞落了更多的石头也没有成功。愤怒的利齿撕咬它的耳朵、口鼻、尾巴、爪子。

那畜生又吼又叫，最终发出奇怪的声音，影子觉得那是人的声音，是尖叫声。

接下来影子也不知道发生了什么。他看到那只黑狗将自己的鼻子凑近奥利弗的嘴，然后用力推。他发誓绝对是那条狗走进了奥利弗的身体里，就好像熊走进河里一样。

奥利弗站在沙地上拼命摇晃。

尖叫声消失了，那头野兽不见了，太阳照亮了整座山。

影子觉得自己在发抖。他觉得自己仿佛刚从梦游中清醒过来，各种情绪如同洪水或阳光一样从他周身流过：恐惧、厌恶、悲伤混合在一起，还有痛苦，深深的痛苦。

其中还有愤怒。奥利弗想杀死他，他知道，从前几天第一次见面的时候他就知道了。

一个男人的声音喊道："坚持住！那边的人都还好吗？"

随着一声尖细的犬吠，一条勒车犬跑过来嗅了嗅影子，影子依然靠在墙上，随后它又嗅了嗅躺在地上昏迷不醒的奥利弗·比耶尔斯，随后还有凯茜·博戈拉斯。

一个男人的轮廓出现在外面，仿佛灰色纸做成的剪影挡在初升的太阳前面。

"小针！回来！"他说道。狗跑回他身边。那个人说："我听见有人尖叫，感觉听起来又不太像人。但是我确实听见了，是你吗？"

接着他看到了尸体，于是停下脚步。"老天啊，这是个什么要命的鬼东西。"他惊呼。

"她是凯茜·博戈拉斯。"影子说。

"莫伊拉的前女友？"那人问道。影子知道他是酒吧老板，却不记得他的名字。"什么情况。我以为她去伦敦了。"

影子觉得恶心。

酒吧老板跪在奥利弗身边，"他还有心跳。"他说，"这是怎么了？"

"我不知道。"影子说，"他看到尸体就尖叫起来——你听见的应该是他的声音。然后他就晕倒了。接着你的狗就来了。"

那人担忧地看着影子："你呢？看看你！你遇到什么情况了？"

"奥利弗让我跟他到山上来。说他想要摆脱内心一件沉重的事情。"影子看着走廊两侧的墙壁，墙上还有不少砌着砖的凹陷处。影子很清楚打掉这些砖头之后会找到什么。"他让我帮他打开这面墙。我照办了。他晕过去之前却砸了我，趁我不注意的时候。"

"他有没有说为什么要这样做？"

"出于嫉妒。"影子回答，"嫉妒莫伊拉和凯茜，即使莫伊拉为了他离开凯茜，他还是嫉妒。"

那人叹了口气，摇摇头。"该死。"他说，"我觉得他是最不会干这种事的人。小针！回来！"他掏出手机打电话报警。接着他就打算离开，并解释说："因为我还有好些猎物，必须在警察赶来之前收好。"

影子站起来，看了看自己的胳膊。他的毛衣和外套左臂都被扯烂了，仿佛被巨大的牙齿咬过一样，底下的皮肤却没破。他的衣服和手上根本没有血。

他不禁想，要是那只黑狗杀了他，他的尸体会是什么样子。

凯茜的鬼魂站在他旁边，看着自己从墙中掉出来一半的尸体。尸体的指尖和指甲都烂了，影子估计死前的几小时或者几天她肯定拼命努力过，想要推倒那面墙。

"看看。"她盯着自己说，"真可怜，就和玻璃盒子里的那只猫一样。"然后她转身对影子说："其实我不喜欢你。一点也不。但我不会道歉，我需要引起你的注意。"

"我知道。"影子说，"我希望在你活着的时候认识你。我们可以成为朋友。"

"应该可以的。在这里日子不好过。很高兴这一切都结束了。很抱歉，美国先生。不要恨我。"

影子眼里涌出泪水。他用衬衣擦了擦。等他再看的时候，走廊里只剩他一个人了。

"我不恨你。"他说。

他觉得有人拉住了他的手。他走出去，来到阳光之中，颤抖着呼吸新鲜空气，听见远处传来警笛声。

两个人过来把奥利弗用担架抬到了山下面公路旁的救护车上，

尖啸的警笛声提醒路上的羊回到草地上去。

救护车消失后，一个女警官和一个年轻的男警官来到现场。他们认识酒吧老板，酒吧老板确实姓斯卡斯洛克，影子一点也不奇怪。两个警官都对凯茜的尸体大为惊讶，年轻男警官离开走廊之后就去蕨草丛里呕吐起来。

他们两个谁都没想要去检查一下走廊里其他砌了砖的地方，完全没想到要去收集本地数百年来的犯罪证据，影子也没提这件事。

他提供了一些简短的证词，随后和他们一起乘车去了本地警察局，由一位留着严肃胡子的大胖警官录了口供。警官最关心的似乎是给影子泡一杯速溶咖啡，因为作为一个美国游客，影子不能对英国乡村留下不好的印象。"这里一般都没这种事。这里很平静，是个好地方。我不希望你觉得这里险恶。"

影子再三保证自己没有这样想。

VI
谜语

他从警察局出来的时候，莫伊拉正在等他。她和一个六十出头的女人在一起，那个人看起来安然自得，是你遇到危机时候想要找的那种人。

"影子，这是多琳，我的大姐。"

多琳和他握了握手，说上周一直不在她很抱歉，因为正好在搬家。

"多琳是县法院的法官。"莫伊拉说。

影子想象不出这个女人当法官的样子。

"他们在等奥利醒过来。"莫伊拉说，"然后要以谋杀罪名起诉他。"她若有所思地说道，她说这话的语气就和她问影子是否应该种一些金鱼草一样。

"你准备做什么？"

她挠了挠自己的鼻子："我很惊讶。我不知道该干什么。过去几年我一直在想，可怜的凯茜。她从来不觉得谁是坏人。"

"我一直不喜欢他。"多琳吸了口气，"他太爱卖弄，又总是不知道何时该闭嘴，就一直说，仿佛想要掩盖什么事情。"

"你的行李和换洗衣物在多琳的车里。"莫伊拉说，"我们可以载你一程，你觉得如何？不过如果你想散步的话就步行吧。"

"谢谢。"影子说。他知道自己在莫伊拉家里绝对不可能受欢迎了。

莫伊拉似乎想要知道些什么一样，又着急又愤怒地说："你说你看见了凯茜。昨天你亲口告诉我们了。所以奥利弗才去了那个地方。我太伤心了。如果她死了，你是如何看到她的？你不可能看见她。"

在给警察录口供的时候影子就想过这个问题，他回答："我也说不清。我不相信有鬼。可能是某个当地人戏弄了我这个美国佬。"

莫伊拉用愤怒的淡褐色眼睛盯着他，似乎虽然想要相信他，却又不能下定决心。她姐姐弯腰拉起她的手："世界上的未解之事太多了，霍雷肖。我们还是不要深究了。"

莫伊拉又气愤又难以置信地看了影子很久，然后她深吸一口气说："好吧。确实。我想也是。"

车里非常安静。影子想给莫伊拉道歉，说一些让她好受点的话。

他们经过了绞刑树。

多琳用略微尖细而且更加正式的声音说："一个脑子里十张嘴。一个出门找食物，活人吃了死人吃。这个谜语写的是这个角落和那棵树。"

"这是什么意思？"

"一只鹪鹩在绞刑笼死人的头骨里做了个窝，每天进进出出给雏鸟找食物。生命总是在死亡中诞生。"

影子想了一下，说他觉得可能确实如此。

二〇一四年十月佛罗里达／纽约／巴黎

读客®
科幻文库
跟着读客读科幻，经典科幻全看遍

太空歌剧、赛博朋克、奇幻史诗……
中国、美国、英国、俄罗斯、波兰、加拿大、日本、牙买加……
读客汇聚雨果奖、星云奖、轨迹奖获奖作品
精挑细选最顶尖的科幻奇幻经典
陪伴读者一起探索人类文明的过去、现在和未来
亿亿万万年，直至宇宙尽头

打开淘宝，扫码进入读客旗舰店，
下一本科幻更经典！